서가의
연인들

소설로 읽는
거의 모든
사랑의 마음

서가의
연인들

박수현 지음

자음과모음

마침내 나는 당신의 손길에 이르렀습니다.
내가 최후를 맞으리라는 걸 알고 있는 그곳에.
칼이 항복한 자를 얼마나 깊이 찌르는지 오직 나에게만 시험하도록.

— 가브리엘 가르시아 마르케스, 『사랑과 다른 악마들』

차례

에필로그

삼킬 수도 뱉을 수도 없는 애물단지, 사랑 그리고 소설

사랑에 빠진 젊은 당신에게 묻는다. 행복하세요? 허세를 좋아하지 않는 청년이라면 쉽사리 고개를 끄덕이지 않을 것이다. 사랑은 아름답고 윤리적이어야 한다는 교훈적인 말씀 앞에서 청년은 왜소해진다. 그리고 한탄한다. 실은 나 사랑에 빠진 죄로 피를 뚝뚝 흘리며 고통받고 있는데, 어디 가서 하소연할꼬? 말로 어떻게 표현할 수 없는 이상한 마음에 빠져 있는데, 이 혼돈의 정체는 무엇일까? 이러다가 내가 미치는 게 아닐까?

막 사랑을 시작하는 청년만 이런 혼란을 느끼는 것은 아니다. 오랫동안 한 사람의 연인으로 또는 배우자로 살아온 이도 자탄한다. 사랑한다고 믿었던 그이에게서 참을 수 없는 환멸을 맛본다. 두 사람 간 자아의 장벽은 너무도 견고해서 도저히 부술 수 없을 것 같다. 사랑의 꿈을 배반하는 현실에 쓰디쓴 입맛을 다시는 오랜 연인은 절망하면서 뇐다. 혹시 사랑은 없는 것 아닐까? 옛사람들의 거짓말 아닐까?

이런 연인들의 곤궁이 이 책의 주제다. 나는 명작소설을 읽으면서 사랑을 이야기했다. 사랑의 다양한 국면을 이야기했지만 그 장구한 이야기는 결국 다음 세 가닥으로 묶인다. 첫째, 신경증이나 광기에 가까운 기이한 연인의 심리. 둘째, 판타지를 벗긴 사랑의 누추한 면모 혹은 인문학적 통찰. 셋째, 사랑의 기적 또는 기적을 행하는 방법. 첫번째 이야기는 사랑의 심리적 사실에, 두번째 이야기는 사랑의 인문학적 사유에 초점을 맞춘다. 세번째 이야기는 보다 소략하다. 고백하건대 사랑의 아름다운 국면이나 올바르게 사랑하기 위한 교훈보다는 사랑의 비극적 양상을 더 집중적으로 조명했다. 그런데 아이러니하게도 나는 사랑이 지닌 구원의 힘을 믿는다.

이것은 모순이 아니다. 건강하기 위해서는 병의 존재와 양상을 잘 알아야 한다. 병의 존재를 무시하거나 부정하다가는 진짜 소생 불가한 병증에 빠져든다. 옛사람들은 병자를 죄인으로 취급해서 격리하고 처벌했다. 오늘날이라면 쉽게 치유될 수 있는 병자들이 그런 식으로 죄책감과 비난에 싸여서 소생의 기회를 놓치고 말았다. 그들이 건강한 삶을 누릴 기회를 되찾게 된 것은 병에 관한 과학적 앎이 시작되고 나서다. 알아야 치유한다. 비난하고 처벌해서는 영원히 치유하지 못한다. 이 책이 사랑의 비극적 양상에 주목하는 이유는 보다 잘 사랑하기 위해서다. 사랑 때문에 비탄에 빠진 사람은 그 사랑의 부정적 면모를 두루 알아야 위로받고 자신을 치유할 수 있다. 그런 의미에서 나는 다양한 연인의 고뇌를 발굴하고, 그 본색을 샅샅이 캐려 했다. 아픈 마음의 대륙을 가능한 넓고 깊게 탐사하려고 했다.

이 시대의 대표적인 사랑의 전도사 알랭 바디우는 잘 사랑하기 위한 감동적인 가르침을 준다. 그러나 그 역시 사랑에 시련이 불가피함을 알고 있다. 그는 위험 없는 사랑을 도모하는 일련의 흐름을 비판한다.(우리는 이런 사랑을 '쿨한 연애'라고 부른다.) 이런 연애를 하는 이들은 "사랑으로 촘촘히 짜여진, 타자에게서 비롯되는 시련이나 심오하고 진실된 온갖 경험을 완전히 회피"[1]하기 때문에 바람직하지 못하다고 한다. 그에게 사랑이란 "차이의 관점에서 시련을 영위하는 것"[2]과 연관된다. 나 역시 그렇게 생각한다. 사랑은 시련에 기꺼이 참여하는 일이다. 시련을 회피하지 않고, 온몸으로 두루 겪어가는 과정이다. 사랑을 심오하고 진실하게 만드는 것이 바로 시련이다.

바디우는 사랑에서 시련의 존재와 가치를 인정했지만, 시련의 세부를 구구절절 이야기하지는 않았다. 그보다 잘 사랑하는 바른 길을 더욱 열렬히 설파했다.(그의 사랑론은 이 책의 본문에서 언급될 것이다.) 그러나 나는 바로 그 시련이 무엇인지, 어떤 양상을 띠는지 보다 구체적이고 섬세하게 이야기하기를 원한다. 한마디로 이 책은 사랑의 시련에 관한 긴 보고서다.

심리: 괜찮아, 그럴 수도 있으니 자책하지 마

선남선녀가 첫눈에 반해서 장애물을 극복하고 사랑을 이루어 행복하게 오래오래 살았다는 이야기가 연애담의 전부가 아니듯이, 사랑의 기쁨과 이별의 슬픔이 연애 심리의 다가 아니다. 사랑에 빠진 사람은 종종 극심한 정서적 혼란을 겪는다. 더욱 곤란하게도 그들은 혼란의 정체조차 모른다. 연애는 기묘한 심리가 난투극을 벌이는 장場이다. 인간의 마음이란 본디 그 고갱이는 혼란의 도가니다. 특히 연애할 때 그 혼란, 폐부 깊숙이 느끼지만 정체가 묘연하고 말로 표현되지도 않는 기묘한 심정들은 미친 듯 활극을 벌인다. 이 책에서 나는 우선 이러한 기묘한 심정들에 관해서 이야기했다.

　사랑이 아름답기만 한가. 그처럼 파괴적인 정열을 나는 또 알지 못한다. 하여 사랑으로 인해 상처받은 영혼이 한둘이 아니다. 대체로 그들은 상대에게서 상처받기보다 저 자신의 넘쳐나는 정열로 스스로를 상처 입는다. 때로 어떤 연인은 제 마음이 너무나 광적으로 흐름을 깨닫고 두려워하기도 한다. 이러다가 미치는 게 아니야! 미칠 것만 같은 심정을 털어놓고 이해받고 싶어도 쉽지 않다. 이런 괴이한 심정들은 쉽게 공감을 살 수 없다. 뿐만 아니라 어떨 때는 비난의 대상이기도 하다. 비난하는 사람들은 때로 그 심정들을 마니아적 정열이나 집착으로 분류한다.(이 책에서 말하는 기묘한 심리는 이들을 포함하지만 이보다 넓은 범위의 아픈 마음들을 두루 포괄한다.) 하여 지독하게 사랑에 빠진 자라면 고독하다. 고뇌에 빠진 그들에게 말하고 싶었다. 이미 당신처럼 기묘한 심정으로 괴로워했던 사람들이 있었다고. 그런 기묘한 심정은 있을 수 있다고. 그러니까 스스로 미쳤다거나 부도덕하다고 여겨서 자괴감에 빠지지 말라고.

좋은 소설들은 이미 이런 미친 듯한 기묘한 심리들을 발견하고 묘사했다. 좋은 소설은 마음에 대한 해박한 지식을 담은 '마음의 백과사전'이다. 누구나 다 아는 뻔한 마음이 아니라 저도 잘 모르는 애매한 마음, 말하기 부끄러운 마음, 가장 깊숙한 곳에 숨겨진 마음. 이런 깊은 마음을 심층 심리라 부를 수 있을까. 심층 심리에 대한 지식이 풍부할수록 좋은 소설이다. 기묘한 심층 심리는 연애할 때 더욱 도드라지게 마련이다. 연애는 마음을 밑바닥까지 들춰내는 내시경이기 때문이다. 하여 좋은 소설들에서 기묘한 연애 심리를 만나는 것은 우연이 아니다.

훌륭한 소설은 말하기 꺼려지던 심층 심리를 명명백백하게 언어로 드러낸다. 그리하여 기묘한 심정에 당황하고 두려워하던 누군가는 소설을 읽으면서 알게 된다. 그런 심정은 지극히 정상적이고 보편적인 것임을. 그는 위안을 받으며 일단 안심한다. 나는 미치지 않았다! 그제야 그는 그 심정을 객관적으로 볼 수 있다. 그리고 그 심정에 휘둘리기보다 심정을 지배하고 조정할 수 있게 된다. 어두운 심정을 부정하고 억압하면 그것은 진짜 광기가 되어버린다. 그러나 그것을 백일하에 꺼내어 인정하고 이야

깃거리로 삼고 함께 놀 때 그는 어두운 심정을 제 인격에 자연스럽게 통합할 수 있다.

여기에 보너스로, 그는 인간 마음에 대한 깊은 지식을 더불어 갖게 된다. 어둠을 억누르고 밝음만이 제 전부라고 믿으며 스스로를 속이는 인격보다, 어둠을 제 일부로 당당하게 통합한 인격이 더 건강하고 풍요롭다. 이때 객관화된 어두운 심정은 인격을 통합하고 풍성하게 꽃 피우는 씨앗이 된다. 그래서 마음고생을 깊게 겪어본 이가 더 두터운 인품을 갖게 된다고들 말하는 것일 터이다.

사유: 슬픔의 정체를 알아야 슬퍼하지 않는다

정서적 혼란을 이겨내고 사랑을 지속하는 남녀, 이들도 행복하지만은 않다. 두 자아 사이에는 견고하고도 웅장한 장벽이 서 있다. 도저히 넘을 수 없어 보인다. 본격적으로 펼쳐진 사랑의 장場 안에서 상대는 나의 꿈 같지 않다. 더욱 견딜 수 없게도, 나 자신이 나의 꿈과 다르다. 나는 짐작보다 치사하고 무능하다. 훌륭해지기가 대단히 어려운 너와 나의 무능에 비탄을 거둘 수 없는 사람은 절망스럽게 외친다. 사랑은 없다. 나의 꿈은 도둑맞았다. 그러다 보면 애초에 저를 뜨겁게 달구었던 감정도 의심하게 된다. 내 사랑은 판타지에 불과했을까. 거짓이었을까. 실은 나는 그이

보다 내 자신을 더 사랑하지 않았을까. 이외에도 사랑을 의심하는 언어의 목록은 장구하다. 열렬히 사랑했던 연인이 바로 곁에 있음에도 그들은 사랑 없는 사막에 내던져져 있다.

실은 이런 의심들은 어느 정도 맞다. 벌거벗은 사랑은 초라하다 못해 슬프다. 나는 이 책의 절반가량을 사랑의 허무하고 누추한 국면을 이야기하는 데 바쳤다. 사랑의 잔혹한 허무, 환상이 벗겨진 사랑의 누추한 면모 역시 소설의 단골 주제다. 소설가들뿐만 아니라 사랑에 관해 발언한 무수한 인문학자들이 이 주제를 거쳐 갔다. 사랑은 낭만적이고 윤리적이어야 한다는 무성한 소문 혹은 신화와는 다른 사랑의 나체, 초라하지만 진실한 알몸. 슬프기 짝이 없지만, 슬픔의 존재를 알아야 담담해질 수 있다. 인생에 슬퍼하지 않으려면 인생이 원래 슬프다는 사실을 알아야 한다. 마찬가지로 사랑의 허술하고 누추한 국면을 알아야 비탄을 거둘 수 있는 법이다. 슬픔에 대한 앎은 슬픔을 뛰어넘기 위한 주춧돌이다. 앎이 곧 항우울제다.

흥미롭게도 지극히 사적인 사랑의 시련에 대한 토로는 유수한 인문학자들의 성찰과 맥이 닿는다.(어차피 그들도 사적 체험으로부터 그토록 현란한 사유의 지대를 개척했을 것이다.) 어떤 지면은 플라톤과 붓다 이래 프로이트, 사르트르, 라캉, 지라르, 바르트, 지젝, 보드리야르 등등 인문학자들의 사유의 그늘 아래 있다.(직접 인용은 보다 적고, 대부분은 그들에게서 사고법만을 배워서 사랑을 사유했다.) 이 부분은 본격적이기보다는 곁다리 성찰에 가깝지만, 사

랑을 인문학적으로 사유하고 싶은 이들, 사랑을 매개로 사유의
지평을 넓히고 싶은 이들, 혹은 사랑을 통해 인문학을 공부하고
싶은 이들에게 도움이 되면 좋겠다.

기적으로 가는 길 위의 친구

허다한 비극적 국면에도 불구하고 사랑은 기적을 행한다. 나는
그 기적을 믿는다. 책의 후반부로 갈수록 사랑의 기적들, 기적을
행하는 방법들을 이야기하는 지면이 길어진다. 결국 사랑의 기
적, 혹은 축복을 말하기 위해서 나는 길고 긴 시련들을 이야기했
을까? 앞서 말했거니와, 거듭되는 시련은 사랑을 깊고 진실하게
만든다. 아이들이 병을 앓고 나면 부쩍 성장하는 것과 같은 이치
다. 잘 사랑하자. 이 슬로건은 '잘 살아 보자'는 슬로건이 지당한
만큼 지당하다. 물론 나는 이 슬로건에 동의했기에 이 책을 썼다.

　잘 사랑하기를 소망하며 책을 쓰는 사람은 두 가지 길을 취할
수 있다. 첫째는 올바른 길이 무엇인지 가르치는 교사의 길. 둘째
는 그 어려움을 구구절절 토로하는 친구의 길. 이 친구는 엄살이
천성이라 고통을 과장하기도 한다. 교훈은 나 몰라라 엄살만 떠
니 친구 중에서도 불량한 친구라 하겠다. 그러나 우리는 이런 엄
살꾼 친구에게서 위로를 얻지 않는가? 일례로 남편 때문에 고통
받는 아내에게는 제가 얼마나 현모양처인지 자랑하는 친구보다,

더욱 못나 빠진 딜레마를 토로하는 친구가 더 편안하다. 때로 사람은 옳은 말만 하는 스승이 아니라, 저보다 더 어처구니없는 패착에 빠져든 어리석은 이에게서 위로받고 배우는 법이다. 나만 감기 환자라 생각하면 괴롭다. 그런데 감기는 흔한 병, 남들도 다 걸리는 병이라는 사실을 알면 훨씬 견디기 쉽다.

소설은 엄살떠는 친구, 나도 감기 걸렸다고 고백하는 친구에 가깝다. 소설을 사랑하는 내가 잡은 길은 그래서 후자의 길이다. 나는 가르치기를 원하지 않는다.(실은 가르칠 만큼 훌륭하지 못하다.) 사랑의 바른 길에 관한 교훈을 설파하는 현자들은 이미 너무나 많다. 나는 사랑의 함정에 빠진 이들의 소상한 사연을 듣고, 그들의 고통에 공감하고, 함께 울고 싶었다. 고백하건대 가끔 나는 작중인물들보다 한술 더 떠서 흥분하고 고통을 과장하고 엄살을 떨기도 했다. 나의 공감이 독자의 공감을 사길 바란다.

사랑의 수난자이자 고행자, 바로 당신에게

이 책은 사랑과 소설을 주제로 한 에세이다. 작품별로 구성하긴 했지만, 각 글은 작품을 소개하는 다이제스트나 문학평론이라기보다 작품을 토대로 사랑에 관한 사설을 풀어놓은 에세이에 가깝다. 그래서 글들이 다소 길다. 또 작품 소개가 목적이 아니기에 텍스트들이 '고루고루 많이'라는 미덕을 갖추지 못했고, 서평 책의 일반적인 목록에서 비켜나 있다. 독자들에게 잘 알려지지 않은 소설을 텍스트로 삼기도 했다. 알려지지 않은 좋은 소설을 알리고 싶은 소망이 있었다. 2012년 5월 11일부터 12월 31일까지 〈프레시안〉에 '박수현의 연애 상담소'라는 제목으로 연재한 글들을 토대로 이 책을 썼다. 연재물에 더 다양한 내용을 추가하고 다듬었다.

각 이야기의 서두에는 민, 경, 희, 연, 도 등 익명의 인물들이 등장한다. 그들은 소설 주인공이 아니라, 독자다. 연애 때문에 고민하는 혹은 고통받는 독자다. 그들은 소설에서 비슷한 증상(?)을 발견하고 공감하거나 위로받거나 깨달음을 얻는다. 나는 그들의 실제 연애담을 먼저 이야기하고, 본문에서 그와 관련된 소설 속 사랑 이야기와 내 사설을 풀어놓았다. 실은 실제 연애담이 아니라 내가 창작한 소설이다. 그러니까 각 이야기는 소설 형식의 서두와 에세이 형식의 본문으로 구성되는 셈이다.

이 책을 통독한 독자라면 한 가상적 연인의 사랑의 일대기, 혹은 성장담을 재구성해볼 수 있을 것이다. 그는 낭만적이고 열정적인 편이라, 사랑을 두고 짙은 꿈을 꾸었다. 사랑에 많은 것을 걸었다. 사랑에 빠진 와중에 각종 신경증적 혼란에 시달렸다. 두려움, 내적 분열, 의심, 불안, 공격성, 넘치는 궁금증, 아이러니한 고독, 어처구니없는 망상들 이외에도 무수한 혼란. 사랑을 진행하면서 상대와의 차이에서 발생한 허다한 시련을 겪는다. 시련의 극복 불가능성에 전율하면서 치명적인 좌절에 빠진다. 그러면서 사랑에 독약 같은 허무를 느낀다. 사랑에 많은 것을 걸었던 지난날에 대한 뼈아픈 회한만이 남는다. 사랑은 존재하지 않는다고도 생각한다. 그러면서 사랑의 정체를 냉정하게 응시한다. 생각보다 사랑은 견딜 수 없게 허술한 것이었지만 허술하기에 매력적인 것이기도 했다. 그러다가 가까스로 사랑의 존재를 믿고 다시 사랑할 힘을 비축한다. 가끔은 사랑의 힘을 빌려 기적을 행하려고도 한다. 정확히 맞아 떨어지지는 않지만, 대체로 앞에 배열된 글에서는 사랑의 일대기 중 보다 초기 이야기, 뒷부분에서는 후기 이야기를 들을 수 있다. 거칠게 말해서 글의 배열 순서에 따라 가상적 연인은 성장해간다.

마음에 들었던 그에게서 연락이 오지 않아 괴로운 이, 먼저 전화를 걸고 싶어도 스토커로 비칠까 봐 마음을 버리려고 고군분투하는 이, 사랑을 갈망하면서도 두려워서 냉정을 가장하는 이, 넘쳐나는 자신의 사랑에 비해 상대의 사랑은 항시 모자라서 괴로운 이, 결국 내 넘치는 사랑이 늘 문제라고 자책하며 덜 사랑하기 위해 애쓰는 이, 짝사랑하던 그가 사귀자고 하는데도 거절하는 이, '그가 나를 사랑할까'라는 질문에서 놓여날 수 없는 이, 그가 나보다 다른 이를 더 사랑하는 듯해서 잠을 설치는 이, 저를 사랑하느냐고 집요하게 물어대는 그녀에게 할 말을 찾지 못하는 이, 내 감정이 사랑인지 아닌지 알 수 없어 헷갈리는 이, 그의 속내가 미치도록 궁금하여 현미경으로 들여다보고 싶은 이, 연인이 곁에 있음에도 정체 모를 불안에 허덕이는 이, 더없이 사랑하는 그를 끊임없이 구박하고 공격하는 이, 사랑 싸움을 그칠 날 없는 이, 그가 말할 수 없이 미운데도 헤어질 수 없는 이, 끔찍하게 허술한 사랑의 본색에 씁쓸해 하는 이, 짐작과는 너무도 다른 사람을 선택한 자신의 발등을 찍고 싶은 이, 그보다 더 치사한 자신의 밑바닥을 보며 사랑의 무능을 한탄하는 이, 사랑은 없다고 외치고 싶은 이, 다시는 절대로 사랑에 빠지지 않겠다고 결심하는 이, 이외에도 무수한, 밤하늘의 별만큼 많고 많은 사랑의 엄살꾼들, 사랑의 수난자들, 사랑의 고행자들에게 이 책을 바친다.

그 피곤한 사랑,
도대체 왜?

가브리엘 가르시아 마르케스,
『백년 동안의 고독』

칼 스피츠베그, 〈연애편지〉, 1845~1846

집안은 사랑으로 가득했다. 아우렐리아노는 자기의 사랑을 시작도 없고 끝도 없는 시로 표현했다. 그는 멜뀌아데스가 준 양피지에, 변소의 벽이며 팔뚝에, 그 외 아무 곳에고 닥치는 대로 시를 썼고, 그 시 속에서 레메디오스의 여러 가지 모습이 나타났다. 오후의 졸린 듯한 하늘 같은 레메디오스, 장미의 달콤한 향기 속의 레메디오스, 물시계의 비밀과 같은 레메디오스, 아침에 김이 무럭무럭 피어오르는 빵과 같은 레메디오스, 어디에나 레메디오스였고, 레메디오스는 영원 그것이었다.

민이 연인에게 결별을 고했다. 일방적으로. 사람들은 도무지 그 이유를 알 수 없었다. 솔직히 민을 더없이 부러워했었다. 그녀의 연인은 보기 드물게 자상했다. 어디에 가든, 그는 그녀와 동행했다. 그녀가 혼자 어딘가로 가다가 혹여 사고나 당하지 않을까, 늘 노심초사했기 때문이다. 놀랍게도 사람들은 그들이 싸웠다는 이야기를 단 한 번도 들은 적이 없었다. 그의 가장 큰 관심사는 그녀의 안부였고, 그녀는 사소한 걱정이나 남에게 말하기 부끄러운 험담을 그에게 마음 놓고 털어놓을 수 있었다. 그에게 그녀는 가장 흥미로운 텍스트였고, 그는 그녀의 일기장이나 다름없었다.

누구도, 그녀를 이해하지 못했다. 그녀 자신도 제 마음을 모르는데 도대체 누가 알겠는가. 쏟아지는 질문에 그녀는 침묵으로만 응대했다. 그와 그녀의 이별 후유증에 대해서는, 말을 말자. 세월이 흐른 후 그녀는 가브리엘 가르시아 마르케스의 『백년 동안의 고독』을 읽는다. 그리고 그때의 감정을 이해하기 시작했다. 이해했으므로 드디어 그녀는 말을 할 수 있었다. 붉은 화인으로 남은 청춘의 한때, 그녀가 빠져든 어리석음에 대해서. 말하면서 그녀는 눈물을 흘렸다. 그때의 어리석음을 애도하면서 혹은 찬란함을 질투하면서.

그때, 난 천국에서 외줄을 타는 기분이었어. 천국은 말할 수 없이 아름답지만 외줄 아래는 무시무시한 낭떠러지야. 떨어질까 봐 무서워서 다리가 늘 후들거렸어. 더없이 행복했지만 동시에 참을 수 없게 불안했단 말이지. 그 상태를 더 이상 지속할 힘이 없었어. 무엇보다 외로워서 미칠 것만 같았어. 사랑은 왜 그렇게 피곤한 걸까? 그리고 그 피곤한 사랑을 도대체 왜 하는 걸까?

정열과 고독, 그 기이한 함수관계

사랑에 빠진 사람의 불안감은
침대 안에서가 아니고는 평화를 찾지 못하리라.

사랑할수록 처절하게 외롭다. 말장난이 아니라 아는 사람은 다 아는 체험적 진실이다. 두 사람이 고독하지 않기 위해 하는 것이 사랑인데, 사랑할수록 외로워진다니 아이러니가 아닐 수 없다. 이 소설의 레베카와 아마란타 역시 사랑 때문에 외롭다. 그들은 동시에 피에트로 크레스피를 사랑하지만, 레베카는 사랑을 차지하고 아마란타는 그러지 못한다. 정황이 다르기에 그녀들의 외로움의 색깔은 다르지만, 이는 사랑의 짝패인 고독의 두 가지 전형적 사례.

우선 사랑에 응답받지 못한 아마란타의 외로움은 쉽게 납득된다. "변소를 닫아 잠그고 안에 들어앉아서 절망적인 정열의 고뇌를 쏟아버리려고 정열적인 편지를 써서는 그 편지들을 트렁크 깊이 감추"기를 반복하는 아마란타의 고독한 정열. 외사랑에 고통 받는 사람은 이중고에 시달린다.

넘치는 정열은 과녁을 갖지 못한다. 과녁에 명중되지 못한 정열은 갈 곳이 없다. 그 주인에게서만 맴돌기에 정열은 점점 더 과부하가 된다. 과부하가 될수록 출구를 찾기 마련이나, 과부하이기에 출구를 찾지 못한다. 그는 정열의 과부하를 수치스러워하기에, 정열을 은폐해야 한다는 압박감에 시달린다. 혼자 감당하기도 버거운데 철저히 은닉까지 해야 하니 이중고가 아닐 수 없다.

응답받지 못한 정열은 고독을 부추기고 고독은 다시 정열을 불태운다. 외사랑이 깊어질수록 저 홀로 타는 정열의 불길은 거세어진다. 응답을 받았으면 평범했을 정열은 종종 응답을 받지 못했기에 더욱 광포하게 날뛴다. 걷잡을 수 없게 된 정열 때문에 점점 더 사랑을 얻기 어려워지고, 더 고독해진다. 아마란타는 고독하기에 정열적이고, 정열적이어서 더욱 고독하다.

그러나 사랑을 잃은 아마란타 못지않게 사랑을 얻은 레베카도 외로우니, 어쩌면 더욱 처절하게 고독하다. 레베카는 피에트로 크레스피의 편지를 매일 기다린다. 우편배달부는 2주에 한 번씩 온다. 그런데 실수로 다른 날에 올지도 모른다고 생각한 그녀는 매일 오후 4시마다 배달부를 기다린다. 그러나 다른 날 우편배달부가 오는 일은 없었다. 오히려 와야 할 날에 오지 않기도 했다. 그런 날 레베카는 절망감에 자살이라도 하고 싶다.

절망에 미칠 것 같아서 레베카는 한밤중에 일어나 마당으로 나가서 자살이라도 하고 싶은 심정이 되어, 고통과 분노로 흐느껴 울면서 흙을 닥치는 대로 손으로 퍼서 집어삼켰고, 매끈매끈한 지렁이를 막 씹어먹었으며, 달팽이 껍질이 입안에서 아삭아삭 바스러졌다. 레베카는 동이 틀 때까지 먹은 것들을 토해냈다. 열병에 걸린 듯 레베카는 정신을 잃고 쓰러져서 혼수상태에 빠졌다.

광란에 빠진 레베카는 실연을 당했거나 외사랑에 고통받는 것처럼 보인다. 하지만 진실은 그 반대였다. 피에트로는 극진하게 레베카를 사랑했다. 편지가 오지 않는 경우도 피에트로가 무성의했기 때문이 아니라 돌발적으로 우편 사고가 일어났기 때문이었다. 실제로 편지는 대개 정기적으로 도착했다. 이렇게 보면 레베카의 광적인 절망은 그 연유를 알 수 없는 기이한 것이 된다. 드높은 인격과 향기로운 미덕을 갖추신 분들은 레베카를 맹목적인 탐욕에 사로잡힌 영혼이라고 비난할 수도 있으리라.

하지만 맹목적인 탐욕이란 사랑이 필연적으로 거느리는 것, 사랑의 심장과도 같은 것이 아닌가? 사랑의 응답은 언제나 모자란다. 충만하다 못해 과도하게 넘쳐흐르는 사랑의 응답도 필경 결핍만을 부각한다. 먹어도 먹어도 배고픔을 느끼는 야차와도 같이, 사랑에 빠진 자는 악무한의 굶주림에 시달린다. 사랑에 빠진 자의 이런 허기를 마르케스는 '고독'이라는 평범하지만 깊디깊은 속뜻을 품은 한 마디로 표현한다. 레베카의 고독을 이해할 수 있는 사람은 역시 사랑에 빠진 아우렐리아노뿐이었다.

아마란타와 마찬가지로 레베카의 사례에서도, 고독은 정열의 크기에 비례해서 깊어진다. 정열이 깊을수록 상대로부터 기대하는 바가 많아진다. 많은 것을 기대하면 자연스럽게, 만족하기보다는 결핍을 느끼기 쉽다. 그러니 고독할 수밖에. 또한 그는 고독하기에 다시 정열을 불태운다. 결핍을 느끼면 그것을 채우려고 발버둥치지, 어지간해서는 체념하고 싶지 않기 때문이다. 배고픈 사람이 먹을 것을 찾아 헤맬망정 배고픔을 잊으려 하지는 않는 것과 같은 이치다. 정열이 고독을 부르고 고독이 정열을 부르는 이 원환圓環.

어떤 면에서 사랑은 사랑하는 사람 자신의 고독을 발견하는 일이다. 적어도 사랑은 고독을 부각하는 사건이다. 사랑에 지금 막 빠진 이는 갑자기 갈망하기 시작한다. 전에는 갈망하지 않았던 것들을 갈망한다. 상대를, 사랑받기를, 이야기를 나누기를, 이 외에도 많은 것들을 갈망한다. 짙은 갈망 이후에는 곧 결핍감이 따라온다. 즉 갈망의 발생은 결핍의 발견과 동의어다. 결핍을 발견하면서, 그는 이전에 몰랐던 제 고독을 깨닫는다. 나는 이토록 헛헛한 못난이, 빈 곳 투성이었구나. 사랑에 빠지기 전에 그럭저럭 온전해 보였던 그는 갈망과 결핍을 겪은 이후 치명적으로 부족해진다. 구멍이 뚫린다. 불구가 된다.

또한 시작하는 연인은 상대의 마음을 도무지 알 수 없기에 고독하다. 상대의 마음은 가장 매력적인 탐험 지대다. 그러나 그 미개척지로 가는 길에는 견고하고 웅장한 장벽이 서 있다. 사랑에 빠진 이의 상념은 폭발한다. 그가 나를 사랑할까, 나의 어떤 면을 좋아할까, 혹은 싫어할까, 벌써 마음이 식어가는 것은 아닐까, 나보다 다른 이를 더 사랑하는 것은 아닐까……. 이루 헤아릴 수 없다.

그런데 이것을 상대에게 직접 물어볼 수 없다. 상대의 마음을 단지 상상하고 가설을 세울 수 있을 뿐이다. 가설은 가장 행복한 것부터 가장 불행한 것까지 극과 극을 넘나든다. 번민하는 자는 여러 가지 가설 중 무엇이 맞는지 궁리하기에 여념이 없다. 그는 혼자만의 상상 속에서 울고 웃는다. 아이러니하게도 상대의 마음이 내게로 오는 길을 차단하는 것은 이 넘쳐나는 공상이다. 공상이 풍부해질수록, 상대는 내 손이 닿지 않는 구만 리 바깥으로 달아난다. 상상력이 풍부한 연인은 고독하다.

뿐인가. 진행되는 연애에서 두 사람의 자아의 장벽은 얼마나 두터운가. 시간이 흐름에 따라 처음에 베일에 가려졌던 상대의 마음은 점점 선명하게 보인다. 그러나 실체를 드러낸 상대의 마음속에는 '나'와는 너무도 다른 것들만이 웅성거리고 있다. 문제는 상대가 변하지 않는다는 사실이다. 초기의 장벽이 '알 수 없는 너의 마음'과 '좌충우돌 상상만 하는 나' 사이에 세워진 것이라면, 진행 중인 연애에서의 장벽은 '어떻게 해도 변하지 않는 너'와 '너를 변화시켜야만 살 것 같은 나' 사이에 축조된다. 이 책의 뒤에서 자세히 살펴볼 터이지만, '참을 수 없는 자아의 견고함'에 치를 떠는 연인들은 더없이 많다. 연인들은 상대의 '다름'에 좌절하고 '다름'을 '같음'으로 만들기 위해 고투한다. 그러다 절망하며 절규한다. 나는 고독해!

사랑하면서 문제를 겪지 않는 사람은 없다. 그런데 이 문제는 종종 상대가 바뀌어도, 세월이 흘러도 동일하게 발생한다. 반복되는 문제를 겪으면서 사람은 제 자신을 반추한다. 현명한 이는 자기의 심성구조를 발견한다. 어린 시절에 형성되어서 어지간해서는 바뀌지 않는 마음의 습관 혹은 행동의 패턴. 이런 면에서 사랑은 자기를 비추는 거울이라는 말은 맞다. 사람은 사랑을 겪으면서 제 자신을 더 많이 알게 된다. 자기에 대한 지식을 확장하는데 사랑만큼 기여도가 큰 경험도 없다.

심성구조 때문에, 많은 사람들이 똑같은 패턴의 연애를 반복한다. (이 책의 뒤에서 괴이쩍은 각종 심성구조들도 만날 수 있을 것이다.) 늘 유사한 궤도 안에서 순환하면서, 다름 아닌 바로 제가 문제의 원흉임을 깨달은 연인은 제 심성구조를 깨부수기를 원한다. 쉽지 않다. 그는 깨닫는다. 내가 만든 감옥 속에 갇혔구나. 그는 파옥破獄의 지난함에 몸서리치며 다시 한 번 탄식한다. 너는 내 감옥 바깥에 있고, 나는 내 감옥을 깨고 너에게 갈 수 없다. 고. 독. 하. 다.

냉혈한인 그녀,
사실은 두려워서 사랑을 포기한 연약한 영혼

> 여자는 거리낌없이 그를 만져댔고, 그는 그 여자의 손길에
> 몸을 부르르 떨며 쾌감보다는 두려움이 머리에 꽉차 있었다.

상대의 마음은 대체로 내 마음 같지 않다. 마음이 맞는다 하더라도, 이른바 '맺어지기' 전 결별의 요인은 더없이 많다. 그러니 사랑이 '맺어지기'란 구우일모九牛一毛나 다름없는 진귀한 사건이

다. 그런데 이토록 희귀한 '맺어짐'의 순간을 마주할 때, 과연 기쁜가? 진실을 토로하라면 그때 표현하기 힘든 혼란을 느꼈다고 고백하는 이들이 적지 않을 것이다.

참을 수 없는 질투에 휩싸인 아마란타는 레베카와 피에트로의 결혼을 극성스럽게 방해하고 레베카를 독살할 계획까지 세운다. 하지만 레베카는 피에트로와 헤어진다. 아마란타가 방해했기 때문이 아니라 레베카가 다른 남자를 사랑하게 되었기 때문이다. 이후 피에트로와 아마란타는 자주 만나서 조용한 사랑을 키워간다.

피에트로는 미쳐 날뛰는 정열적인 사랑이 아니어도 따뜻하고 고요한 사랑에 도취하여 아마란타와 결혼하려고 결심한다. "억누를 수 없는 어떤 감정에 쫓겨서라기보다는 마음속에서 우러나는 자연의 섭리를 그대로 따르자는 뜻"에서. 그런데 청혼을 받은 아마란타의 대답은 어떠했나. "나는 죽으면 죽었지, 당신하고는 결혼하지 않겠어요." "당신이 정말로 나를 그렇게 사랑한다면, 앞으론 다시는 집안에 발을 들여놓지 말아요."

이제 피에트로는 흐느껴 울며 비굴하게 애원한다. 비 오는 밤이면 아마란타의 침실을 바라보며 마당에서 서성거리고, "세상에서 그 어느 누구도 여태껏 느껴보지 못했을 만큼 깊은 사랑을 느끼고 있는 목소리"로 노래를 부르며 그녀를 설득한다. 그녀는 요지부동이다. 절망을 이기지 못한 그는 자살하고 만다. 그녀는 양심의 가책으로 괴로워서 석탄불에 손을 지진다. 평생 화상의 흔적 위에 시꺼먼 붕대를 감고 산다.

아마란타는 왜 그토록 오랫동안 자신을 외롭게 했고, 질투심
에 불타게 했으며, 죄책감에 시달리게 했던, 그리고 여전히 열
렬하게 사랑하고 있는 피에트로의 청혼을 고집스럽게 거절했을
까? 피에트로에 대한 복수심 때문이었다고, 사람들은 말한다. 하
지만 오랜 세월이 흐른 후 아마란타의 어머니 우르슬라는 이렇
게 분석한다.

아마란타는 우르슬라의 마지막 분석과정에서 이 세상의 어느 누
구보다도 부드러운 여인이었음이 분명해져서, 우르슬라는 아마
란타에 대해 동정을 느꼈고, 피에트로 크레스피로 하여금 부당
한 고통을 받게 만든 까닭은 모든 사람들이 생각했던 대로 자신
이 겪은 괴로움에 대한 앙갚음에서 연유한 것이 아니라, 그 두 가
지 사건은 모두 헤아릴 수 없을 만큼 깊은 사랑과 물리칠 수 없었
던 비겁함의 결사적인 투쟁과정에서 빚어진 결과였으며, 마침내
는 아마란타가 자신의 고통스러운 마음에 대해서 느끼고 있던 어
처구니없는 두려움이 승리를 거두었다는 결론을 내렸다.

그 비극은 "헤아릴 수 없을 만큼 깊은 사랑과 물리칠 수 없었
던 비겁함의 결사적인 투쟁과정에서 빚어진 결과"였다고 한다.
냉정하다는 평판과 달리 누구보다도 마음이 여린 아마란타는 어
처구니없는 두려움에 굴복한 가엾은 영혼이라는 것이다. 아마란

타는 피에트로를 깊디깊게 사랑했으나, 사랑의 동반자인 두려움을 이기지 못한 것이었다.

사랑에 빠진 자가 모두 사랑을 쟁취하려고 동분서주하는 투사가 되는 것은 아니다. 적지 않은 경우 그는 사랑의 성취 바로 앞에서 비겁하게 몸을 사리고 도망쳐버린다. 사랑에 빠진 당신에게 묻는다. 당신이 서 있는 자리는 꼿꼿한 직립이 가능한 굳은 땅 위인가, 천 길 낭떠러지 옆에서 다리가 후들거리는 좁은 비탈길 위인가? 마음이 연약하고 깊은 이들은 후자를 택할 것이다.

깊은 사랑과 동시에 두려움에 몸을 떠는 사람은 이렇게 되뇐다. 그는 나를 사랑할 수 있을까. 이토록 모자란 나를. 그는 언젠가 나를 버릴지도 모른다. 내가 못나서가 아니더라도 어차피 사랑은 변하게 마련이니 결국 나는 사랑을 잃게 될 것이다. 잃은 후의 절망을 도대체 어떻게 감당하나. 게다가 미쳐 날뛰는 정열을 감당할 수 있을까. 정열이 벼려낸 내 안의 칼이 그를 찌르면 어쩌지. 사랑 속에서 나 자신을 상실할지도 모른다……. 그밖에도 많다. 아마란타 역시 사랑을 잃을까 봐 두려워했거나 아니면 폭력적인 사랑의 심연을 두려워했을까. 사랑의 깊이와 두려움의 깊이는 비례하므로, 피에트로를 죽음으로 이끈 아마란타의 냉혹함은 그녀의 사랑이 얼마나 깊은지 역설적으로 웅변한다.

두려움은 행복 자체를 향한 것인지도 모른다. 아마란타는 눈앞에 다다른 행복 앞에서, 단지 행복해지는 것이 두려웠는지도. 오랫동안 꿈꿔왔던 사랑이 이루어지는 순간, 어떤 이는 환희보다는 불안과 공포를 느낀다. 행복이란 워낙 드문 것이기에, 사람은 그것을 만나면 낯설어서 어떻게 대해야 할지 모른다.

행복은 과거와 미래 속에서만 존재했거나 존재할 것이다. 그러니까 사람은 과거에 행복했다고 다소 왜곡해서 기억하거나, 미래에 행복하기를 기대할 뿐이지, 현재 행복하다고는 거의 느끼지 않는다.[3] 지금 이곳에서 행복은 항시 부재중이다. 없어야 하는 것이 있을 때 인간은 공포를 느끼게 마련이다. 예상을 벗어난 낯선 것을 만날 때도 마찬가지이다. 지금 이 순간 닥치는 행복은 '원래 없어야 하는 것'인 데다 '예상을 벗어난 낯선 것'이므로 공포스러울 수밖에 없다.

한편 인간은 본능적으로 안다. 줄기차게 추구해온 욕망의 정점에 아무것도 없음을. 그 텅 빈 정점을 보는 순간 느낄 참혹을 본능적으로 두려워하기에, 꿈이 이루어지기 바로 직전에 도망쳐버리는 게 아닐까. 꿈꾸는 대상이 허상이었음을 인정하기 두려워서 꿈이 실현되는 순간을 뒤로 미루거나 포기하는 것이다.

아마란타는 게리넬도 마르께스를 만나면서도 되풀이 되는 두려움을 느낀다. 여러 해에 걸쳐서 거듭 사랑을 고백하고 정성을 기울인 게리넬도에게 아마란타는 "자기 자신의 고집을 이기지 못해 절망"하면서, "죽는 그날까지 혼자서 울면서 고독하게 평생을 보내리라고 결심하고는" 영원한 이별을 고한다. 그녀의 이런 처사가 그동안 겪은 괴로움에 대한 앙갚음이라고, 사람들은 분석한다. 하지만 오랜 세월 후 우르슬라는 피에트로의 경우에서

처럼, 그것이 깊은 사랑과 두려움의 싸움에서 두려움이 사랑을 이긴 결과라고 이해한다. 사랑이 깊기에 사랑이 사랑을 죽인 것이다.

내적 분열, 사랑의 핵核

> 그는, 그럴 마음이 없으면서도
> 그 여자를 만나러 가야만 한다는 충동을 느꼈다.

인간의 마음은 본디 분열적이다. 무엇을 하고 싶을 때, 그것을 하고 싶지 않은 마음을 동시에 느낀다. 소망은 자동적으로 거부를 동반한다. 의욕은 동시에 회피를 거느린다. 빛과 그림자가 한 몸인 것과 같은 이치다. 원하면서도 원하지 않는다. 사랑하면서도 밀어내고, 도망치면서도 사랑한다. 이러한 내적 분열을, 연애하는 사람은 그 어느 때보다도 격렬하게 체험한다.

아마란타가 게리넬도를 대하는 모습은 내적 분열하는 연애 심리를 극명하게 보여준다. 그녀는 게리넬도에게서 과거 피에트로에게 느꼈던 정열을 되살려보려고 애를 쓴다. 애를 쓴다는 것은 자연스럽게 그 정열이 생기지 않았다는 것, 다시 말해 죽을 만큼 사랑에 빠지지는 않았다는 것을 의미한다. 그러나 게리넬도를 거절한 후에도 아마란타는 "우르슬라에게 전쟁에 대한 최근의 형세를 알려주는 그의 목소리를 듣지 않으려고 손가락으로 귀를 막았으나 밖으로 나가서 그를 보고 싶어 죽을 지경이었다. 그러나 겨우겨우 그 충동을 억제할 수 있었다."

사랑의 빛깔은 형형색색이라, 격렬한 정열이 아니어도 보고 싶어 죽을 것 같은 심정도 있고, 보고 싶어 죽을 것 같으면서도 억누를 수밖에 없는 심정 또한 있다. 이런 분열적인 심정은 노년에도 그대로여서, 아마란타는 게리넬도 노인을 만나면서 추억으로 마음이 아파질 때면 공연히 듣기 싫은 소리를 하면서 그를 괴롭힌다.

불타는 정열보다 무서운 은근한 사랑의 독毒

사랑이 아무리 거칠거나 깊다고 해도
결국은 한순간의 진리에 지나지 않는다.

아마란타와 게리넬도가 들려주는 또 하나의 사랑 이야기. 아마란타는 게리넬도를 만나면서 사랑의 정열을 다시 느껴보려고 노력한다. 그러다가 그녀는 "비록 그를 사랑하게 되지는 못했어도, 그가 없이는 살 수 없다고 느끼게" 된다.

벼락 맞듯이 시작된 사랑만 치명적인 것은 아니다. 이런 경우를 우리는 안다. 상대에게 느끼는 감정이 '사랑'은 아닌 듯하여

'사랑'을 의도적으로 만들려고 노력했다. 그러나 노력의 결과 느끼는 감정도 '사랑'은 아닌 것 같았다. 그런데도 상대 없이는 살 수 없다. 문제는 이런 감정이 더 치명적일 수 있다는 사실이다.

앞의 피에트로도 마찬가지다. 사랑 때문에 죽는 것은 레베카와 피에트로의 경우처럼 불타는 정열 안에서만 가능하다고 생각하기 쉽다. 하지만 피에트로는 정열적인 레베카와의 사랑에 실패했을 때는 자살하지 않았지만, 아마란타와의 조용한 사랑이 끝났을 때 자살하고 만다. 없어지면 죽을 정도로 치명적인 사랑은 반드시 정열이라는 외투를 입고 있는 것이 아니다. 은근한 사랑을 잃을 때, 그 파괴력은 상상을 초월한다.

사랑의 깊이는 정열의 강도로써 측정되지 않는다. 시작할 때의 순도純度로도 사랑의 깊이를 가늠할 수 없다. 사랑의 깊이를 잴 수 있는 자尺가 있다면, 그것은 결과적인 의존도일 것이다. 희로애락을 나누거나 위안을 주고받거나 서로를 무한하게 궁금해 하거나 어떤 식으로든 진지하게 서로에게 의존할수록 사랑은 깊다고 할 수 있다. 심지어 증오도 사랑의 다른 이름이다. 증오하는 사람은 그 대상과 누구보다도 깊게 얽히기 때문이다. 하물며 우정과 사랑의 거리는 매우 가깝다. 사랑해서 정이 깊어진다는 말은 맞다. 하지만 그 반대도 진실이다. 너 없이는 살 수 없어. 이 말은 사랑한다는 고백보다 무섭고 지독하며 간절하고 애틋한 말이다.

사랑의 다른 고백, 네가 미워 죽겠어!

> 그들 두 사람은 일상적이면서도 영원한 현실이라고는
> 오직 사랑뿐인 공허한 하늘에 둥둥 떠서 살았다.

상대의 매력에 감탄하고, 없는 매력까지 상상해내는 모습이 일반적인 사랑의 신호탄이다. 하지만 보다 괴이쩍은 신호탄도 있다. 이를테면 상대를 공연히 깎아내리고 짜증스러워하거나, 그에게 수시로 분노하는 감정 같은 것 말이다. 사랑의 시작을 알리는 신호는 때로 뒤틀리고 변형된다. 가령 철수가 영희에 대한 호감을 극구 부인하거나, 그녀를 미워하고 기피하거나, 자신감을 잃어 심각한 열등감과 우울에 빠지거나, 이럴 때 우리는 슬며시 눈치챈다. 철수가 영희를 좋아하는구나!

레메는 마우리치오 바빌로니아에게 매혹된다. 그 경과는 '뒤틀린 사랑의 신호탄'의 전형적인 사례를 보여준다. 첫 만남 후 레메는 마우리치오가 건방지다고 친구에게 험담한다. 이후 그녀는 영화관에서 그가 자꾸만 자기 쪽으로 머리를 돌리는 모습을 본다. 그가 노골적으로 추근댄다고 그녀는 분노한다. 레메는 난파선에서 그가 자신을 구출하는 꿈을 꾼다. 꿈속에서도 그녀는 고맙기는커녕 화가 나서 견딜 수 없다. 이토록 미워하면서도 그녀는 그를 빨리 만나고픈 기묘한 욕망에 안달한다. 결국 그를 만난 그녀는 "쾌감과 분노가 섞인 묘한 기분"을 느끼며, 이후로도 후

회하는 동시에 만족하는 내적 분열에 혼란스러워한다.

레메의 내적 분열은 여기서 끝나지 않는다. 그날 밤 그녀는 압박감에 시달린다. 공연히 흑심을 품지 말라고 한시 바삐 쏘아주어야 한다고. 압박감에 쫓기듯 달려가 그를 만난 레메는 갑자기 깨닫는다. 자기가 그와 단둘이 있고 싶은 욕망에 미칠 지경임을. 그런데 그가 그녀의 감정을 읽은 듯 거만하게 굴자, 그녀는 너무나 굴욕을 느낀 나머지 밤새도록 화가 나서 흐느껴 운다. 앞서 아마란타의 내적 분열을 이야기했지만, 레메의 내적 분열은 더 격심한 듯하다. 그를 사랑하면서도 동시에 미워하고, 그에게 분노하면서도 그를 욕망하는 내적 분열 말이다.

이후 두 사람은 지독한 사랑에 빠지지만, 그 시작은 이토록 증오와 분노, 공격성으로 가득 차 있다. 증오와 분노는 매혹 당한 속내를 감추는 위장술이었다. 매혹을 공격성으로 뒤집어서 표출하는 광경은 흔히 볼 수 있다. 가령 소년은 마음에 둔 소녀를 짓궂은 장난으로 괴롭힌다. 싸우다가 정든다는 말도 유명하다. 사랑이 깊은 커플일수록 지독하게도 잘 싸운다.

이렇게 사랑과 공격성은 자주 쌍두아처럼 한 몸을 이루니, 가령 이 작품 최후의 연인들인 아마란타 우르슬라와 아우렐리아노의 경우도 그러하다. 마르케스는 그들의 맨 처음 성합을 이렇게 묘사한다.

그들은 목숨을 걸기라도 한 것처럼 맹렬히 싸웠지만, 그들의 공

격이나 도피는 유령 같은 몸짓이어서 폭력의 인상은 조금도 없었
으며, (중략) 야만적이면서도 예식禮式 같은 싸움에 한창 열이 올
랐을 때, 아마란타 우르슬라는 그녀의 억지 침묵이 오히려 이상
할 정도로 계속되어서, 이러다가는 옆방에 있는 남편이 그들이
싸우느라고 내었을 소음보다도 지나친 이 침묵을 오히려 더 의심
할지도 모른다는 생각이 들었다. 그래서 아마란타 우르슬라는 이
를 악물고 싸움을 계속하면서 일부러 웃어댔고, 그러면서도 그를
물어뜯을 때에는 가짜로 물고, 조금씩 조금씩 저항의 몸짓을 누
그러뜨렸으며, 그래서 그들은 서로 싸우면서도 이제는 공범자가
되었다는 사실을 어렴풋이 깨달았고, 그들의 난투는 흔한 희롱으
로 바뀌어 갔고, 공격은 포옹이 되었다.

오랜 방황 끝에 처음으로 몸을 섞는 이들의 행위는 난투극과
다름없다. 실제로 섹스 자체가 공격과 방어가 끊임없이 자리를
바꾸며 이어지는 싸움과 닮았다. 원시 시대에 남자들은 사랑하
는 여자들을 유괴해야만 했다. 그리하여 오래전부터 사랑과 전
쟁은 등치 관계에 놓였다. 둘 다 정복하고, 유괴하고, 사로잡는
행위와 관련되기 때문이다.[4] 왜 이토록 사랑은 전투 혹은 공격성
과 밀접한 연관을 맺는가?

우선 앞서 본 두려움. 사랑에 함몰되어 자기 자신을 잃을까 봐
두렵고, 사랑에 필연적으로 따르는 진창 같은 고통도 겁나고, 사
랑의 궁극이라는 행복도 실은 무서운 나머지, 사랑에 빠진 사람

은 그 사랑과 상대를 버리고 싶다. 일단 자기 자신을 보호해야 하기 때문이다. 이때 버리고 싶은 마음을 합리화하는 이유를 마련해내야 한다. 그래서 상대를 깎아내린다.

한편 매혹 당한 사람은 상대가 자신을 사랑할 리 없다고 지레짐작하기 쉽다. 거절이 두려운 나머지 깊게 빠지지 않도록 스스로를 단속한다. 이런 감정은 열등감과 불가분의 관계이다. 열등감은 우울의 씨앗이다. 열등감에 시달리며 우울에 빠진 이는 자연스레 그 원인을 제공한 상대를 증오하게 된다. 그리하여 그는 매혹을 증오와 분노 따위 뒤틀린 형태로 표현한다.

때로 연애는 스포츠 경기와도 같다. 누가 먼저 상대를 사로잡느냐, 이 문제를 두고 두 사람은 한판 대결을 벌인다. 각자 매혹하는 자가 되기 위해서 전력을 다한다. '매혹 당한 자'라는 판정은 패배의 낙인이다. 인간에게는 '매혹 당함'을 '공격받음'으로 번역하는 잠재의식이 있다. 그래서 '매혹=공격'을 당함으로써 위험에 처한 그는 스스로를 방어하려고 상대를 역공한다. 혹은 매혹 당함으로써 싸움에 졌다고 생각하는 그는 당연히 화가 난다. 그래서 상대에게 화풀이한다. 이때 실제로 혼내고 싶은 사람은 못나 빠진 자기 자신이다.

생물학적인 설명도 있다. 분노할 때와 섹스할 때 유사한 호르몬이 나온다. 분노할 때 나오는 아드레날린과 테스토스테론은 흥분을 유발하고 심장 박동을 촉진한다. 특히 테스토스테론은 남녀 모두에게 성욕을 강화시킨다. 그래서 종종 싸움 직후의 섹

스는 더욱 격렬하고 황홀하다고 한다.[5]

혹은 이럴 수도 있다. 사랑과 증오 모두 더없이 일상적인 사건이나, 극단적인 경우라면 사정이 다르다. 천국에서 둥둥 떠다니는 듯한 극단적인 사랑과 죽여야만 살 것 같은 극단적인 증오는 현실적인 사무로 번잡한 일상에서 발생하지 않는다. 그것은 동물적이고 본능적인 세계에서 일어난다. 이 세계에서 사람은 비현실적이고 비일상적인 쾌락을 느낀다.

이때의 쾌락은 사랑으로도 커지고, 공격성으로도 커진다. 사랑이 공격성을 키우고 공격성이 사랑을 키우기도 한다. 공격성과 사랑이 쾌락을 지지하는 양대 주축이기에, 한쪽이 크면 다른쪽도 동시에 커진다. 더 짜릿한 쾌락을 바라는 마음으로, 연인들은 자꾸만 전투하는지도 모른다. 그러니까 전투는 사랑이라는 쾌락을 극단적으로 누리기 위해서 의도적으로, 그러나 무의식적으로 뿌리는 양념인 셈이다.

인생을 탕진하고서야 맞이한, 천국

> 아우렐리아노 부엔디아 대령은 노년기를 훌륭하게 보내는 비결이란
> 고독과 영광스러운 조약의 체결뿐이라고 깨닫게 되었다.

두말할 나위 없이, 이런 삐딱한 마음만이 사랑의 전부가 아니다.

사랑에는 분명히 훈훈한 국면이 있다. 연인이 추구하는 것은 물론, 행복이다. 그렇다면 사랑에서 무엇이 가장 행복한가? 우리는 왜 사랑을 할까? 그 피곤한 사랑, 도대체 뭐가 좋아서? 사랑하면서 가장 간절하게 구하는 것은 무엇인가? 매혹을 느끼는 순간의 떨림인가, 정열에 따르는 짜릿한 고통인가, 상대를 얻었을 때의 성취감인가, 육체적 쾌락인가, 독점적 관계가 주는 안도감인가?

여기 평생토록 쾌락의 극단까지 누려본 이후 왜 사랑이 좋은지, 사랑의 가장 좋은 면이 무엇인지 노년이 되어서야 깨달은 커플이 있다. 그들의 답은 이렇다. 고독을 나눌 수 있는 천국. 답이 좀 시시한가? 어쨌든 그들은 이 천국을 찾기 위해서 인생을 그토록 많이 낭비해야만 했다는 사실에 비탄을 금치 못한다.

아우렐리아노 세군도와 페트라 코테스는 결코 고결한 연인들이 아니었다. 애초에 그는 쌍둥이 형제와 함께 그녀를 두고 짓궂은 장난을 즐겼을 뿐이었다. 쌍둥이 형제들은 마치 한 남자인 양속이고 번갈아 페트라의 침대를 찾는다. 보다 더 길게 페트라 곁에 남은 아우렐리아노는 그녀와 아찔한 육체적 사랑을 즐기며 통제받지 않는 쾌락의 극단까지 가보지만, 동시에 그녀를 여러 번 배반한다. 그는 세상에서 가장 아름다운 여인, 페르난다와 결혼하기 위해 페트라를 버린다. 그러나 페르난다와의 침실 생활에 만족하지 못하자, 페트라를 다시 찾는다. 그는 평생 두 여자 사이에서 오락가락한다.

그는 페트라와 함께 방만한 욕망을 무절제하게 추구한다. 배가 터지도록 먹어대고, 방탕한 파티를 무제한으로 열어대고, 흥청망청 돈을 써댄다. 새끼를 많이 쳐서 그를 부유하게 만든 가축들처럼, 혹은 디오니소스처럼, 이 시절의 아우렐리아노 세군도는 방탕과 무절제와 충동의 화신이다. 그는 페트라에게 충실하지도 않았다. 지독한 홍수가 마콘도를 휩쓸 무렵, 단지 빗속을 걸어가기 싫다는 이유로 페르난다의 집에 머물면서 페트라 홀로 재앙과 싸우도록 방치한다. 페트라 역시 지고지순한 여인은 아니었으니, 페르난다에게서 그를 빼앗아 오기 위해 각종 술수를 일삼았다.

욕망의 명령만을 따랐던 철없고 이기적인 이 연인들은 그러나 인생의 가을을 맞이하여 참된 사랑을 느낀다. 그들을 가르친 교사는 가난이었다. 그들은 홍수로 모든 부富를 잃고, 힘겹게 생계를 이어가며 나머지 가족까지 책임져야 했다. 이때 "동정"과 "비참한 외로움"을 함께 느끼면서 그들은 새로이 사랑에 빠진다. 미친 듯이. 그러나 "부서진 침대에서는 난폭한 행위 대신에 친밀한 안식처를 찾는 부드러움이 자리를 잡았다."

그래서 그들은 함께 지난날의 광폭한 탕진생활과, 으리으리했던 부유함과, 걷잡을 수 없었던 음탕한 삶이 결국은 역겨움에 지나지 않았음을 깨달았고, 고독을 나눌 수 있는 천국을 찾기 위해서 그들이 인생을 그토록 많이 낭비했어야만 했다는 사실을 슬퍼했다. 여러 해 동안의 삭막한 생활 끝에 미친 듯이 사랑에 빠진 그들은 침대에서뿐 아니라 식탁에 마주 앉아 있는 순간에도 사랑을 나눌 수 있다는 기적을 터득하고, 그들의 행복은 자꾸만 자라서 그들이 다 낡아빠진 두 늙은이가 되었을 때도 어린아이들처럼 꽃 피어났으며 강아지들처럼 정겹게 같이 놀았다.

무의미한 장난과 순수한 놀이의 가능성은 사랑이 무르익었음을 증명하는 확실한 지표다. 시작하는 사랑의 폭풍우와 진행되는 사랑의 치명적인 균열을 견뎌낸 연인들은 다시 어린아이로 돌아간다. 공연히 장난을 걸고 의미 없는 입씨름을 주고받는다. 강렬한 성욕 없이도 강아지들처럼 비비고 뒹군다. 어린아이들의 놀이에서 천국을 보는 이유는 놀이의 무의미성과 무의도성 때문이다. 그들은 그저, 놀기 위해서 논다. 번민도 계산도 겉치레도 자의식도 없는 가벼움은 아무래도 천상의 것에 가깝다. 어린아이가 된 오래된 연인들은 고뇌와 오해와 고독한 몽상을 내려놓고 다만 천진해질 수 있다.

이들은 인생을 그토록 낭비하고 나서야 고독을 나누는 천국을 맞이했다. 천국이란 육체적 쾌락을 그 꼭대기까지 다 누릴 수 있었던 젊은 날, 욕망에 아무런 제동을 걸지 않아도 좋을 만큼 모든 것이 흥청망청 넘쳐나던 젊은 날에 있는 것이 아니란다. 가난하고 비참하지만 고독을 함께 나눌 수 있는 노년에, 천국이 있단다.

평생 고결한 사랑을 나눈 이들만 이러한 천국을 누릴 수 있는 것은 아니다. 이기심, 질투, 책략, 기만, 무책임으로 훼손된 관계를 이어온 이들도 은총의 순간 천국에 도달할 수 있다. 소설에서 그들은 고난을 함께 겪도록 내몰렸기에 은총의 순간을 맞이하였지만, 계기가 어디 그것뿐이겠는가. 그러니 배반을 일삼는 현재의 사랑으로 고통받는 연인이 있다면 좀더 인내심을 갖고 후일을 기다리시길. 더불어 사랑에 대한 천상의 꿈을 부정하는 누추한 지상의 현실에 슬퍼하는 연인이라면 비탄을 거두시라. 사랑으로 누릴 수 있는 지복至福이란 고독을 함께 나누는 경지에 불과하단다. 그러니 야심 찬 기대를 하지 마시길.

그러나 결코 고독의 공유를 '불과하다'는 말로 폄하할 수는 없다. 서두에서 길게 이야기했거니와, 설익은 사랑은 대체로 고독하다. 연애의 본질이 고독이며, 연인들의 궁극적 천적이 고독이라 해도 과언이 아니다. 이러한 고독을 '공유'할 수 있다면, 이는 사랑의 최후이자 최대의 강적을 이겨냈다는 말 아닌가? 이 경지는 다음의 것들을 동시에 데리고 온다.

이제 연인은 좌충우돌하며 홀로 공상할 수밖에 없었던 상대의 마음을 눈빛만으로도 알아챌 수 있다. 도무지 깰 수 없을 것 같던 자아의 장벽을 다소간 허문다. 자아의 각진 모서리가 닳고 닳아서, 두 개의 날 선 자아는 둥그렇게 겹친 원이 되어가고 있다. 이런 경지는 찬란한 정열보다 더욱 행복하다. 사랑은 매혹과 두려움과 분열과 혼란이기도 하지만, 그 궁극에는 고독을 나누는 천국이 놓여 있다. 그리고 지금 사랑에 관해 가장 정직하게 할 수 있는 말은 이것이다. 천국으로 가는 길 위에 놓인 시련에 기꺼이 참여하는 일이 바로 사랑이다. 혹은 사랑은 시간과의 싸움이다.

한편 모든 고통의 궁극은 고독이다. 이 소설에서 작가는 허무, 근심, 정열, 공포 등 헤아릴 수 없이 다양한 '아픈 마음'들을 진열한다. 가히 마음의 박물관이라 할 만하다. 작가는 이 각양각색 고통의 끝을 고독으로 귀결시킨다. 제목만 봐도 알 수 있다. 이 소설만큼 인간만사 겹겹이 스민 형형색색의 고독을 처연하게 그린 작품도 드물다. 고독의 만화경이 따로 없다. 굳이 소설을 이야기하지 않아도, 우리네 삶만 돌아보아도 안다. 고독이 인간의 천형임을. 사정이 이러한데 고독을 나누는 축복이 과연 시시한가?

네가 사랑했던 그녀는
나의 이상형

밀란 쿤데라,
「히치하이킹 놀이」

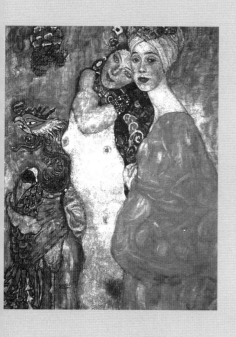

구스타프 클림트, 〈여자친구들〉, 1916~1917

모든 행복 뒤에는 의혹이 자리잡기 마련이다.

경은 스무 살 때 첫사랑에 빠졌다. 그녀의 소원은 오직 하나, 남자친구가 자신에게 완전히 매혹되는 것이었다. 그녀는 오매불망 기원했다. 그를 사로잡을 수 있는 '매력적인' 캐릭터가 되어야 한다! '그가 어떤 스타일의 여자를 좋아할까?'라는 질문은 그녀의 화두가 되었다. 남자친구의 이상형을 찾기 위해, 그녀는 그의 옛 사랑에 관해 캐묻기 시작했다. 특히 옛 애인의 캐릭터에 유별나게 집요한 관심을 기울였다.

남자는 마지못해 이야기해주었다. 옛 애인이 오래전 영화 〈베티 블루〉의 주인공 같았단다. 히스테릭하고 충동적이며 폭발적인 감성을 가진 데다 결국 미쳐버린 베티. 경이 보기에 차분하고 평범한 제 성격은 베티와 정반대였다. 그녀는 제 성격이 매력 없고, 베티의 성격은 매혹적이라는 근거 없는 믿음에 사로잡히며, 나락과도 같은 열등감에 빠져들었다. 그리고 그녀는 베티를 흉내 내고자 노력했다. 충동적이고 광기 있어 보이려고 연기했다.

그녀는 영화 〈베티 블루〉를 보고 또 보았다. 베티를 남자친구의 극진한 사랑을 받은 그 사람인 양 상상했고, 뼈아프게 질투했다. 아무리 연기해도 베티가 되지 못한다고 생각하며 치명적인 좌절에 빠져들었다. 그 연기가 포즈일 뿐이라는 사실을 당시 그녀는 알지 못했다. 실상 남자친구는 옛 애인을 극진하게 사랑하지도 않았고, 옛 애인이 베티를 닮았다는 것도 사실과는 다른 남자친구의 환상이었을 뿐이라는 사실 역시 경은 알지 못했다.

경은 이후 다른 연인들을 만나면서도 그들이 좋아하는 여자의 스타일을 집요하게 알고 싶어 했다. 과거를 캐물었으며, 과거의 여자들을 닮으려고 처절하게 노력했다. 그리하여 그녀는 변화무쌍한 사람, 정체성이 없는 사람이 되었다. 문득 그녀는 자문한다. 내 자신은 어디로 가버렸던 말인가? 혹시 내가 미친 게 아닐까? 그러던 경, 밀란 쿤데라의 「히치하이킹 놀이」를 읽는다.

읽고 난 후 경은 슬며시 미소를 머금는다. 다른 사람들도 그런 감정을 느낀다는 사실을 알았기 때문이다. 복잡미묘하게 느꼈던 그 심정, 아무도 이해 못 할 거라고 짐작하여 감추고만 싶었던 그 심정을, 쿤데라는 매우 명료한 언어로 서술했으며 희화화하기까지 했다. 그러니까 경은 비밀스러운 제 감정이 보편적인 인간 심리라는 사실을 깨닫고 안심한 것이다. 자기가 미친 게 아니라는 안심 말이다.

「히치하이킹 놀이」는 휴가를 맞아 여행을 떠난 연인들이 하루 동안 겪는 일을 이야기한다. 운전 중 두 사람은 우연히 히치하이킹 게임에 빠져든다. 게임 중 두 사람의 미묘한 심리가 뒤엉키는 양상이 무척 흥미진진하다.

너의 옛 애인처럼 되고 싶어!

스물여덟 살 남자는 여자들과 할 수 있는 모든 것을 이미 다 해봤다고 자신한다. 그는 지금 애인의 청순함과 순수함을 좋아한다. 특히 그녀가 부끄러워하는 모습을 사랑한다. 그러나 여자는 수줍음을 잘 타는 자신이 싫다. 그녀는 제 성격에 막연히 열등감을 느끼고 저와 정반대의 성격을 무턱대고 질투한다.

그녀는 생각한다. 이른바 몸과 마음이 자유로운 여자들, 가볍고 음탕하고 자유분방한 여자들이 자기보다 훨씬 더 매력적이고 유혹적일 것이다. 더욱이 경험이 많기에 이런 유형의 여자를 잘 아는 남자는 어느 날 자기를 떠날지도 모른다. 그녀의 마음은 이렇다.

그 사람은 완전히 그녀에게, 그리고 그녀는 완전히 그에게 속하

기를 그녀는 바랐다. 하지만 그에게 모든 것을 주려고 노력하는
만큼, 그녀가 그에게 주기를 거부하는 그 무엇이 있는 것처럼 여
겨졌다. 즉 깊은 사랑이 아닌, 표피적인 연애가 제공해 줄 수 있는
바로 그것을 그녀가 그에게 주지 않으려는 것 같은 생각이 그녀
에게 들었다. 그녀는 그녀의 진지함을 벗어나서 좀 가벼워질 수
없다는 사실에 괴로워했다.

사랑에 빠진 이의 가장 간절한 소망은 사랑을 받는 것이다. 그
냥 받는 것도 아니고, 넘치도록, 포만감 들게, 치열하게, 헌신적
으로 사랑받아야 한다. 그러기 위해서는 일단 상대에게 사랑받
을 만한 사람이 되어야 한다는 절체절명의 과제가 떠오른다. 자
연스러운 수순으로, 이런 질문들이 이어진다. 어떤 사람이 상대
의 사랑을 받을 만한가? 나는 어떤 사람이 되어야 하는가? 이런
면에서 사랑에 빠진 이는 그 어느 때보다도 저 자신에게 폭발적
으로 관심을 기울인다.

질문의 보다 솔직한 버전은 이렇다. 상대는 어떤 이성상을 좋
아하는가? 그가 되어야 하는 사람은 바로 상대의 이상형이기 때
문이다. 이 문제는 그에게 일생일대의 화두가 된다. 이 문제를 풀
기 위한 가장 손쉬운 방법이 상대의 옛 애인을 조사하는 것이다.
서두의 경처럼, 그는 그것을 알아내려고 상대에게 캐묻고, 유도
신문을 하기도 하고, 주변에 수소문까지 한다. 이런 과정을 거쳐
그는 상대의 '이상형'을 대개 제멋대로 규정해버린다. 이때 종종

상대의 과거 연인들을 이상형의 자리에 놓는다. 그리고 소위 이상형과 자신을 줄기차게 비교하고 서로 다른 점을 끈기 있게 찾아낸다.

안타깝게도, 이 과정에서 열등감이 발생하기 쉽다. 연인은 원체 사랑에 빠지면서부터 열등감과 친숙해진다. 노래 가사도 있다. 그대 앞에만 서면 나는 왜 작아지는가. 더구나 상대의 이상형은 열등감에 구체적 근거까지 제공한다. 특히 '이상형'의 성격이 자신과 정반대라고 상상할 때, 그의 열등감은 헤어나기 어려운 것이 된다. 그래서 이 소설의 여자 주인공은 자유분방한 여자들에게 열등감을 느낀다. 즉흥적 연애의 짜릿함을 애인에게 줄 수 없다는 사실에 다시 한 번 열등감을 느낀다. 자유분방한 여자들이 유혹하면 애인이 자신을 떠날 것이라고 불안에 떤다.

이 열등감은 질투와 뒤죽박죽 섞여 있다. 열등감을 느끼는 이는 때때로 괴로운 공상, 즉 상상 속 질투에 빠져든다. 질투는 과거와 미래 모두를 향한다. 과거를 질투하는 이는 되뇐다. 그는 나보다 과거의 연인을 더 사랑했을 것이다. 그는 또한 미래도 질투하며 되뇐다. 언제라도 과거의 연인('이상형'임에 분명한)과 닮은 이가 나타나면 그는 나를 버리고 그 사람에게 갈 것이다.

열등감과 질투의 다음 단계는 연기演技다. 상대의 이상형에 대해 연구를 마친 이는 이상형과 닮지 못했다는 열등감을 느끼면서 동시에 최대한 이상형을 닮아가려고 연기하게 된다. 닮으려고 노력하다 보니 닮아야 하는 그 사람, 즉 상대의 과거 연인은

'나'의 이상형이 되어버린다. 이러다가 상대의 과거 연인과 사랑에 빠지는 웃지 못할 일도 일어난다. 한 남자의 과거와 현재의 연인들끼리 레즈비언 커플이 된다는 이야기도 있다. 기묘해 보이지만 이해 못 할 바도 아니다. '인간은 타인의 욕망을 모방하는 존재'라는 르네 지라르의 유명한 명제를 떠올린다면.

'나'의 욕망은 내 스스로 만들어낸 것이 아니다. '나'는 타인이 욕망하는 모습을 보고 덩달아 그것을 욕망하게 마련이다. 가령 다른 사람들이 명문대에 가고 싶어 하기 때문에 '나'도 명문대에 가고 싶다. 또 이런 남자의 심리도 있다고 한다. 어떤 남자는 여자친구가 바람을 피울 때에만 그녀를 사랑하고 그렇지 않을 때에는 무관심하다. 그는 타인이 제 연인을 욕망할 때에만 그녀를 열렬하게 욕망한다. 타인의 욕망이 사라질 때 자기 욕망도 사라진다.

어쨌든 이러한 심리적 기제로 이 소설의 여자주인공은 연기한다. 그토록 동경해 마지않았던 가볍고 자유분방하고 음탕한 여자의 역할을. 주유소 화장실에 들렀다가 다시 차에 올라탈 때 여자는 우연히 히치하이커인 양 연기한다. 남자가 맞장구를 쳐주자 애초에 장난삼아 시작한 게임은 점점 진지한 것이 되어버린다.

여자는 히치하이커의 역할에 점입가경으로 빠져든다. 히치하이커의 가면 아래에서, 그녀는 마음껏 '오랫동안 꿈꿔왔던 바로 그 여자'가 될 수 있었기 때문이다. 그녀는 드디어 진지한 자기 자신으로부터 해방되었다. 가볍고 뻔뻔스럽고 자유분방한 모습을 비로소 애인에게 보여줄 수 있다. 그녀는 더없이 흡족해한다. "애인을 이런 식으로 완전히 사로잡아 삼켜버릴 수 있다"고까지 느끼면서, 여자의 만족감은 하늘 높은 줄 모르고 치솟는다.

이때 여자의 만족감을 부풀리는 것은 또한 질투다. 게임 초반에 남자는 히치하이커를 연기하는 여자에게 다정히 대하고 유혹하는 듯 군다. 실제로 남자는 히치하이커로 연상되는 음란한 스타일을 좋아해서가 아니라, 여자친구의 본래 모습 자체가 사랑스러워서 그랬다. 이 사실을 모르는 여자는 생각한다. 그는 항상 이런 식으로 낯선 여자를 유혹할 것이다! 역시나 그는 즉흥적 연애를 기대할 수 있는 자유분방한 여자를 더 좋아하는구나! 줄곧 그녀를 괴롭혀 오던 의심이 결국 사실임이 밝혀졌다.

그리하여 여자는 애인을 "현장에서 체포한 것 같"고, "묘한 술책을 써서 그의 내심을 알아낸 것 같"다고 느끼면서 질투심을 부풀린다. 이 질투심 때문에, 여자는 '상상 속 애인의 이상형'인 자유분방하고 음란한 여자의 역할을 더욱 기를 쓰고 연기하며, 그 연기가 완벽하다고 생각했을 때 기묘한 만족감에 빠졌던 것이다.

그녀의 가슴속에서는 새로이, 그가 일 관계로 여행중에 있을 때―마치 지금의 그녀처럼―다른 여자들이 차 속에 앉아 그를 기다리고 있을지도 모른다는 생각이 떠올랐다. 그렇지만 놀랍게도 그러한 생각이 그녀의 마음을 결코 아프게 하지 않았다. 심지어 그녀 자신이 그러한 낯선 여자가, 아무런 책임도 없는 이름모를 속된 여자가, 그녀가 그토록 시기했던 여자들 중의 하나가 된 것이 얼마나 멋진 일인가를 생각하면서 얼굴에 미소를 띠지 않을 수 없었다. 그녀는 마치 다른 모든 여자들을 물리친 것 같았다. 그리고 또 여자들이 무기를 사용하는 법, 그녀가 지금까지 청년에게 줄 줄 몰랐던 것, 즉 가벼움, 뻔뻔스러움, 그리고 자유분방함 등을 선사하는 법을 터득하게 되었다는 생각이 들었다. 그녀는 뭐라고 표현하기 어려운 만족감으로 가슴이 벅차올랐다.

실상 이러한 여성의 심리는 정신분석학에서 자주 논의되어 왔다. 가령 남녀가 길을 걷다가 한 쌍의 커플을 만난다. 남자는 커플 중 여성을 쳐다본다. 여자는 커플 중 남성을 바라볼까? 아니다. 여자도 커플 중 여성을 바라본다. 여성은 대체로 다른 여성들을 궁금해 한다. 내밀하지만 치열한 여성의 화두는 이렇다. 다른 여자들은 어떻게 남자의 사랑을 얻을 수 있었을까? 상대의 외도를 발견했을 때 남성은 제 연인을 비난하지만, 여성은 연적의 세세한 됨됨이에 보다 더 많이 관심을 기울인다.

여성은 연인의 여성관을 가상적으로 설정하고, 그에 맞추려고 연기한다. 여성은 남성이 원한다고 상상하는 대로 스스로를 만들어낸다. 이렇게 여성은 남성의 욕망 안에서 자기 존재를 찾는다.[6] 정신분석학에서는 "여성은 다른 사람의 시선 안에서만 여성 '일' 수 있다고까지 말"[7]한다.

연적에 대한 호기심과 탐구욕, 그리고 이상화 작업을 거치다 보면 연적은 어느덧 나의 이상형이 되어버린다. 때로는 연적을 한 번 만나서 화기애애하게 이야기하고 싶기도 하다. 그런 감정에는 분명히 호감이 없다고 할 수 없다. 이는 비단 여성들만의 사례는 아닌 듯하다. 문학작품과 실생활에서 연적과 우호관계를 형성한 사례는 드물지 않다.

도스토예프스키의 『영원한 남편』의 빠벨 빠블로비치가 그런 사례다. 벨차니노프는 9년 전에 한 유부녀를 사랑했다. 그녀가 죽은 후 그녀의 남편 빠벨 빠블로비치는 벨차니노프를 찾아와 끊임없이 주위를 맴돈다. 벨차니노프는 빠벨을 경계하며 묻는다. "도대체 나한테서 뭘 원하는 거요." 그 질문에, 빠벨은 입맞춤으로 화답한다. 뿐만 아니라 빠벨은 자신에게 키스해달라고 요구하며, 결국 그의 키스를 받아낸다.

빠벨은 "정말 이 사람은 어떨까?" 하고 늘 궁금해 했다고 고백한다. 시간이 흐르고, 빠벨은 연이어 고백한다. 벨차니노프를 늘 존경하고 숭배해왔으며 그에게 의지했노라고. 벨차니노프가 병으로 쓰러지자, 빠벨은 "마치 사랑하는 아들이 위험한 지경에 빠진 것처럼 거의 넋을 잃고" 온힘을 다해 그를 간호한다.

롤랑 바르트는 연적과 공모共謀의 즐거움을 나눌 수 있다고 말한다. 그에 따르면, 상대에 관한 이야기를 가장 속 깊게 나눌 수 있는 사람은 나만큼이나 상대를 사랑하는 사람, 즉 연적이다. 나는 그와 더불어 앎을 공유하고, 연루의 기쁨을 나눈다. 연적의 얼굴에서 나는 바로 내 것과 같은 두려움과 질투를 읽는다. 이런 과정을 통해 상대의 가치는 입증되며 나는 내 행복, 불안, 아픔을 정당화할 수 있다. 연적 역시 내 사랑을 받는다. 그는 내 관심과 호기심의 대상이며, 내 마음을 끈다.[8]

타인의 시선, 혹은 동상이몽同床異夢

결론을 말하자면, 히치하이킹 연극은 파국으로 끝난다. 모든 것은 동상이몽同床異夢에 불과했다. 여자의 열등감과 질투와 만족감의 근거는 오로지 혼자만의 상상 속에만 존재했다. 여자의 짐작과 다르게 남자는 정말로 애인의 순박함과 정숙함을 사랑했던 것이다. 자유분방하고 음란한 스타일을 더 좋아할 것이라는 여자의 추측과 정반대로, 남자는 그런 스타일을 혐오했을 뿐이었다.

애인의 연기가 무르익어 갈수록 남자는 그녀가 "그가 익히 잘 알고 있는 혐오스러운 유형의 여자들과 더없이 똑같다는 생각"에 치를 떤다. 그러면서 그는 생각한다. 애인이 연기하는 캐릭터가 그녀의 본래 모습이며, 자기가 사랑했던 정숙함과 순박함이 허상에 불과했다고.

그녀의 깊은 내면에는 다른 모든 여자들과 마찬가지로 그가 은밀히 품었던 의심과 질투를 증명해 주는 모든 가능한 생각들과 감정과 부도덕으로 가득 차 있음을 알았다. 그는 그녀의 개성을 특징지워 주었던 윤곽은 단지 허상에 불과하며, 그러한 허상을 바라보다 희생된 상대가 바로 그 자신임을 깨달았다. 실제로 그가 사랑했던 그 아가씨는 그의 동경과 유추와, 신뢰의 산물에 불과했었던 것 같은 생각이 들었다. 이제야 비로소 그의 여자친구의 진정한 모습이 그 앞에 서 있는 것 같았다: 절망적으로 다른 모습으로, 절망적으로 낯설게, 절망적으로 모호한 모습으로. 그는 그녀를 증오했다.

남자의 개탄은 역시나 의심과 질투에서 비롯되었다. 남자는 제 애인 역시 다른 모든 여자들과 마찬가지로 부도덕할 것이라고 은연중에 의심해왔다. 또 애인이 정절을 지키지 않을지도 모른다고 무의식적으로 질투해왔던 것이다. 남자 역시 이렇게 상상 속 질투로 불안에 떨고 있었다는 사실을 여자는 몰랐다. 그래서 그녀는 그토록 자기만의 공상으로 괴로워했던 것이다. 급기야 남자는 애인이 정절과 순수를 잃어버렸다고 단정해버린다. 그러면서 그녀를 증오하고 함부로 대한다. 게임의 종국은 "감정과 사랑이 없는 성행위"였다. 이것이 암시하듯, 그들의 관계는 파국을 맞는다.

남자가 히치하이커를 연기하는 여자에게 다정하게 굴었기에, 여자는 의심하고 질투한다. 그는 언제나 자유분방한 낯선 여자들의 유혹에 약할 것이라고. 이와 똑같이 남자도 의심하고 질투하며 분노에 떤다. 여자가 실제로 낯선 남자를 음탕한 애교로 유혹할 것이라고. 게임과 현실이 뒤죽박죽 섞인다. 게임의 시선과 현실의 시선이 교차하면서 문제는 교묘해진다. 상대에 대한 쌍방향의 오해가 겹겹이 쌓이고 교차하면서, 관계가 뒤틀린다. 제각각 멋대로 뻗은 상상의 시선이 충돌한다.

타인의 시선. 쉽지 않은 문제다. 인간의 주체성은 타인의 엄격한 시선 아래 놓일 때 위기를 맞는다. 잘 알려진 사르트르의 예를 들자면, 나는 열쇠 구멍 앞에 쭈그리고 앉아 열심히 방을 들여다보면서 동시에 타인의 시선을 받고 있음을 의식한다. 이런 상황은 수치스럽다. 이 수치를 피하기 위해서는 타인의 시선을 극복해야 한다. 섹스는 단지 그 수치를 심화시킬 따름이다. 수치를 이겨내고 싶은 마음은 타인의 시선을 없애고 싶은 욕망(사디즘)과 처음부터 타인에게 철저히 복종하려는 욕망(마조히즘)으로 이어진다.[9] 사디즘과 마조히즘은 타인의 시선이라는 난감한 문제에 봉착한 연인들의 궁여지책인 셈이다. 타인의 시선은 나를 찌른다. 나를 공격한다. 타인의 시선 앞에서 나는 나 자신으로 존재할 수 없고 불안하게 흔들린다.

타인의 시선의 정체를 알 때는 그나마 낫다. 문제는 타인의 내막을 모르고 오로지 짐작만 하는 경우이다. 그리고 이것이 대부분 연애의 조건이다. 연인은 상상 속에서 타인의 시선을 의식해야 하기에 더욱 불안하다. 그런데 연애하면서 상대의 취향과 내심에 무관심하기는 불가능하다. 사실상 상대의 시선은 연인의 가장 큰 관심사다. 도무지 내막을 알 수 없는 너는 나의 주인이고, 나는 끊임없이 정체 모르는 너의 눈치를 살핀다. 상대의 시선을 가장 열렬히 의식하면서도, 시선의 정체를 모른다는 딜레마 때문에 연인은 숙명적으로 불안하다.

게다가 연인에게는 상상된 타인의 시선이 다수로 존재하기에, 문제는 더 심각해진다. 연인들의 상상력은 넘쳐흐르기에, 상대의 현실은 알 수 없는 것일 뿐만 아니라, 여러 개의 상상된 복제품으로 둥둥 떠다닌다. 알 수 없는 타인의 시선을 의식하는 것은 피곤하다. 더구나 여러 갈래로 상상된 타인의 시선을 모조리 의식하는 것은 더욱 고단하다. 더욱이 양방이 모두 제각기 상상 속 타인의 시선에 의존할 때, 이 소설에서처럼 상상적 시선이 충돌할 때 연애 관계는 어처구니없는 균열을 마주한다. 그리고 이런 일은 더없이 자주 벌어진다.

동상이몽. 꼬리를 물고 이어지는 오해의 사슬. 남녀 관계에서 이보다 더 본질적인 것이 있을까. 이것은 연애의 시작 전부터 연애 과정 전체는 물론, 연애의 파국까지 관통하는 하나의 근본 전제인 듯하다. 영원히 가 닿을 수 없는 강 저편에, 상대 마음의 진실이 있다. 서로 반한 남녀는 각자 상대가 자신을 좋아하지 않을 거라고 상상하며 다가가지 못한다. 연애 중 남녀도 위의 커플처럼 각자의 상상 속에서 의심과 질투에 시달린다. 의심과 질투뿐인가. 각종 이슈를 둘러싸고 상대방 마음에 대한 상상만 난무할 뿐, 상대방 마음의 실체는 비밀로 남는다. 또한 수많은 결별이 서로의 마음에 대한 상상적 오해에서 비롯되기도 한다.

동상이몽의 마법에 걸린 연인들은 각자 저만의 상상 속에서 상대의 마음을 제멋대로 재단하며, 제각기 상상된 마음만이 안개처럼 희뿌옇게 둘 사이를 떠돌 뿐, 마음의 본색을 소통하기란 여간해서는 쉽지 않다. 그리하여 때로 연애란 세상에서 가장 고독한 사업이 되어버린다.

당신, 나를 망치고
죽음에 이르게 할 이

가브리엘 가르시아 마르케스,
『사랑과 다른 악마들』

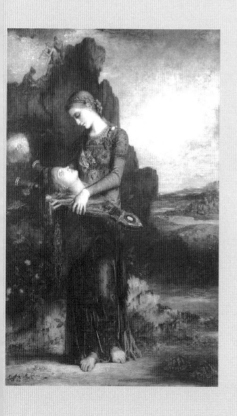

구스타브 모로, 〈오르페우스〉, 1865

의사는 델라우라를 설득하려 했다. 사랑은 두 사람의 타인을 불행하고 건전하지 못한 예속관계, 그것도 강렬한 사랑일수록 덧없는 예속 관계로 만들기 때문에 자연의 법칙에 반하는 감정이라고 말했다. 그러나 델라우라는 그 말이 귀에 들어오지 않았다.

소녀 연은 지독한 사랑에 빠졌다. 이 사실은 그러나 그 사랑이 끝났을 때 알려졌다. 그녀는 끊임없이 사소한 일을 빌미로 남자를 구박하고 공격했으며, 실제로 이용하기조차 했다. 레포트를 대신 써달라, 불러낼 때마다 나와서 밥과 술을 사달라는 것은 약과였다.

언젠가 남자가 중요한 시험을 앞둔 전날 그녀는 울면서 전화했다. 남자는 허둥지둥 나갔다. 아무리 물어도 왜 슬픈지 그녀는 이야기해주지 않았다. 단지 여행을 떠나고 싶다고만 했다. 남자는 정동진행 새벽 기차표를 끊었다. 시험은 물론 물 건너갔다. 남자가 전적으로 비용을 지불한 이박 삼일의 여행 끝에 그녀는 깔깔 웃으며 말했다. "바보야. 난 단지 여행만을 원했을 뿐이야." 팜파탈이 따로 없었다.

사람들은 남자만이 연을 사랑하고 연은 그 사랑을 이용하는 줄로만 알았다. 그러나 남자는 놀라운 인내심을 발휘하며 꿋꿋하게 그녀의 곁을 떠나지 않았다. 세월이 흘러 그들은 헤어졌다. 이별 이후 그녀는 식음을 전폐한 채 오랫동안 아파해야 했다. 그녀는 제 마음을 도무지 알 수 없었다. 미워하기만 했던 그가 떠났는데 왜 이토록 슬픈지, 혹시 그를 정말로 사랑했는지, 왜 그를 그토록 구박해야만 했는지.

자리에 누운 채 대답 없는 물음 사이를 떠돌던 그녀, 가브리엘 가르시아 마르케스의 『사랑과 다른 악마들』을 읽는다. 마지막 장을 덮으며 그녀는 오장이 끊어지도록 오열한다. 연은 이 소설에서 낯익은 증상을 발견했고, 제 감정의 정체를 파악하게 되었다.

사랑 때문에 죽고 살고

사랑, 이라 말할 때 처음으로 떠오르는 이미지는 무엇인가. 로미오와 줄리엣의 사랑처럼, 아름답고 낭만인 무엇이 아닐까. 그러나 우리는 또한 이러한 이미지를 부정하는 이야기들을 잘 알고 있다. 가령 이른바 선수들끼리 만나 감정에 휘둘림을 극도로 경계한 채 육체만을 주고받는 이야기나, 치밀한 분석의 칼날로 사랑의 본색을 난도질하여 사랑이 허상임을 명명백백 밝혀주는 이야기 말이다.

그런 이야기에 솔깃해 하고 고개를 갸우뚱거리면서도 우리는 꿈꾼다. 꿈결처럼 아름답고 낭만적인 사랑 이야기를. 『사랑과 다른 악마들』은 이러한 독자의 요구를 만족시켜준다. 이 소설에서 사랑은 섹스만이 알파이자 오메가인 세계에서 일어나는 사건도 아니고, 냉정한 시니시즘의 렌즈를 통해 분석되는 사건도 아니다. 우선 눈에 띄는 것은 이런 아름다운 시구詩句들이다.

그대 때문에 태어났고, 그대 때문에 살아가고, 그대 때문에 죽을 것이며, 그대 때문에 죽어가노라.

가던 길을 멈추고 나 자신을 돌아보고 당신이 나를 이끌고 온 발자국을 바라볼 때/ 내 목숨이 다하리. 나를 망치고 죽음에 이르게 할 이에게 온전히 나 자신을 바쳤으니.

마침내 나는 당신의 손길에 이르렀습니다./ 내가 최후를 맞으리라는 걸 알고 있는 그곳에./ 칼이 항복한 자를 얼마나 깊이 찌르는지 오직 나에게만 시험하도록.

그만 울어. / 그대를 위해 내가 흘린 눈물만으로 충분하오.

옛 시인 가르실라소의 시구들이다. 남녀 주인공들은 이 시구를 번갈아 외면서 대화를 나눈다. 이 시구들은 소설 전체의 분위기를 축약한다. 사랑 때문에 죽고 살고, 연인을 "나를 망치고 죽음에 이르게 할 이"라고 부르면서도 그에게 모든 것을 다 바치겠다고 하고, 연인의 손길에서 최후를 맞으리라고 단언하고, 연인을 위해 무한한 눈물을 흘리고. 정말 고색창연하게 낭만적인 사랑이다.

이 사랑은 우리가 사랑에 기대하는 고전적인 낭만적 이미지 그대로, 가슴 떨림, 그리움의 고통, 충일과 기쁨으로 점철된 순수한 감정이다. 그러나 "칼이 항복한 자를 얼마나 깊이 찌르는지 오직 나에게만 시험하도록." 이 시구가 암시하듯, 소설의 연인들은 무시무시한 칼부림 또한 주고받는다. 어쩌면 극단적으로 낭만적인 사랑은 그 자체로 안에 칼을 품고 있는지도 모른다.

이 작품의 사랑이 낭만적이기는 하나, 낭만적인 것만은 아니다. 순정만화의 사랑 이야기도 낭만적이다. 그러나 그것에는 사랑에 대한 어처구니없는 환상만 가득할 뿐 지적인 성찰이 없다. 그러니까 『사랑과 다른 악마들』의 낭만성은 순정만화류의 낭만성이 아니라는 말이다. 이 책의 곳곳에 연애 심리에 관한 날카로운 통찰이 번득인다. 이것으로 이 소설은 단지 사랑의 낭만적인 아름다움뿐만 아니라, 사랑의 본질에 관한 지식을 보여준다. 예리하게 벼려진 이 지식은 그러나 시니컬하고 냉철한 분석이 아니다. 그야말로 사랑의 본질에 대한 직관이다.

이 지식은 극단적으로 추구된 낭만성이 필연적으로 도달하는 지점이다. 오로지 순수한 사랑의 정열에 모든 것을 거는 사람은 이성적 반성 없이 감정에만 휘둘리는 듯 보여도, 그 과정에서 사랑의 본색을 직관할 수 있다. 이성적 반성이라고 포장한 냉소를 핑계 삼아 사랑에의 기투를 어리석게 여기는 반쪽짜리 사랑은 결코 그 본색을 감지할 수 없다. 이래서 앞의 경우는 이성을 외면한 듯해도 결과적으로 더 지적이고, 뒤의 경우 이성으로 중무장한 듯해도 궁극적으로 더 무지하다. 감정적으로 끝까지 갈 때 이성적 지식을 넘어서는 참된 앎에 도달한다는 기묘한 아이러니. 이 작품에 드러나는 사랑에 관한 지식은 이런 유형의 것이다.

순결하게 살아가던 서른여섯 살의 신부가 열두 살 소녀를 사랑한다. 길들여지지 않은 야생녀나 다름없는 소녀는 악마에 씌웠다는 의혹을 받고 있다. 광견병에 걸린 개에게 물렸기 때문이다. 그녀는 수도원에 갇힌다. 신부는 소녀에게서 악마를 쫓아내라는 명을 받는다. 소녀의 성격은 대단히 독특하다. 그녀는 일부러 묻는 말에 거짓으로만 대답하고 하인들에게서 배운 아프리카 말을 사용한다. 위협을 느낄 때면 감당할 수 없게 광포해진다. 더 없이 자유분방한 성격으로, 그녀는 자신을 악마로 몰아가는 모함에 스스로를 더욱 깊게 빠트린 셈이다.

사랑이여, 너를 악마라고 부르리

처음 만난 날, 신부는 소녀 몸의 상처를 치료해준다. 소녀는 어떤 질문에도 대답하지 않고 시종일관 오로지 무관심하다. 이 모습에 신부의 가슴이 이유 없이 찢어지기 시작한다. 이유 없이 슬픈 마음은 사랑의 신호탄이었다. 그녀를 갈망하는데 신부라는 지위 때문에 다가갈 수 없기에, 그는 지옥으로 떨어진다.

오랜 세월 동안 델라우라에게 안식처였던 도서관은 그가 시에르 바 마리아를 알게 된 후부터는 지옥으로 변했다.

한시라도 소녀를 생각하지 않는 때가 없다. 생각하면 할수록 더 간절히 생각난다. 기도를 하면서도 그녀를 더 생생하게 떠올리려고 부러 눈을 감는다. 그는 먹고 마시는 음식에서조차 소녀의 체취를 느낀다. 그러면서 그는 소녀의 환영을 '진짜로' 본다. 환영 속에서 소녀가 들고 있던 치자나무 꽃의 향기는 '진짜로' 도서관에 가득 차 있다.

사랑하는 대상의 편재遍在. 사랑에 빠진 자는 그/ 그녀를 언제 어디서나 본다. 반대도 가능하다. 언제 어디서나 그/ 그녀가 홀로 있는 저를 굽어보고 저의 은밀한 중얼거림을 들으며 저를 쓰다듬는다고, 사랑에 빠진 자는 착각한다. 착각만 할 뿐인가. 그렇게 믿기까지 한다. 그는 환영 속에서 연인의 눈길과 손길을 느끼며 부끄러워하기도 한다. 그러나 환영 속에서 행복했던 순간도 잠시, 곧이어 나락으로 떨어진다. 열망과 그리움의 유황불이 이글거리는.

지옥에서 헤매던 델라우라는 소녀를 보아야 한다는 압박감을 주체하지 못하여 찾아간다. 그런데 그를 기다리는 것은 소녀의 환대가 아니다.

델라우라는 소녀가 좋아하리라 믿고 성한 복사뼈의 가죽 끈을 풀어주려 했다.

"놔두세요, 나 좀 건드리지 마세요."

신부는 귀담아 듣지 않았다. 그러자 소녀가 얼굴에 가래침을 탁 뱉었다. 델라우라는 끄떡도 하지 않고 다른 뺨을 내밀었다. 시에르바 마리아는 금지된 쾌락에 취해 다시 뺨을 바꾸었다. 신부가 눈을 감고 영혼을 다해 기도하는 동안 소녀는 계속 침을 뱉었다. 그가 즐기면 즐길수록 더 사납게 침을 뱉다가 마침내 자신의 광기가 소용없다는 것을 깨달았다. 그 때 델라우라는 정말로 악마에 씐 여인의 섬뜩한 모습을 목격했다. 시에르바 마리아의 머리카락이 마치 메두사의 뱀처럼 곤두서고, 입에서 초록색 침이 흘러내리고, 우상 숭배자들의 언어로 쉼 없이 욕설이 튀어나왔다. 델라우라는 십자가를 휘두르며 소녀의 얼굴에 들이대고 공포에 질려 소리쳤다.

"지옥의 악귀야, 어떤 놈인지 당장 그 몸에서 나오너라.

원체 다루기 어려운 성격인 소녀는 무언가 화가 나서 신부에게 함부로 대했을 뿐이다. 그녀가 진짜로 악마로 변한 것은 아니었다. 단지 신부의 눈에 악마 소녀의 환영이 보인 것이다. 그토록 애달프게 그리워했던 그녀에게서 악마의 환영을 보다니. 자신을 그토록 열망의 유황불에 빠트렸으니, 그 원흉을 악마로 여기는 것이다.

사랑이 처음으로 뿌리는 씨앗은 공포다. 이 말이 과장스러운가? 응답받기 전 홀로 타오르는 열망은 끔찍하게 고통스럽다. 옆에 없는 사람을 그리워하는데 다가가지 못하니 괴롭고, 하루 종일 그에 대한 생각에서 헤어나지 못해서 괴롭고, 그토록 열망을 없애버리려 해도 마음대로 되지 않아서 괴롭고, 열망의 열도熱度를 감당할 수 없어서 괴롭고, 자신이 한없이 모자라 보여서 괴롭고, 모자란 자신을 그가 사랑해줄 리 없다고 확신하기에 괴롭다.

지옥이 따로 없다. 이러니 사랑 곧 지옥으로 끌고 간 상대를 공포스러워 할밖에. 이러니 상대를 악마로 생각할 수밖에. 악마는 사랑에 빠진 자가 제 공포를 투사한 이미지인 셈이다. 문제는 그를 악마로 몰아간다고 해서 사랑이 식지 않는다는 지엄한 사실이다. 그가 악마로 변해갈수록 그에 대한 열망은 주체 못 하는 것이 된다.

그러나 예의 악마에게서 받는 고통은 동시에 쾌락이다. 그래서 델라우라는 소녀가 끝없이 내뱉는 침을 맞으면서 희열을 느낀다. 사랑에 빠진 자는 사랑에 빠진 죄로 상대로부터 죽도록 수

모를 겪지만, 모욕은 쾌락의 아궁이에서 타오르는 불에 부채질한다.

신부가 소녀에게서 악마를 본 이후, 일은 더 심각해진다. 소녀에게서 도망친 그는 악마 소녀의 끔찍한 영상에서 헤어나지 못한다. 안타깝게도 그 끔찍한 영상은 열망과 그리움을 희석하기는커녕 부풀릴 뿐이다.

(델라우라는) 시에르바 마리아의 손가방을 열고 그 안에 든 것을 하나씩 탁자 위에 올려놓았다. 델라우라는 내용물을 살펴보고, 육욕에 굶주려 냄새를 맡고, 사랑을 나누고, 음탕한 육보격 시로 대화를 나누다가 어찌할 수 없는 지경에 이르렀다. 그러자 상의를 홀딱 벗고, 결코 한번도 건드려 보지 않았던 체벌용 쇠몽둥이를 책상 서랍에서 꺼냈다. 그러고는 끝없는 증오심에 사로잡혀 스스로를 매질하기 시작했다. 시에르바 마리아의 마지막 흔적을 오장육부에서 뿌리뽑을 때까지 결코 매질을 중단하지 않을 만큼의 증오심이었다. 델라우라를 계속 염려하던 주교는 피와 눈물로 뒤범벅된 웅덩이에서 나뒹굴고 있는 그를 발견했다.

"소녀는 악마입니다, 주교님."

델라우라가 말했다.

"악마 중에서도 가장 무서운 악마예요."

소녀의 영상을 지우기 위해서 피범벅이 되도록 쇠몽둥이로 자신을 매질하는 신부. 그는 사랑하면 안 될 사람을 사랑하기에 이토록 금기와 욕망 사이에서 끔찍하게 번민한다. 허나 일반적으로 사랑에 빠지는 과정도 크게 다르지 않다. 매혹이라는 사건이 발생하면, 우리는 종종 그것을 두려워한 나머지 스스로를 매혹의 함정에서 구출하기 위해 닦달한다.

신부는 매질로도 소녀를 지우지 못한다. 절망에 빠진 그는 결국 주교에게 고백하고 만다. 소녀가 "악마 중에서도 가장 무서운 악마"라고. 물론 이는 신부가 사랑에 빠졌다는 고백이었다. 그러나 대외적 의미는 그 이상이었다. 신부는 지위를 박탈당한다. 뿐만 아니라 사랑하는 소녀를 위험에 빠트린다. 알다시피 소녀는 악마라는 누명을 쓰고 있었고, 신부는 누명을 벗기려고 처절히 노력해왔다. 그런데 신부의 고백은 그녀가 진짜 악마라는 공공연한 천명으로 인정된다. 사람들은 신부의 고백을 빌미로, 소녀가 악마라는 의혹을 사실로 믿어버린다.

신부는 난관에 빠진 그녀를 구출하기 위해 고군분투했다. 그러나 사랑에 빠졌기 때문에 가장 피하고 싶었던 파국을 초래한다. 악마로 단정된 그녀는 치명적인 위험에 처한다. 사랑에 빠져서 위태로워진 그가, 사랑에 빠트린 그녀를 더욱 위태롭게 만든 셈이다. 사랑이 몰아넣은 지옥 속으로, 그는 그녀의 손을 이끌고 함께 빨려 들어간다.

이런 바보짓, 혹은 미친 짓. 델라우라 신부만 그런가? 간혹 우리 역시 사랑의 고통으로 몰아넣은 자를 원망한 나머지 증오한다. 그를 위험에 빠트리고 싶은 유혹을 느끼기도 한다. 그리하여 오스카 와일드의 살로메는 헤로데 왕을 유혹하여 세례자 요한의 목을 얻어낸다. 요한이 자신의 키스를 거부했기 때문이다. 영화 〈음란서생〉의 정빈은 사랑하는 윤서를 잔인하게 고문한다. 배반한 연인에 대한 증오를 참을 수가 없어서, 그럼에도 진정으로 사랑했다는 한 마디를 듣고 싶어서.

넘치는 사랑으로 인해 역설적으로 상대를 파멸시킨 인물은 세계문학사에 드물지 않게 등장한다. 그중 유명한 이가 『파리의 노트르담』의 클로드 프롤로 신부다. 그는 집시 소녀 라 에스메랄다에게 첫눈에 반한다. 하지만 소녀에 대한 사랑은 금지된 정열이고, 무엇보다 소녀는 바람둥이 페뷔스를 사랑한다. 시종일관 페뷔스만을 바라보는 소녀 때문에, 금지된 만큼 미치도록 타오르는 정열의 화염 때문에 그는 소녀를 여러 차례 함정에 빠트린다. 추악한 꼽추지만 고결한 내면을 가진 카지모도 또한 소녀를 사랑하며, 클로드와 마찬가지로 소녀의 마음을 얻지 못한다. 하지만 그는 클로드와 반대로 소녀에게 더없이 숭고한 사랑을 보여준다.

많은 독자들이 단지 클로드를 악마로, 카지모도를 천사로 기억한다. 하지만 카지모도는 작가의 이상형이고, 작가의 현실상은 클로드다. 다른 말로, 카지모도가 작가의 초자아라면, 클로드는 본능적 자아다. 흥미롭게도, 악마 클로드 프롤로는 작가 빅토르 위고의 분신이라고 한다. 위고는 평생 거의 성직자처럼 살아왔다. 아내가 그를 거부했지만, 그는 정결을 지키리라 서원했기 때문이었다. 그는 서원을 지키면서 억압할 수밖에 없었던 정열이 기괴하게 흐르는 모양을 목도했으리라. 정열과 악마성의 근친성을 누구보다도 깊게 깨달았을 것이다.

소설의 백미는 클로드가 적나라하게 정염을 토로하는 장면들이다. 작가가 실제로 겪어보지 않고는 이렇게 쓸 수 없을 것 같다. 그만큼 박진감 넘친다. 또 작가의 자전적 진술이라 그런지, 무척이나 장황하고 방대하다. 그중 한 대목을 본다.(클로드의 내면 묘사가 격정적이고 장황함에 비해 카지모도의 내면 묘사는 빈약하다. 역시나 클로드가 현실적 인물에 가깝다.)

오, 하늘이여! 그녀의 발을, 팔을, 어깨를 사랑하는 것, 그녀의 푸른 혈관을, 검붉은 살갗을 생각하면서, 자기 독방의 포석 위에서 수많은 밤을 지새우며 몸부림치는 것, 그리고 그녀를 위해 꿈꾸었던 모든 애무가 결국 고문으로 끝나는 것을 보는 것! 그녀를 가죽 침대에 누이는 데밖에는 성공하지 못했다는 것! 오! 이것이야말로 지옥의 불에 새빨갛게 단 진짜 집게가 아니고 무엇이겠는가! 오! 두 널빤지 사이에서 톱질을 당하는 자는, 그리고 네 마리 말로 능지처참을 당하는 자는 오히려 행복하도다! 당신은 아는가, 수없는 기나긴 밤에, 끓어오르는 혈관이, 찢어지는 가슴이, 끊어지는 머리가, 제 손을 물어뜯는 이빨이 사람에게 겪게 하는 고통이 무엇인지를, 사람을 쉴새없이, 마치 작열한 석쇠 위에서 돌리듯, 사랑과 질투와 절망의 생각 위에서 돌리는 악착스러운 고문이 무엇인지를! 아가씨, 제발 살려주오! 잠시 중지하오! 이 잉걸불 위에 재를 좀 끼얹어 주오! 제발 적선, 내 이마 위에 철철 흘러내리는 이 굵은 땀방울을 씻어주오! 소녀여, 한 손으로 나를 고문하더라도, 다른 손으로는 나를 어루만져 주오! 가엾게 여겨주오, 아가씨! 날 측은하게 여겨주오!

클로드는 소녀로 인해 떨어진 지옥을 이렇게 묘사한다. 지옥의 불에 새빨갛게 단 집게, 두 널빤지 사이에서 톱질 당하는 자, 네 마리 말로 능지처참을 당하는 자, 작열한 석쇠 위에서 사람을 돌리는 고문. 가장 끔찍한 고통을 묘사하는 어휘가 사랑을 표현하는 데 사용되었다. 학문의 열정과 순결의 서약 속에 스스로를 감금해왔던 그에게 그녀는 천사인 동시에 악마다. 그녀에 대한 열정은 곧 지옥의 잉걸불이다. 결국 클로드 프롤로 신부는 소녀를 여러 차례 위험에 빠트린다. 그녀에게 사형죄라는 누명을 씌우고, 그녀를 고발하며, 결국 사형대에서 죽게 만든다.

이런 광기는 고통으로 내몰린 자가 고통의 원흉, 사랑의 시원始原 다시 말해 '악마'를 향해 시도하는 반격이거나, 혹은 괴로움을 보상받으려는 복수인지도 모른다. 드물지 않게, 사랑에 빠진 자는 상대에게 강렬하게 끌릴수록 깊은 마음 한편에서 미움을 은밀하게 키운다. 그 공격성이 상대를 해칠까 봐 두려워한 나머지 사랑의 결실을 눈앞에 두고 갑작스레 그만두기도 한다.(앞의

『백년 동안의 고독』 편에서 사랑과 공격성의 관계에 대해 더 상세하게 이야기한 바 있다.)

이쯤에서 다시 『사랑과 다른 악마들』로 돌아와보자. 소설의 제목이 눈길을 끈다. 스페인어 원서 제목은 *Del Amor y Otros Demonios*, 영어로 직역하면 Of Love and Other Demons이다. 영어 제목을 직역하면, '사랑과 그밖에 다른 악마들에 관하여'쯤 되겠다. '사랑과 다른 악마들'은 사랑과 악마가 별개라는 인상을 준다. 하지만 원제에 쓰인 '사랑과 그 밖에 다른 악마들', 이 말은 '사랑＝악마'라는 전언을 내포한다. 작가는 사랑의 악마적 성격에 대해 그토록 이야기하고 싶었나 보다.

하지만 악마도 원래는 천사였다. 인간이 아니라는 말이다. 사랑을 악마로 단죄할 수밖에 없는 그런 지극한 사랑은 일상의 사건이 아니다. 한없이 낭만적인 천상天上의 사건이지만, 이는 옛 시인 가르실라소의 시대에나 해당하는 이야기다. 아마도 지금의 현실에서는 병증으로 치부될 따름일 터이다.

실상 수백 년 전 시인들이 자연스럽게 노래했던 지극한 열정은 현대에 종종 질병으로 치부된다.(물론 살로메까지 자연스럽다고 말하는 것은 아니다. 항상 정도程度가 문제다. 또 클로드가 빅토르 위고의 분신이라고는 하지만, 물론 작가는 제 체험을 극단적으로 과장하여 작중 인물에 반영한다.) 물질주의적·실용주의적 가치관이 대세를 이루기 때문일까. 사회 전반에 걸쳐 수행된 탈낭만화 기획 때문일까. 현대 사회에서 열정에 죄책감을 느끼는 사람은 그 억압의 당위 때문에 진짜 질병에 빠져들기도 한다.

요사이 많은 젊은이들은 이중의 압박 아래 놓여 있다. 그들은 정열로 고통받는 동시에 그것을 감춰야 한다는 압박감에 시달린다. 그들을 짓누르는 이 시대의 지상명령은 이렇다. 내가 먼저 연락해서는 안 된다! 열 번 연락하고 싶으면 한 번만 하라! 집착하는 인상만은 목숨 걸고 피해야 하기 때문이다. 집착은 곧 죄악이다. 이른바 밀당이 최고의 윤리로 등극한다.

서양의 중세와는 달리, 이 시대에 위력을 떨치는 사랑의 윤리는 '발산하라'보다는 '감춰라'에 가깝다. 그래서인지 많은 사람들이 누군가에게 호감을 느끼면서도 솔로로 남고, 관계를 진척시키는 데 무능하다. 허다한 열정들이 오래지 않아 흐지부지하게 사라진다. 이런 집단적인 무기력증 아래에는 스토커로 낙인찍히는 것에 대한 공포가 자리 잡고 있다. 물론 스토커가 정당하다는 말이 아니다. 문제는 스토커의 낙인을 지나치게 두려워한 나머지, 스토킹이라 할 수 없는 자연스러운 정열까지 억압하는 사람들이 의외로 많다는 사실이다. 지금 우리에게는 정열의 발산보다는 억압에서 비롯된 폐해가 더 심각한 듯하다. 무수한 솔로족들을 보라!

말語, 사랑의 장기판에서 빠트릴 수 없는 말馬

우여곡절 끝에 소녀는 신부의 마음을 알아준다. 신부의 공포는 조바심으로 바뀐다. 그는 소녀를 만나러 가기 전까지 "평온함을 잃고, 건성으로 일을 하고, 이리저리 왔다갔다 했다." 연인이 눈앞에 없을 때 달려드는 현기증 나는 조바심. 이는 연애의 핵심 중 하나일 터이다. 그래서 젊은 연인들은 간혹 서로를 지나치게 구속하고 이 때문에 관계를 망치기도 한다. 그러나 열정이 순수하고 깊을수록 조바심 또한 극렬하게 날뛰게 마련이니, 그들을 손쉽게 비난할 수도 없다. 황홀한 사랑놀이 끝에 신부와 소녀는 "오직 함께 있을 때만 평온함을 느꼈다."

이제 그들은 "싫증도 내지 않고 내내 사랑의 고통에 대해서 이야기"한다. 말語은 사랑의 장기판에서 빠트릴 수 없는 말이다. 사랑하는 감정이 생기면, 홀로 떠도는 말이 넘쳐난다. 사랑에 빠진 자는 넘쳐나는 말을 나누어야만 평온해지기에, 역설적으로 말에 굶주린 하이에나가 된다. 사랑에 빠진 자의 감수성은 폭발한다. 폭발하는 감수성은 말을 홍수지게 한다. 홍수가 되어 흐르는 말을 감당하기 어려운, 동시에 말에 굶주린 그는 쓰지 않던 일기를 쓰고 말을 들어줄 사람을 찾아 헤맨다. 그토록 많은 사랑이 연애편지들을 도구로 사용해왔으며, 시작하는 연인들은 감정을 나누는 대화만으로도 긴긴 시간을 보낸다.

그래서 울음을 터뜨릴 지경이 된 신부도 그저 이야기를 나눌 사람이 필요해서 아브레눈시우를 찾았던 것이다.

"사실 내가 왜 왔는지 그것조차 확실히 모르겠습니다. 내 믿음을 시험하려고 성령이 그 소녀를 내게 보내 주신 것이 아니라면."

그 이야기를 한 것만으로 가슴에 맺힌 멍울에서 해방되었다. 아브레눈시우는 신부의 눈을 응시하며 영혼 밑바닥까지 들여다보았다. 신부가 거의 울음을 터뜨릴 지경이라는 것을 깨달았다.

"공연히 자학하지 마시오."

의사는 진정시키려는 어조로 말했다.

"아마 당신은 그저 소녀 이야기를 나눌 사람이 필요해서 왔지 싶은데요."

(중략) "당신하고라면 다음 세기까지도 계속 이야기를 나누고 싶소."

사랑의 대화가 넘쳐흘렀다. 이는 거의 상투어지만, 상투어 이상의 의미를 가진다. 중요한 것은 '넘쳐흐름'이다. 사랑만큼 과잉 혹은 잉여로 치닫기 쉬운 감정이 또 있을까. 사랑의 정열도 고통도 허기도 바닥을 모른다. 아마도 그것이 쾌락과 연관되기 때문일 것이다. 쾌락은 중용의 지혜를 거부한다. 감당하기 어렵게 넘쳐나는 정열에 대한 최고의 진정제가 말이기에, 말도 넘쳐흐를 수밖에 없다.

그러나 사랑의 대화가 상대에 대한 찬미로 사탕발림 된 달콤한 것이기만 한가. 그보다는 사랑의 대화라는 미명 아래, 무거운 고통과 불안을 얼마나 열렬히 이야기했던가. 긴긴 밤을 고통스럽게 밝혀내었던 긴 밤보다 더 길었던 고통의 대화들을 우리는 기억한다. 고수들이라면 그러한 혼란을 육체적 유희로 간단하게 치유해버릴 수 있을 것이다. 하지만 그 사랑에 개재된 감정이 넘칠수록 말은 더욱 긴요해진다. 폭발하는 감정을 말로 주고받는 연인들의 노역은 일상적이고 평온한 대화가 가능해지기 전 반드시 거쳐야만 하는 관문과도 같다.

이런 사정은 정신분석의 원리와도 비슷하다. 알다시피 정신분석은 말을 매개로 행해진다. 무의식 속 상처를 들추어내기 위해 말이 필요하다. 말은 상처를 명명백백하게 만듦으로써, 그 본색을 밝히고 치유한다. 그러므로 넘쳐나는 연인들의 대화는 홀로 사랑해야 했을 때 감당하기 힘들었던 심리적 혼란, 그리고 사랑을 나누게 되었지만 여전히 버거운 혼란을 치유하는 약인지도 모른다.

말이 있어 우리는 폭발하는 감수성에 질서를 줄 수 있고 광기로부터 스스로를 구원한다. 그런데 감정이 말로 정리되는 순간 말은 다른 감정을 부추기며, 그렇게 증폭된 감정은 다시 더 장황한 말을 필요로 한다. 말과 감정은 짝을 이뤄서 서로를 선동하며 부풀리고, 그러다가 넘쳐흐른다.

나를 사랑한다면 하늘의 별도 달도 따다 줘

드디어 연의 사연에 귀 기울일 때가 되었다. 연은 소설의 한 대목에서 눈을 뗄 수 없었다. 갑자기 많은 깨달음이 그녀에게 찾아왔다. 지칠 줄 모르고 사랑의 고통을 이야기하던 소녀와 신부는 다음 단계로 간다. 다음 단계는 시험이다.

욕정이 가라앉을 때면 둘은 서로를 지나친 시험에 들게 했다. 그는 소녀를 위해 무슨 일이든 할 수 있다고 말했다. 시에르바 마리아는 어린애다운 잔인함으로 자신을 위해 바퀴벌레를 먹으라고 요구했다. 그는 소녀가 저지하기 전에 바퀴벌레를 잡아 산 채로 먹었다. 미치광이 짓 같은 다른 시험에서 그가 시에르바 마리아에게 자신을 위해 머리카락을 자를 수 있는지 묻자, 소녀는 그럴 수 있다고 대답했다. 그러나 소녀는 농담인지 진담인지, 그러려면 자신과 결혼하여 신에게 드린 맹세를 이행해야 한다고 경고했다. 그는 부엌칼을 감방으로 가져가 말했다.

"어디 정말인지 보자."

소녀는 그가 머리카락을 송두리째 자를 수 있도록 등을 돌렸다. "어디 해 봐요." 하고 소녀가 부추겼다. 그는 진짜 그러지는 못했다.

며칠 후 소녀는 그의 목을 새끼 산양 목 자르듯 해도 되겠냐고 물었다. 그는 꿋꿋이 그렇다고 대답했다. 소녀는 칼을 꺼내 검증

할 채비를 했다.

이들은 사랑을 시험하고픈 정열에 빠져든다. 여기서도 그 정열은 '지나치게' 나갔다. 바퀴벌레를 먹이거나 목을 내어놓을 정도로. 역시나 사랑만큼 과잉이나 잉여로 치닫기 쉬운 정열도 없다. 사랑을 시험하는 행위는 연인들의 평범한 놀이이기도 하지만, 때로 잔인한 경지로까지 치닫는다.

나를 사랑한다면 하늘의 별도 달도 따다달라거나, 너를 사랑하기에 네가 죽으라면 죽을 수도 있다는 말들. 이것은 낭만적인 사랑 이야기에 상투적으로 나오는 닳아빠진 말들이 아니다. 이들은 잔인한 연애 심리를 반영하는 무서운 말들이다. 괴팍한 연인은 상대를 바닥끝까지, 그러니까 견뎌내기 어려울 지경까지 시험하고 싶어 한다. 그러면서도 상대가 시험을 통과하기를 열렬히, 그러나 은밀하게 소망한다. 가혹하기 짝이 없는 이런 심리는 연인의 숙명적 불안이나 쾌락과 밀접히 관련된다.

연은 깨달았다. 그녀는 그를 사랑했지만 단지 시험하고 싶었다. 이제야 그녀는 제 간절하고도 끈질긴 소망을 이해할 수 있었다. 나를 사랑한다면, 내가 이렇게 너를 괴롭혀도 여전히 나를 사랑하는 마음을 보여줘. 그녀는 어린 시절 부모에게서 상처를 많이 받았다. 그 역시 부모님처럼 자신을 버릴까 봐 그녀는 불안에 휩싸였다. 그의 사랑을 믿는 즉시 배신당할까 봐 두려워서 믿을 수가 없었다. 그녀는 그를 시험하면서 불안과 불신을 해소하고 싶었다. 그녀는 진정으로, 그가 시험을 통과해서 안심과 믿음을 주기를 바랐다.

그런데도 안심과 믿음은 쉽사리 오지 않았다. 불안과 불신은 어지간해서는 쉴 곳을 찾지 못한다. 고집스럽게 제 고통 속에 머무르려 한다. 상대가 시험을 통과할 때마다 그녀는 안심하고 믿을 수 있었으나, 나중에는 안도하기 위해서 더 강도 높은 시험을 준비해야했다. 연은 처음부터 그를 사랑했었다는 사실을 깨달았고, 그랬기에 오장이 끊어지도록 오열했다. 그를 믿지 못해서 귀하디귀한 사랑을 잃었다는 진실은 다만 통탄스러울 뿐이었다.

울고 있는 연을 홀로 울도록 남겨 두고 우리는 다시 일반적인 사랑 이야기로 돌아가보자. 어쩌면 저 사랑의 시험관의 영혼 깊은 곳에, 쾌락을 '끝없이' 갈구하는 마음이 웅크리고 있는지도 모른다. 식욕에 관해서라면, 대체로 어느 정도 만족한 사람은 더 이상 욕심내지 않는다. 그러나 사랑의 쾌락에 관해서만은, 사람은 한계를 모르고 더 많이 더 깊게 끝없이 추구하기 쉽다.

식욕과 달리 정욕이 곧잘 과잉으로 흐르는 이유를 이렇게 설명하기도 한다. 대체로 우리는 식사하면서 전적으로 몰아沒我하지는 않는다. 보통 누군가와 함께 식사하며, 식사하면서 대화를 나누거나 텔레비전을 볼 수도 있다. 그러나 정욕을 해소할 때는 다른 어떤 것도 할 수 없다. 대개 정욕을 해소하는 일은 무아지경에 가깝다. 욕망으로 가득 찰수록 그것은 온 세상을 덮어버린다.[10] 이토록 분산 불가능한 정열, 한곳에만 집중되는 정열은 쉬이 과잉으로 흐르게 마련이다.

잉여적 쾌락을 구하는 마음은 만족을 모른다. 사랑을 시험하는 자는 거듭 더 강도 높은 쾌락을 찾다 보니 더욱 난해한 시험을 준비할 수밖에 없다. 시험관은 상대가 한 시험을 통과할 때마다 짜릿한 희열을 느끼지만 곧이어 더 가혹한 시험을 구상한다. 그리고 역설적으로 상대가 그 시험까지 가뿐히 통과하기를 온 마음을 다해 소망한다. 이 과정에서 진짜 바라는 것이 안심인지 믿음인지 쾌락인지, 당시에 시험관은 저도 모르는 채로 위험한 시험의 정열에 빠져든다.

|
제목에 쓰인 "나를 망치고 죽음에 이르게 할 이"는 『사랑과 다른 악마들』 160쪽에서 인용한 구절이다.

정말 날 사랑해?
나의 무엇을? 얼마나?

미겔 데 우나무노,
「더도 덜도 아닌 딱 완전한 남자」

펠릭스 발로통, 〈거짓말〉, 1898

그는 나를 섹스 파트너로 여길 뿐이야. 순은 음울하게 뇐다. 순에게는 사랑에 관한 꿈이 있다. 육체적이라기보다 정서적으로 긴밀하게 연결된 사랑. 평생 서로에게 천국을 선사해주다가 함께 죽는 사랑. 그녀에게 육체의 교환이란 정신적으로 위대한 사랑으로 가는 통과의례일 뿐이다. 그런데 그 남자는 순을 진정으로 사랑하는지 육체만을 원하는지 알수 없다.

한 술 더 떠서 순의 판타지는 이런 식으로 발전했다. 사랑한다면, 그는 나를 만날 때마다 설레야 한다. 이전 애인들보다 훨씬 더 열렬하게 나를 사랑해야 한다. 나에게 느끼는 감정이 전무후무한 강렬한 열정과 설렘이어야 한다. 헤어지더라도 나는 그에게 인두에 덴 자국처럼 영원히 각인되어야 한다. 순은 이러한 사

랑의 이상을 먼저 설정해놓고, 연인의 사랑이 그에 미치는지 끝
없이 점검했으며, 이상에 못 미칠 때 절망에 빠졌고, 그의 내심을
끊임없이 의심했다. 절망과 의심에 지치면 운수불길하여 못된
남자들만 만났다고 생각하면서 사랑을 서둘러 끝내곤 했다.

새로운 연애를 하면서도 순은 계속 의심했다. 그는 나를 데리
고 다니면서 사람들에게 자랑하기만을 원할 뿐인가? 나를 진정
으로 사랑하는가? 결혼을 앞두고서는 이렇게 의심했다. 그는 결
혼생활의 안정감만을 원할 뿐인가? 진정한 사랑을 원하는가? 결
혼해서는, 일상적 보살핌과 정서적 안정 등 각종 서비스만을 원
할 뿐인가? 나의 경제적 능력을 원할 뿐인가? 연애 초반부터 결
혼 생활 내내 순은 사랑의 진정성 여부를 고뇌하느라 마땅히 누
릴 수 있었던 기쁨을 누리지 못했다.

대체로 남자들은 순의 질문에 제대로 대답해주지 않았다. 남
자는 순의 궁금증을 이해할 수 없었다. 동침하고 싶거나 결혼하
고 싶었을 때 사랑하지 않았다고는 말 못 한다. 그러나 미처 생
각지도 못한 곳까지 상상의 나래를 펴서 상세하고도 난해한 항
목을 조목조목 들이밀며 질문하는 순에게 뭐라고 대답해야 할지
도무지 알 수 없었다. 순의 질문을 듣다 보면 남자는 제 감정을
새로이 의심하게 된다. 뭐야, 난 이 여자를 사랑하지 않았던 것일
까? 이 여자가 그리는 판타지가 사랑이라면.

순과 그녀의 남자, 미겔 데 우나무노의 「더도 덜도 아닌 딱 완
전한 남자」를 읽는다. 순은 자기와 똑같은 질문에 평생토록 사로

잡힌 여자, 훌리아를 만나고서 깜짝 놀란다. 남자는 자기와 비슷한 알레한드로를 만나서 반갑다.

너는 나를 진정으로 사랑하니?
vs 그게 도대체 왜 중요하니?

레나다 마을의 공식 미녀, 휘황찬란한 미모의 훌리아는 소설을 즐겨 읽었다. 소설에 나오는 낭만적인 사랑의 양상과 윤리를 진실 그 자체로 믿는다. 사랑은 낭만적이고 진정하고 완전해야한다는 준칙에 사로잡혀 있다. 낭만적인 사랑에 대한 믿음은, 아이러니하게도 사랑의 진정성에 관한 시니컬한 의심을 동시에 키운다. 낭만성에 대한 믿음과 시니컬한 의심이 쌍두아처럼 붙어 있는 모습은 일견 모순적일지 모르나, 사실 필연적이다. 믿음이나 당위가 강하다는 말은 이상이 높다는 말이다. 이상이 높으면 그에 미치지 못하는 현실에 대한 반성적 자각이나 의심 역시 심각해질 수밖에 없다.

그래서 훌리아는 자주 현실을 비탄하며 빈번하게 의심에 빠진다. 먼저 아버지를 의심한다. 사업상 위기에 빠진 아버지가 딸의 미모를 무기로 부유한 남자와 거래하려 한다고. 아버지에 대한 반발심에서, 그녀는 또래의 애인들을 만든다. 애인이 자신을 진정으로 사랑한다는 믿음 속에서 살고 싶었던 훌리아는, 그러나 잇달아 배반을 경험한다. 첫번째 애인 엔리케는 훌리아의 아버지로부터 만나자는 전언을 듣고 바로 이별을 결심한다. 헤어질 궁리에 여념이 없는 엔리케 앞에서 훌리아는 바보처럼 고집스럽게 자신을 사랑하느냐고 재차 물을 뿐이다. 그녀가 얼마나 저만의 환상에 빠져 있는지, 상대 마음의 움직임에 둔감한지 보여주는 대목이다.

처음 사랑을 하는 사람들이 종종 그렇듯, 그녀가 관심을 두고 집착하는 것은 상대 자체가 아니라 저만의 판타지다. 그러니까 제가 하고 있는 것이 진정한 사랑이어야 한다는 판타지 말이다. 두번째 애인 페드로의 경우도 마찬가지다. 도망치자는 훌리아의 제안 앞에서 페드로는 무얼 먹고사느냐며 현실적인 문제를 고민한다. 그러나 그녀는 같이 죽자고, 저를 사랑하면 같이 죽을 수 있다고 말할 뿐이다. 역시나 사랑의 판타지에 포획된 영혼의 전형이다. 두 번의 연애가 실패로 끝난 후, 훌리아는 탄식한다. "남자들은 나와 사랑에 빠지는 게 아니라 내 예쁜 얼굴하고만 사랑에 빠지지. 날 얻으면 그들이 유명해지니까!" 그녀는 남자들의 사랑을 뼛속 깊이 의심한다. 남자들이 그녀 자체를 사랑하지 않고, 명예욕이나 호승심을 충족하고자 가짜로 사랑하는 시늉을 할 뿐이라고, 그녀는 시니컬하게 분석하고 의심한다.

훌리아는 부유한 알레한드로와 결혼한다. 의심의 담론에 포획된 그녀는 역시나 "그는 날 사랑하는 걸까? 아니면 예쁜 얼굴로 그를 빛내주기만을 바라는 걸까? 나는 그에게 무진장 비싸고 희귀한 가구 이상의 존재가 될 수 있을까?"라며 사랑의 진정성을 의심한다. 그가 훌리아의 미모와 유명한 훌리아를 얻었다는 명성을 재산 목록에 더하려고 할 뿐, 진정으로 사랑하지는 않는다고 의심하는 것이다. 연애 중에 "그는 날 진정 사랑하는 걸까?"라고 물어본 적이 없는 사람은 아무도 없을 것이다. 그러나 훌리아의 비극은 그 질문에 평생 포획되어 살아간다는 점이다.

알레한드로는 고집스럽게 주장한다. 사랑한다는 말 따위는 소설에나 나오는 헛소리며, 오직 바보들이나 그런 말들을 주고받는다고. 그는 훌리아가 바라는 대로, 다정한 사랑의 밀어나 사랑의 확신을 주는 말을 속삭여주지 않는다. 혼란에 빠져 사랑을 확인하고자 하는 아내의 끊임없는 몸부림을 신경쇠약으로 치부할 뿐이다. 알레한드로에게도 그만의 준칙이 있다. 완전히 남자다워야 한다는 준칙. 소설의 제목인 "더도 덜도 아닌 딱 완전한 남자"는 알레한드로가 스스로에게 부여한 별명이다.

훌리아는 남편의 질투를 유발함으로써 사랑을 확인하겠다고 작정한다. 고의로 불륜에 빠져들며, 그 사실을 의도적으로 남편에게 알린다. 그러나 남편은 훌리아의 기대대로 질투에 눈이 멀기는커녕, 아내를 정신병자로 몰아간다. 환각을 사실로 믿는 정신병에 걸렸다는 것이다. 잔혹한 처사임에는 틀림없지만, 알레한드로의 변은 이렇다. 아내에 대한 믿음을 어떤 식으로든 깰 수 없어서 아내의 불륜을 인정하느니 차라리 그녀가 미쳤다고 믿어버리는 편을 선택했다고.

정신병원에서 나오고자 훌리아는 불륜을 저지른 적이 없었고 단지 환각에 빠졌다고 거짓으로 인정하기로 한다. 인정한 후 알레한드로를 처음 대면한 날마저, 훌리아는 또 다시 고집스럽게 자신을 사랑하느냐고 묻는다. 이때 알레한드로는 난생 처음으로 "내 어찌 당신을 사랑하지 않을 수 있겠소! 내 영혼을 다 바쳐, 내 피를 다 바쳐, 내 내장을 다 바쳐 나 자신보다 당신을 더 사랑하오!"라고 미친 사람처럼 외치며 광폭하게 아내에게 입을 맞춘다. 작가는 이를 "기를 쓰고 봉해두었던 무시무시하고 신비로 가득 찬 영혼의 심층"이라고 표현한다. 훌리아는 결혼 생활 내내 바라왔던 대답을 처음으로 들은 셈이다. 일단 그녀는 죽어도 여한이 없다고 생각할 정도로 기뻐한다. 그러나 의심의 습관은 얼마나 끈질긴지 그녀는 또 다른 의심에 빠져든다.

즉시 이어지는 훌리아의 질문. "내가 당신 사람이 아니라 다른 남자의 여자라 하더라도 나 자신, 바로 나이기 때문에 날 사랑하나요? 아니면 내가 당신 것이기 때문에 날 사랑하나요?" 그러니까 남편이 극적인 방식으로 사랑을 보여주었음에도 그것이 자기 소유물에 대한 애착인지 그녀 자체에 대한 사랑인지 의심하는 것이다. 그녀는 임종의 순간에서조차 의심의 습관을 버리지 못한다. 그녀는 "이제야 내가 그토록 괴로워했던 모든 일이 다 쓸데없었다는 걸 알겠어요."라고 말하면서 사랑을 의심했던 일평생에 회한을 표한다. 그러나 회한은 잠시, 곧이어 케케묵은 고뇌에 다시금 빠진다.

작가 우나무노가 소설집의 서문에서 암시한 바에 따르면, 그는 더도 덜도 아닌 딱 완전한 남자를 알레한드로로, 더도 덜도 아닌 딱 완전한 여자를 홀리아로 형상화한 듯하다. 그는 사랑에 대처하는 자세에서 남성성의 극단과 여성성의 극단을 그리고 싶었나 보다. 서두의 순의 남자가 알레한드로에게, 순이 홀리아에게 공감한 것을 보면 작가의 의도는 어느 정도 성공한 듯하다. 이런 남성과 여성의 차이가 왜 발생할까? 질문을 바꾸어서, 여자들 특히 젊은 여자들은 왜 사랑의 정신적 진정성을 그토록 요구하거나 의심할까?

이런 가설이 가능하다. 이것은 남녀 성욕의 발달 양상이 다르기 때문인가? 마르케스의 소설에서 적나라하게 드러나듯이 대체로 남자의 사랑은 성욕에서 출발한다. 젊은 남자들의 경우 이른바 진정한 정신적 사랑에 대한 욕구가 여자들만큼 강하지 않다. 알려진 대로, 남자들은 이십 대에 가장 강한 성욕을 느낀다. 사십 대에 이르러 육체적 필요보다 정서적으로 소통하고 의지하고픈 욕구를 더 강하게 느낀다.

여자들은 그 반대다. 리비도의 양이 일정하다고 가정할 때, 젊은 여자도 남자와 동일한 양의 리비도를 가질 것이다. 그러나 젊은 여자의 성욕이 미미하다는 속설대로, 그 리비도는 육체에 부착되지 못한다. 육체에서 이탈한 리비도가 어디로 가겠는가. 관념적인 환상에 달라붙지 않겠는가. 그러기에 젊은 여자들은 격렬한 에너지로 사랑에 관한 판타지를 살찌운다. 청춘이기에 당연히 왕성한 리비도가 육체 대신에 관념적인 판타지에 부착되는 것이다.

앞서 말했듯 젊은 여성은 정신적 사랑을, 젊은 남성은 육체적 사랑을 보다 갈구한다. 상대의 외도에 직면하는 태도에서도, 여성은 상대의 정서적 배신에 더 절망하는 한편 남성은 상대의 육체적 배신에 분노한다. 여성이 헌신과 감정적 유대를 중시하는 반면, 남성은 다양한 성적 파트너를 원한다.

진화심리학자들은 이렇게 설명한다. 예부터 여성은 9개월간의 임신과 그보다 훨씬 긴 아이 양육 기간 동안 생업에 종사하지 못했다. 따라서 그동안 자원을 제공해줄 남성이 필요했다. 이때 헌신적으로 자원을 제공할 남성인지 여부를 확인하는 것은 생존의 문제였다. 그래서 여성은 남성의 정신적 헌신성에 주목하면서, 그 정도를 재고 따질 수밖에 없었다. 또한 아이 양육 기간이 길기에, 한 번의 실수로 인해 감당해야 할 짐은 남성보다 여성에게 훨씬 무거웠다. 이에 여성은 남성보다 신중할 수밖에 없고, 더 많이 점검하며 확인한다. 그래서 여성은 남성의 정서적 충실성을 끊임없이 묻고 따진다.

말이 나온 김에 남성이 상대의 감정적 배신보다 성적 배신에 민감한 이유에 관한 진화심리학적 설명을 보고 가자. 여성이 성적으로 배신했다면 남성은 다른 남자의 자식에게 자원을 투자해야 한다. 자기 자원의 손실인 셈이다. 남의 자식을 키울지도 모른다는 두려움은 여성보다 남성에게 크다. 여성은 친자식 여부를 손쉽게 확신할 수 있는 반면, 남성은 그렇지 못하기 때문이다. 그래서 남성은 파트너의 성적 정절에 여성보다 민감하다.[11] (이상은 진화심리학적 해설이므로 오늘날과 사정이 다를 수 있다. 그러나 진화심리학에 의하면, 오랜 세월 동안 그래 왔던 관습이 유전자에 새겨져 있다는 것이다.)

또한 여성은 남성에게 사랑받는지 여부를 끊임없이 숙고하지만, 남성은 그보다 자신이 여자를 사랑하는지 여부를 점검한다.[12] 대체로 여성은 사랑할 때 제 감정을 의심하지 않는다. 은연중에 제 사랑이 진실하다고 전제한다. 나중에 기만으로 밝혀지더라도 그때는 그렇다. 제 감정은 확실하고, 불확실한 것은 상대의 감정이다. 그래서 여성은 상대의 감정을 늘 심문한다.

그러나 남성은 정서적 유대보다 성관계에 관심이 많다. 관심의 초점인 제 성욕은 뚜렷이 알지만 제 감정의 정체는 모호하다.(실은 별로 알고 싶지도 않다.) 그런데 여자는 계속 질문을 들이댄다. 하여 남성은 '잘 모르지만 알아야만 할 것 같은' 제 감정을 심문한다. 또 여자에게 가장 바란 것은 성관계였기에, 그는 여자의 몸보다는 감정이 비교적 덜 궁금하다.(여자의 감정이야 어떻든 성관계를 했으면 그만이다.) 그래서 남성은 여성에게 보다 적게 질문한다. 결국 여자에게 확실한 것은 제 감정이고, 남자에게 확실한 것은 제 성욕이다. 즉 영원히 불확실한 것은 남자의 감정이기에, 남자도 여자도 바로 그것을 궁금해 한다.(이상은 젊은 남녀에게 보다 더 해당되는 이야기 같다. 나이 든 남녀의 경우 사정이 다를 것이다.)

누적된 말들의 더미

말. 결국 말이 문제다. 훌리아와 알레한드로는 평생토록 싸웠으나, 싸움의 주제는 더없이 단순하다. 사랑한다는 말 한 마디. 그 말 한 마디를 하느냐, 안 하느냐. 말은 사랑이라는 요리에서 기묘한 양념 노릇을 한다. 사랑은 불안하고 허무하다. 연인은 말로써, 불안과 허무에 저항할 수 있다. 말은 사랑의 불안을 치유하는 진정제이자 허무함을 위안하는 미약媚藥인 셈이다. 말의 역할은 이뿐만이 아니다.

사랑할 때 오고가는 말은 대부분 사랑의 요구다. 연인은 사랑을 바라면서 자신을 미화하는 말을 한다. 사랑을 바라면서 상대에게 다정한 말을 들려주고, 사랑을 묻는 말을 한다. 사랑을 바라면서 사랑을 확인하는 말을 한다. 그만큼 사랑은 그 자체로 말이며, 말에 의해 만들어진다. 사랑은 '연인의 담론'을 생산하는 행위다. 사랑은 두 사람만의 문서 작업을 축적하는 과정이다. 사랑은 사랑을 말로 선언하는 행위 자체다. 감정이 말에 의해 생산되기도 한다.[13] 말이 없는 사랑을 상상해본 적이 있는가?

『참을 수 없는 존재의 가벼움』편에서 자세히 보겠지만 사랑은 우연과 운명 사이에서 흔들리는 진자다. 누구에게든 만남과 반함은 우연히 일어난다. 우연을 운명으로 고정시키는 것이 사랑의 선언이다. 사랑의 선언은 우연에서 운명으로 이행하는 과정에 놓인 획기적인 분기점이다. 선언 이전에는 우연이요, 선언

이후에는 운명이다. 그래서 선언은 그토록 위태롭고, 어마어마한 긴장감으로 가득 차 있다. 게다가 사랑의 선언은 단 한 번으로 끝나지 않는다. 길고 산만하며, 혼란스럽고 복잡하며, 선언되고 또 선언된다.[14]

사랑의 말은 재연再演을 요구하며, 반복과 친숙하다.[15] 사랑해? 나의 무엇을 사랑해? 얼마나 사랑해? 아직도 사랑해? 언제까지 날 사랑할 거야? 물음은 끊임없이 이어진다. 이를 정신분석학의 논리를 빌려 이렇게 풀이할 수 있다. 인간의 욕망은 무한대를 향해 있다. 즉 인간은 불가능한 지경까지 욕망하게 마련이다. 현실은 그에 비해 턱없이 불완전하다. 욕망과 현실 사이의 간극을 메꾸기 위해서 연인은 자꾸만 질문하고 확인한다.[16] 하지만 바디우 식으로 생각하면, 반복적인 선언의 요구는 정반대의 의미를 띤다. 반복적인 선언의 요구는 매 순간 사랑을 유지하려는, 매 순간을 사랑으로 고정하려는 의지이자 노력이다. 선언은 약속을 환기한다. 연인은 선언하고, 선언을 요구함으로써 약속을 지킬 것을 다짐하고 부추긴다.[17]

사랑에서 말의 긴요함은 의심할 나위가 없다. 그러나 달리 보면, 사랑은 말을 넘어선다. 말로 다 담아지지 않는 것이 있게 마련이다. 홀리아의 오류는 꿈틀거리는 사랑을 말로 고정시키려고 집착한 죄인지도 모른다. 어떤 면에서 말은 그 자체로 허상虛像이다. 말을 개인적 차원이 아니라, 역사적·사회적 차원에서 생각하면 더 그렇다. 말은 두 사람이 내밀하게 나누는 것이기도 하지만,

동시에 역사적으로 전수된 것, 사회적으로 공유되는 것이기도 하다.

그는 나를 진정으로 사랑하는가. 훌리아를 평생 괴롭힌 이 질문의 근원에는 사랑에 관한 모범이 있다. 사랑은 이러해야 한다는 이상 혹은 준칙. 이런 모범, 이상, 준칙은 훌리아의 내면에서 자율적으로 발생하지 않았다. 훌리아가 읽은 소설들이 그들의 모태다. 『돈 끼호떼』편에서 자세히 보겠지만, 때로 사랑은 사랑의 관습에 참여하는 일이다. 우리의 소망과 윤리는 결코 독자적으로 발아하지 않는다. 사회적으로 감염된 채 발전한다. 훌리아의 사랑에 관한 이상도 사회적 관습에 감염된 것이다. 사랑 담론의 체계에서 어쩔 수 없이 받는 영향과, 그것을 모방하고자 하는 욕구는 연인의 의식을 잠식한다. 만일 무인도에서 훌리아와 알레한드로 단둘이 살았어도, 다른 사람의 사랑 사례를 접하지 않고 평생을 살아야 했어도, 훌리아가 그런 고뇌에 빠져들었겠는가.

우리의 내밀한 소망, 윤리, 준칙조차도 사회적인 기원 텍스트를 가진다. 내가 진정으로 신봉하는 나만의 고유한 것으로 믿는 준칙이 독자적인 것이 결코 아니라 누군가를 모방한 것이라는 뜻이다. 이런 통찰은 삶에 유효하다. 왜? 나를 구속하는 준칙이 누군가에게 주입받은 것이라고 통찰하면, 그것을 탈피하기가 쉬울 것이다. 제 고뇌의 비본래성을 깨달아야 고뇌를 벗을 수 있다. 세뇌 당했음을 알아야 독신篤信을 버릴 수 있는 법이다.

작가는 막연히 훌리아가 의심병에 걸렸다고 말하지 않고, 그

의심의 양상을 구체적으로 기술한다. 의심의 사유~~軸~~와 말의 목록을 상세하게 적는다. 그는 미인을 얻어 유명해지고자 할 뿐이다. 재산 목록을 더하고자 할 뿐이다. 제 소유물에 어쩔 수 없이 애착할 뿐이다. 즉 홀리아의 의심은 구체적으로 사랑을 부정하는 말들로 옷 입고 있다. 의심은 의심의 사유와 말의 목록을 거느린다. 그 사유와 말을 더 많이 발굴하는 것이 작가의 재능일 터이다.

상대의 마음을 시니컬하게 재단하는 말들은 꽤 많다. 그런데 따지고 보면 어느 정도 정형화되어 있다. 그는 ○○를 원할 뿐 진정으로 나를 사랑하지는 않는다. ○○에 들어갈 수 있는 말들이 몇 가지 있다. 성욕 해소, 결혼 생활의 안정감, 남들의 부러움, 정복욕이나 호기심의 만족, 살림하는 능력, 경제적 능력 등. 이런 말들도 어느 정도 담론을 형성하는 것 같다. 이 담론은 상대를 의심할 때뿐만 아니라, 다른 사람의 사랑을 깎아내릴 때에도 인구에 회자된다. 홀리아 역시 그런 담론에 포획된 사례라고 할 수 있다.

딱히 진실은 아니지만 여러 사람들에게 진실인 것처럼 유통되는 말의 더미를 담론이라고 할 수 있을까. 완전한 사랑에 관해 유포된 이야기들이 담론인 것처럼, 누군가의 사랑이 가짜라고 분석하는 말들도 담론에 불과할 것이다. 아마 사랑 그 실체는 전자의 담론과 후자의 담론 모두에게 포획되지 않은 어딘가에 존재할 것이다. 그러니 담론을 믿는 것, 혹은 양극단의 담론 중 무엇이 진실인지 판별하기 위해 고뇌하는 것은 얼마나 허무한가. 그러나 소설은 종교 경전도 윤리학 교과서도 아니다. 소설은 탁월한 지혜가 아니라 허무하고 어리석은 정열 그 자체에 주목한다. 그러하기에 훌리아는 죽을 때까지 고뇌한다.

꿈꾸는 영혼, 자기 감옥에 갇힌 영혼

훌리아는 남자들이 소설에 나오는 대로 자신을 진정으로 사랑하기를 바란다. 앞의 순처럼 그녀만의 사랑의 이상과 준칙이 확고하게 결정되어 있다. 그러나 그 사랑의 이상과 준칙은 타인의 방식을 배려하지 않고 저만의 방식 속으로 상대를 끌어오려고 하는 점에서 독선적이다. 독선적이기는 알레한드로도 마찬가지다. 아내를 따라 자살함으로써 사랑을 극단적으로 표현한 그는, 평생 아내에게 사랑한다는 말 한 마디 해주지 않았다. 질투로 상처받는 모습을 보이기 싫어서 아내를 정신병자로 몰아갔다. 사랑을 속삭이는 것은 바보들이나 하는 짓이며, 자신은 남자다워야 하기 때문에 절대로 그럴 수 없다는 준칙에 그 역시 사로잡혀 있었던 것이다.

사랑은 이래야 한다는 믿음에 사로잡힌 훌리아나, 남자란 이래야 한다는 준칙에 사로잡힌 알레한드로나 똑같이 고집스럽다. 이쯤 되면 그와 그녀 모두 자신만의 감옥에 갇힌 존재로 보인다. 그는 나름대로의 방식으로 그녀를 사랑한다. 하지만 그녀가 바라는 방식으로는 결코 사랑하지 않는다. 그녀 역시 제가 바라는 방식이 아니라는 이유로 그의 사랑을 인정하지 못한다. 우나무노는 그의 사상서 『생의 비극적 의미』에서 이렇게 고집스러운 인간들을 '의지와 신념의 인간', '꿈을 꾸는 인간'이라고 고평했다. 그리고 많은 소설에서 그들의 내면을 즐겨 묘파했다. 그가 애지중지한 의지와 신념의 인간, 꿈을 꾸는 인간은 그러나 바꾸어 말하면 자기 감옥에 갇힌 인간이다. 열렬히 꿈꾸는 사람치고 저만의 세계에 갇히지 않은 자 있는가. 하여 종종 이상이 높은 사람일수록 독선적이다.

해탈하지 않는 한, 사람은 저만의 감옥에 갇힌 존재다. 내가 겪어온 것들이 성격과 가치관을 형성하고 그것이 운명을 결정한다. 성격과 가치관을 변경할 수 있다면 운명도 바꿀 수 있을 것이다. 그러나 대부분 성격과 가치관과 운명은 변경 불가능한 것으로 남는다. 나를 형성해온 것들이 바뀔 수 없듯 나의 사랑 방식이나 준칙은 어지간해서는 변하지 않는다. 그렇게 바뀔 수 없는 것들이 저만의 감옥을 만든다. 훌리아와 알레한드로는 어쩌면 저만의 감옥에 갇혀 진정한 사랑을 하지 못한, 가련한 영혼들이다. 그러나 도덕적으로 이를 비난하고 계도하는 것이 무슨 의미가 있을까. 우리가 소설에서 구하는 것은 현명하게 사랑하기 위한 지혜가 아니라 우리처럼 어리석은 사람이 또 있음을 확인하고 나서 받는 위안이 고작 아닐까.

사랑, 불구를 기꺼이 견디고자 하는 의지

작가가 통찰한 대로, 현인들이 모두 밝게 보았듯 사랑의 사슬로
엮인 두 사람 간의 자아의 장벽은 견고하고도 견고해서 과연 진
정한 만남이 가능할까 싶다. 소설에서나 현실에서 거의 모든 연
인들은 '참을 수 없는 자아의 견고함' 앞에서 길을 잃는다. 알랭
바디우도 잘 지적했듯이, 사랑의 적은 연적이 아니라 바로 이기
주의다. 차이에 반대하여 동일성을 원하는, 저만의 세계를 강요
하는 '자아'다.[18] 자아라는 것이 그토록 굳건한 이상, 진정한 접
속은 거의 불가능해 보인다. 진정한 접속은 기적이나 다름없다.
이 소설에서 작가는 기적이 죽음 직전의 찰나에서만 일어나도록
설정했다. 우리는 여기에서 접속의 불가능성을 인정하고 절망해
야 할 것인가, 기적의 순간이 오기는 오므로 희망을 가져야 할 것
인가?

　다만 확실한 것은 이렇다. 사랑은 완성된 채로 오지 않는다.
합일에 대한 기다림만이 있을 뿐. 훌리아의 의심은 어느 정도 맞
았다. 알레한드로는 처음에 훌리아를 순수하게 사랑하지 않았
다. 아내의 의심대로 경국지색의 미인을 얻음으로써 으스대고
싶은 욕망이 보다 강했다. 살아가면서 아내가 원하는 말을 한 마
디도 안 해주거나, 그녀를 정신병원에 가두는 등 폭력적으로 굴
기도 했다. 그의 사랑은 불구인 채 시작되었고 진행되었다. 그런
데 훌리아의 죽음 직전 헤아릴 수 없이 크나큰 사랑(말이 아니라

행동)을 보여주며 결국 그녀를 따라 자살한다. 훌리아의 죽음과 알레한드로의 자살은 나름대로 사랑의 완성이다. 함께 죽었으니 드디어 자아의 벽도 허문 셈이다.

죽음 앞에서야 사랑의 완성이 가능하다니. 소설적 설정이긴 하지만, 그만큼 자아의 벽을 허물고 진정으로 접속하는 일은 비일상적이고 이례적인 특별한 '사건'이라는 뜻이다. 그렇다면 절름발이 두 사랑이 만나서 이 특별함을 기다리며 불구를 견디는 것, 그 견뎌가는 과정이 사랑이 아닐까. 사랑은 불구를 기꺼이 견디고자 하는 의지다. 바디우에 따르면, 사랑은 차이로 이뤄진 세계를 빠짐없이 경험해나가는 과정 자체다.[19]

사랑을 한 마디로 표현하자면? 가능한 답들은 꽤 있다. 말, 고독, 설렘, 성욕, 불안, 의심, 질투, 결핍 등. 하지만 내가 보기에 모범답안은 시간이다. 사랑은 시간과의 싸움이다. 시간을 견디지 않는 사랑은 사랑이라는 이름에 값하지 못한다.

수인^{囚人}의 사랑법

엘프리데 옐리네크,
『피아노 치는 여자』

오귀스트 톨무슈, 〈자부심〉, 1889

어머니는 윤을 버리고 떠났다. 어린 날 윤은 세상으로 향한 마음의 문을 닫았다. 마음을 준 누군가가 갑자기 그녀를 버릴지도 모른다고 두려워한 나머지, 누구에게도 쉽게 마음을 열 수 없었다. 미처 깨닫지 못한 사이 그녀는 아무도 믿지 못하는 사람으로 성장했다. 친구 하나 없는 성장기를 거쳐 성인이 된 그녀는 이제 사람을 만나고 싶었다. 적어도 어린 시절의 단절감에서 벗어나 다정함을 주고받을 수 있는 사람들 사이에 있고 싶었다.

이러한 그녀의 평범한 소망은 사람에 대한 집착으로 변질되었다. 집착하는 사람이 타인에게 사랑받기는 쉽지 않다. 특히나 남자들은 그녀의 지나친 집착에 쉽사리 싫증을 내거나 부담을 느꼈다. 그녀가 사람을 대하는 방식은 극단적으로 두 가지였다. 사람을 지나치게 믿거나(믿고 싶어 하거나), 지나치게 믿지 않거나.

격렬한 연애가 실연으로 귀결되는 일이 반복되던 어느 날 그
녀는 다시 세상을 향한 마음의 문을 닫아버리기로 결심했다. 남
자들과 친구들에게서 상처받는 일을 그만두고 싶었다. 에로스적
욕망을 폐기하고 그녀가 달아난 곳은 자기 자신이었다. 그녀는
그때부터 자기에게만 관심을 기울였다. 그냥 관심만을 기울였을
리 없다. 쾌감은 자기 우월감으로부터 왔다. 그녀는 우월감을 확
고부동한 것으로 만들기 위해서 모든 시간과 에너지를 쏟았다.

시인이 된 그녀는 부러 난해한 시를 썼고, 밤을 새워 다작했
다. 그녀는 스스로 천재라고 믿고 싶어 했다. 천재임을 증명할 근
거를 스스로에게 제공하기 위해서 혼자 시험을 부과하고, 아무
도 보아주지 않는 시험을 혼자 치렀다. 시험을 통과했을 때의 우
월감이 짜릿한 만큼, 실패했을 때의 자괴감은 끔찍했다. 그렇게
우월감과 자괴감 사이를 오락가락하며 오랜 세월 그녀는 자기하
고만 놀았다. 좌절된 에로스적 욕망이 자기애로 둔갑한 것이다.

사람들은 그녀를 제가 천재인 줄 아는 오만한 바보라며 조소
했다. 그녀가 사랑을 주고받고 싶은 욕망에 좌절하고 그 욕망을
적절하게 풀어나가는 방식을 알지 못한 가련한 영혼이라는 사실
을 아무도 알지 못했다. 그러던 윤, 엘프리데 옐리네크의 『피아
노 치는 여자』를 읽는다. 그녀는 이 소설에서 저와 닮은 여인, 에
리카를 만난다.

에리카 역시 에로스적 욕망에 좌절하고 환상 속 우월감을 먹

고 살며 그에 비례하여 자기를 학대한다.(어머니를 잃은 윤과 달리 에리카는 어머니의 과도한 사랑을 받기는 했지만, 외로운 나머지 자기애를 괴상하리만치 키운 면에서 윤과 닮았다.) 윤은 소설을 읽으며 제 마음을 들여다본다. 그동안 피땀 흘려 축조해왔으며 한 번도 깨부수지 못한 마음의 감옥이 선연히 눈에 보이기 시작한다.

장편소설이지만, 이야기는 단순하다. 괴상한 여자 에리카가 한 남자 클레머를 서너 번 만나는 이야기가 전부다. 그런데 그 과정에서 에리카가 느끼는 복잡다단한 심리는 거의 백과사전을 방불케 한다. 그녀의 변태적인 심리는 기묘한 연애 심리의 극단을 보여준다. 이 심리를 따라가보는 데 독서의 묘미가 있다. 소설 자체가 상세한 심리학 해설서나 다름없기에, 작중인물의 심리를 정리하는 것만으로도 독후감의 소임을 다할 듯하다.

나는 나만을 사랑한다, 그리고 모두를 파괴한다

이른바 '변태'에 가까운 에리카의 성격과 심리에 주목해야 하는 이유는 이 소설이 노벨문학상을 받았기 때문만은 아니다. 극단적인 형태지만, 그녀의 성격과 심리는 일면 현대인의 초상이다. 우리 모두 어느 정도는 외롭고, 사랑받을 자신이 없고, 버림받을까 봐 두려워하며, 그래서 자기만을 사랑하기 쉽기 때문이다.

사회적으로 보자면, 자기 우월감(흔한 말로 잘난 맛!)만이 사는 힘이 되는 나르시시스트들도 옛적보다 많다. 이들의 경우 관심이 자기에게만 쏠려 있기에 우월감과 열등감은 일생의 중차대한 문제가 된다. 근래 급속도로 증가한 자살률도 나르시시스트 그룹의 성장과 관련 있지 않을까. 지나친 자기 집중에서 발생하기 쉬운 열등감은 곧 죽음 같은 우울을 불러낸다. 죽도록 우울해도, 타인과의 연결 고리가 약하기에 우울을 해소할 방도도 없다. 비난하려는 것이 아니다. 나르시시스트는 얄밉다기보다 슬픈 존재다. 나르시시스트의 속 깊은 곳에는 사랑에 절망하고 사랑의 무능을 한탄하며 우는 아이가 있게 마련이다. 에리카의 성격은 이런 사정을 잘 보여준다.

어머니는 에리카를 세계 최고의 피아니스트로 키우기 위해 끊임없이 우월감을 조장한다. "찬란하게 돋보이는 일에 그녀는 잘 훈련되어 있다. 자신은 모든 것이 그 주위를 도는 태양이므로 가만히 앉아 있기만 하면 위성들이 달려와서 그녀를 경배하게 되는 거라고 늘 듣고 배워왔다. 그녀는 자신이 남보다 우월하다는 것을 알고 있다." 그녀는 항상 특별한 것을 원한다. 늘 많은 사람들과 정반대로 다른 방식을 선택한다. "사람들이 이렇게 하면 그녀는 혼자서 저렇게 하면서 자랑스럽게 생각한다." 난 너희들과 달라. 우월감에 빠진 사람들은 자랑스럽게 선언한다. 독특한 개성을 부각하기 좋아하는 사람들은 나르시시스트이기 쉽다.

에리카의 우월감과 자기애의 근원은 어머니와 할머니다. 어머니와 할머니는 과부이거나 과부나 다름없었다. 그들의 억압된 에로스적 욕망은 자기애로 변한다. 타인에게서 좌절한 리비도가 어디로 가겠는가. 자기밖에 달리 갈 곳이 없지 않은가. 자기애는 필히 우월감을 필요로 한다. 앞의 윤도 바로 이런 경우다. 그런데 어머니와 할머니는 스스로 우월감을 생산할 수 없다. 그들은 분신인 딸(손녀)을 통해 대리만족하려 한다. 그래서 분신에게 끊임없이 우월감을 조장하고, 높은 기준에 맞출 것을 요구하며, 에로스적 욕망을 억압하기를 강요한다. 딸(손녀)은 저도 모르게 그들의 욕망을 학습한다. 에리카는 그녀들에게 우월감, 자기애와 함께 성적으로 자신을 가두는 일도 배운다.

나르시시스트는 지속적으로 제 우월함을 확인해야 한다. 우월감에 근거를 마련하기 위해 그는 남들과 경쟁해서 이기기를, 남들을 지배하기를 열렬히 소망한다. 그래서 자기애가 강한 사람일수록 지배욕과 정복욕이 강하다. 지배욕이 강한 어머니는 에리카를 폭력적으로 구속하고 감시한다. 에리카는 지배와 폭력으로 점철된 어머니의 방식을 증오하면서도 학습하고 모방한다.

드높은 자기애에 빠진 그녀는 물론, 남학생들과 자연스러운 관계를 맺지 못한다. "어머니는 그녀가 체면에 손상되는 일을 하면 결코 용서하지 않을 것이니 그래서는 안 된다고 호소하고 애걸한다." 어머니의 억압 때문에, 자기애를 보호하고픈 자의식 때문에, 일상에서 저지르는 서툰 실수들 때문에, 그녀는 남자들의 호감을 사지 못한다. 이성 관계에서 좌절을 겪으면서 에리카의 자기애는 일그러진다.

우월감과 열등감은 한 나무에서 뻗은 두 가지다. 우월감은 드 높은 자기 기대를 동반한다. 우월감에 잠식된 영혼에게 부과된 과제는 훨씬 더 난해하다. 그래서 그들은 열등감에도 더 자주 빠 져들며, 깊게 좌절하고 절망하기도 쉽다. 자기 비하에 자주, 격하 게 빠져드는 사람은 때로 강한 우월감의 소유자다. 하여 에리카 는 남들보다도 쉽게 열등감을 느끼고 좌절하며, 상처도 더 많이 받는다.

상처받은 자기애는 제 껍질 안에 스스로를 가둠으로써 치유 를 구한다. 자기애가 그토록 강한 그녀는 약해 보이는 게 죽기보 다 싫다. 그래서 제 껍질 안에 머물기로 결심한다. 껍질 밖으로 나가면 상처를 받거나 약한 모습을 보여야 하기 때문이다. 그녀 는 "잘 말라 서걱서걱 소리가 나는 뻣뻣하게 풀먹인 이 껍질" 안 에 웅크린 채 모든 것을 높은 곳에서 바라본다. 그녀는 자신을 누 구에게도 보여주지 않겠다고 결심한다. "누군가에게 자신의 가 슴으로 가는 열쇠"를 "맡겼다가 그것을 언제든 다시 빼앗을 수 있다"고 생각할 뿐이다.

자기애가 자연스런 관계 맺기나 에로스적 욕망의 건강한 추 구를 방해하고, 그 실패가 더욱더 자기애를 조장하는 악순환이 다. 그런데 에리카의 자기애는 어느 정도 사상누각이다. 음악계 의 최정상에 오름으로써 모든 것을 보상받으려 했던 에리카는 마흔이 다 된 나이에 실패를 자인하고 있다. 그리고 그녀는 남들 보다 잘나기 위해서 동참하지 않은 소소한 일상에서 소외감과 열패감을 느낀다.

어머니가 좌절된 에로스를 에리카에게 투사하는 방식은 두 가지다. 하나는 앞서 본 대로 자신의 자기애로 딸의 자기애를 부추기는 것이다. 다른 하나는 딸을 에로스의 대상으로 여기는 것이다. 어머니는 딸을 거의 남편으로 대한다. 딸과 한 침대에서 자며, 딸을 끊임없이 감시하고 지배한다. 에리카는 어머니에게서 에로스가 폭력으로 변질될 수 있음을 배운다.

그녀는 어머니를 무시무시하게 증오하면서도 이율배반적으로 어머니의 품에서 안정을 느낀다. "에리카는 사실 어머니 몸속으로 다시 기어 들어가 따뜻한 양수 속에서 부드럽게 흔들리고 싶다." 간섭하지 말라고 자기를 내버려두라고 악을 쓰면서도, 외부에서의 손짓을 마주할 때마다 그녀는 어머니의 품을 그리워한다. 외부는 자신에게 흠집 내기 일쑤이므로 두렵기 때문이다. 어머니는 에리카가 최고라고 늘 말해준다. 이 말은 딸을 꼭꼭 묶어두는 올가미다. 어머니의 품 안은 자기애를 다치지 않게 하기에, 에리카는 그것에서 벗어날 수 없다. 조련사와 곰처럼 모녀는 서로를 증오하지만 서로 없이는 살 수 없다.

소녀 시절 에리카는 또래들의 놀이판에서 소외당하자 면도칼로 손등을 긁으며 자해의 여정을 시작한다. 소녀의 자해는 이율배반적인 의미를 지닌다. 소녀는 어머니의 규율을 어겼기에 죄책감으로 자기를 스스로 처벌했으며, 동시에 그 규율에 대한 억눌린 증오심을 표출했다. 또한 그녀는 사랑받지 못하는 자신에 대한 열등감과 저를 소외시킨 타인들에 대한 증오를 동시에 느꼈다. 더구나 그녀는 어머니로부터 사랑이 폭력으로 행사될 수 있음을 배웠기에, 가장 사랑하는 대상인 자기에게 폭력을 가할 수 있었다.

그녀는 타인에게도 가학적이다. 소녀 에리카는 물건을 훔치고 남들을 미행해서 약점을 발견하고는 고발한다. 여기에서 미행은 좌절된 연대욕구(에로스적 욕망의 일부인)를 충족하는 왜곡된 방식이기도 하다. 자기애는 지배욕을 키우기에, 성인이 된 에리카는 강압적인 교사가 된다. 수업시간에 학생들에게 가학적으로 명령하고 복종을 이끌어낸다. 그러나 고독한 에리카는 소녀 시절처럼 다른 사람들의 삶이 궁금해서 제자들을 습관적으로 미행한다. 물론 거기에는 파괴욕이 함께 따라다닌다. 그녀는 미행 중 제자들의 허물을 발견하면 가차 없이 응징한다.

파괴욕이 가장 과격하게 공격하는 대상은 바로 그녀 자신이다. 그녀는 제 몸을 면도칼로 습관적으로 벤다. "그녀는 원래 갈라져야 할 곳이 아닌 곳을 잘라내 신과 어머니가 기묘한 합의 하에 붙여놓았던 것을 갈라놓는다." 자해는 제 자신을 찢고 싶은 욕구, 즉 자기 감옥을 부수고 싶은 욕구의 발현일까. 그러나 이것은 여전히 지극한 나르시시스트의 행동이다. 그녀는 생각한다. "다른 사람에게 내맡겨진 것보다는" "스스로를 자신에게 완전히 내맡기"는 편이 훨씬 낫다. 에리카는 타인의 학대의 대상이 되기보다는 스스로 학대의 주체로 군림하면서, 자기에 대한 지배권을 수호하고 싶다.

그녀의 성욕은 간접적으로 해소될 뿐이다. 그녀는 남자들처럼 핍쇼를 구경한다. 여자들의 자위행위를 훔쳐보면서 흥분한다. "그녀는 자기 자신에게는 터부이"며 "스스로를 만지는 일은 있을 수 없"기에. 모두에게 강해 보이고 싶은 그녀는 동시에 이율배반적으로, 누군가에게 비굴하게 복종하고 싶다. 어머니의 지배 안에서 안온했기 때문이다. 이 소망을 충족해주는 어머니는 늙고 쇠약해간다. 그녀는 자신을 명령에 복종하도록 강제할 '그'를 꿈꾼다. '그'는 어머니의 권력을 벗어난 명령권자면서 에리카의 의지에 따르는 명령권자여야 한다.

"클레머, 빨리 꺼지란 말이다!"

명령권자 '그'가 나타난 듯하다. 이십 대 중반의 제자 클레머가 사십을 눈앞에 둔 에리카를 열정적으로 바라보기 시작한다. 그녀는 그 눈빛을 눈치챘지만 무관심으로 응대한다. 그렇지만 그녀 역시 그에게 끌리며, 간혹 우회적인 방식으로 유혹한다. 그녀는 그에게 정신착란으로 죽은 아버지 이야기를 들려준다. 이는 배려 혹은 특별한 감정을 이끌어내기 위해 제 고통을 미끼로 "남자의 호감을 밑바닥까지 끄집어내 받으려는 것"이므로 유혹에 해당한다.

그러나 그녀는 흔들리는 마음보다 더 강력한 두려움을 느낀다. "제발 그것이 달걀만 한 우박이 아니기를, 그래서 그녀에게 구멍을 뚫어놓지 않았으면!" 우선 그녀는 예비된 사랑의 정열 앞에서 누구나 보편적으로 느끼는 두려움을 느꼈을 것이다. 『백년 동안의 고독』편에서 상세히 본 바 있다. 흔들리는 자는 정열을 감당하기 힘들 것 같아서, 정열의 심연이 자신을 파괴할지도 모른다는 생각에 두렵다. 에리카는 늙어간다는 두려움도 느낀다. 자신을 갈망하는 사람은 클레머가 마지막일 것 같다. 그녀는 두려워하다가 이후에 격분한다. 그 때문에 이런 약한 마음에 빠졌으므로.

그녀는 노여워하며 외친다. "클레머, 빨리 꺼지란 말이다!" 에리카는 그를 "삶의 두려운 도전"으로 여기고 혐오한 나머지 그가 사라져주기만을 바란다. 그녀의 판타지는 이렇다. "그녀는 길고 진한 포옹을 꿈꾸는데 그것은 포옹이 이루어지는 즉시 왕비처럼 남자를 떨쳐버리기 위해서다." 이렇듯 스스로 근사한 여자임을 확인하는 것은 에리카의 절체절명의 과제다. 그녀는 자기애를 허물어뜨릴 위험을 목숨 걸고 피해야 한다. 또한 그녀는 어머니를 증오하지만 동시에 어머니의 명령을 따르고 싶다.

어머니의 익애溺愛 안에서 제가 월등하다는 환상을 한없이 키운 에리카, 음악으로써 누구보다 탁월해지리라고 꿈꿔왔던 에리카, 어머니의 규칙과 명령이라는 그물에 포획된 에리카. 그녀는 이런 저만의 세계와 바깥세상 사이에 견고한 바리케이드를 설치했다. 에리카는 이 바리케이드, 저만의 틀을 부수기를 무엇보다 두려워한다. 어머니, 음악, 규칙과 명령으로만 구성된 에리카는 이들이 주는 안정감 때문에 잘 모르는 것 앞에서 겁을 먹는다. 에리카는 아무 것도 변하지 않을까 두려워하지만 동시에 갑자기 무언가 변할까 더욱 공포스러워한다. 모태 솔로들이여, 공감하시는가?

그러나 에리카는 클레머에게 끌리는 자연스러운 감정을 억제할 수도 없다. 그와 사랑을 나누면서 떠나는 여행을 저도 모르게 상상한다. 그러나 바로 직후 늙은 어머니의 편안한 품을 그리워한다. 끊임없이 흔들리는 진자다. 클레머를 쫓아내다시피 뿌리친 에리카는 그를 미행한다. 자기 감옥에 갇혔기에 직접적인 육체적·감정적 접촉은 감히 시도할 수 없지만 끌림조차 억제할 수는 없기 때문이다. 그를 미행하지만 그와 아무것도 하지 못한다. 클레머에 의해 촉발된 관능은 관음으로 변질된다. 그녀는 공원에서 섹스하는 커플을 훔쳐보고 더불어 흥분하여 소변을 본다. 이런 식으로 그녀는 클레머에 대한 욕망을 처리한다. 스스로는 못하므로 다른 사람의 손을 빌려 정열을 소진한다. 가련하게도, 연애 불능증의 극단이다.

묵묵부답인 에리카를 자극하고자 클레머는 젊은 아가씨들과 장난치며 논다. 에리카는 클레머를 아는 척조차 하지 않는다. 이 허울뿐인 무관심에 클레머는 상처받지 않는다. 그 거부가 끌림을 은폐하려는 필사적인 노력이라는 사실을 알기 때문이다. 에

리카는 그와 장난치던 아가씨의 외투 호주머니에 깨진 유리조각
을 넣는다. 결국 질투를 유발하여 관심을 환기하는 고전적인 수
법에 에리카는 넘어간다.

그녀는 그날 클레머와 처음으로 육체적 접촉을 시도한다. 그
러나 에리카의 방식은 독특하다. 그녀는 고압적인 자세로 명령
하고 금지한다. 자기를 애무하지 말라고, 입 다물고 절대로 움직
이지 말라고, 희열이나 고통으로 소리를 내지 말라고. 그녀는 그
의 성기에 고의로 고통을 준다. 성기를 만지다가 그가 고조될 때
갑자기 그만두며, 그가 애원해도 다시 만지지 않고 관찰만 한다.
그는 점점 위축된다. 에리카는 그를 철저하게 감독하며 명령하
겠다고 마음먹는다.

에리카는 왜 클레머를 학대할까. 줄곧 지속된 감정, 그러니까
그에게 빠지는 것을 두려워한 나머지 그를 증오하게 되어서, 또
한 질투를 유발하면서 자신을 괴롭힌 그를 처벌하고자, 젊은 여
자들에 대한 증오를 해소하려고 그랬을 것이다. 무엇보다 그녀
는 저도 모르는 사이에 사랑을 지배욕과 증오로 표현하는 어머
니의 가학성을 모방하고 학습했다.

이런 에리카에게도 변화의 조짐이 찾아든다. 그녀가 비록 그
에게 사랑을 기대하면서도 결과적으로 모욕만 주었지만, 그는
변하지 않는 사랑을 보여주는 것 같다. 그녀는 점점 유혹에 빠져
든다. 새로운 삶을 시작하기로 결심하기도 한다. 그녀는 급기야
자신이 아무 것도 아니라고 느끼게 된다. 이는 대단한 사건이다.

자기가 아무 것도 아니라고 느껴야 제 껍질을 벗어버릴 수 있으므로. 실상 아무것도 아니란 느낌처럼 에리카가 바란 것은 없었다. 그래서 그녀는 탈피를, 파옥破獄을 시도한다. 세상과 조우하기 위해서. 성공했을까?

사랑한다면 나를 때리고 모욕해줘

사랑에 굴복하기로 한 에리카는 중대한 결단을 내린다. 그에게 원하는 바를 적은 편지를 건넨다. 소설의 클라이맥스인 편지에서 그녀는 이렇게 말한다. 놀랍게도! 내가 가장 바라는 것은 너의 체벌이야. 나를 벌하며 욕하고 멍청한 노예라고 불러줘. 노끈과 가죽띠와 사슬로 나를 묶고, 나일론 속옷과 스타킹으로 재갈을 물리고, 그 재갈을 고무관으로 몸에 다시 묶어. 내가 복종을 거부하면 큰 소리로 위협하고, 손등으로 얼굴을 때려. 강간하겠다고 위협하고, 내게 오줌을 눠. 긴 편지 단락마다 따라붙는 말이 있다. "어머니는 신경 쓰지 마."

마음의 빗장을 풀려고 결심한 에리카의 첫 번째 행동이 이러했다. 과연 왜? 여기저기 흩어져 있는 에리카의 독백을 긁어모아 풀어쓴 이유는 이렇다.(에리카의 사도 마조히즘에 대해서 많은 독자들이 단편적으로 해석했다. 그러나 그 기제는 보다 복잡하며, 한번 정리해봄 직하다. 백과사전적인 심리 해설이 이 소설의 묘미기 때문이다.)

1. 어머니에 대한 증오: 괴로운 감옥을 지어준 원흉인 어머니를 지배자의 위치에서 강등시켜 그 자리에 클레머를 대신 올려놓는다. 지배자를 바꾸는 것으로, 그녀는 어머니에 대한 복수를 노린다.

2. 어머니에 대한 죄의식: 그녀는 어머니를 배신한 원인을 외부의 폭력으로 돌리면서 죄의식과 책임감을 덜고 싶다.

3. 깊이 각인된 복종 욕망: 그녀는 비록 지배자를 바꾸었지만 여전히 지배당하고 싶다. 복종에 익숙해진 에리카는 더 큰 복종을 바란다. 복종도 쾌감을 유발하며 쾌감은 항상 더 센 것을 바라게 되어 있다.

4. 어머니에게서 학습한 지배 욕망: 에리카는 어머니에게 지배당하면서 언젠가는 제가 모든 것을 지배하리라고 꿈꿨다. 그녀는 기대한다. 클레머가 그녀를 지배할수록 지배의 쾌감에 길들여져 결국 그녀에게 종속될 것이라고. 그의 종으로 위장함으로써 그를 종으로 만드는 셈이다. 이때 그는 자신을 주인으로 여기겠지만 실제로는 종에 불과할 것이다.

5. 사랑을 오래도록 유지하기 위한 궁여지책: 에리카는 숱하게 사랑에서 상처를 받아왔다. 그녀는 생각한다. 지배하고 지배당하는, 지배욕으로 결합된 관계가 사랑의 유통기한을 길게 만들 것이다. 그녀와 어머니의 관계가 그 근거다. 그녀들은 서로를 증오하지만 누구보다도 사랑한다. 무엇보다 그녀들의 관계는 오랫동안 깨지지 않았다.

6. 사랑의 견고성과 진정성 실험: 그녀는 그의 복종을 이끌어 낼 수 있는 한계, 그의 복종이 그녀의 헌신을 끄집어낼 수 있는 한계를 실험하고 싶다. 이것은 사랑에 대한 지적인 탐구욕이기도 하지만, 잔인한 시험 심리이기도 하다.

7. 우월감과 나르시시즘의 폐기 소망: 그녀는 자기보다 우월한 사람을 찾음으로써 나르시시즘을 폐기하고 싶다.

8. 자기 처벌: 그녀는 음악계의 최정상이 되라는 어머니의 기대를 배반했다. 이에 따른 뿌리 깊은 죄책감과 좌절감으로 인해 스스로를 처벌하고 싶다. 어머니가 부여한 과도한 의무에 반감 못지않게 죄책감을 느껴왔던 것이다.

복잡다단한 이유들이 얽혀 있다. 그러나 내가 생각하기에 이유가 두 가지 더 있다. 지금까지 에리카의 방식은 타인을 지배하고 학대하는 방식이었다. 클레머에게도 마찬가지였다. 이 방식을 버림으로써 그녀는 자기 감옥을 부수려 하지 않았을까. 클레머의 사랑을 밀어낼 때 에리카는 가학적이었고, 수긍하기로 결심한 후에는 피학적이 된다. 감옥을 부수려는 의지의 발현으로, 사디즘을 마조히즘으로 교체한 셈이다. 그녀 딴에는 혁명인가.(그러나 결과는 고작 마조히즘이다. 감옥은 얼마나 견고한가.) 또한 『백년 동안의 고독』에서 봤듯 인간은 행복 앞에서 막연히 두려움을 느낀다. 행복에 대한 두려움으로 에리카는 사랑을, 학대하라는 명령으로 왜곡해서 표현했을까. 우월감의 짝패인 열등감을 강하게 느끼는 에리카는 제가 행복해질 자격이 없다고 생각했는지도 모른다.

사랑과 사랑받고 싶은 기대를 이런 식으로밖에 표현 못 하는 에리카는 결핍된 영혼이다. 더군다나 그녀는 잔혹한 편지를 써서 건넸으면서도 클레머가 편지의 내용을 무시해버리기를 마음속으로 간절히 바란다. 진정한 사랑의 발로로서 말이다. 그의 복종을 원하는 마음 이면에는, 그를 제 방식에 굴복시킴으로써 제 껍질을 고수하고자 하는 소망이 있다. 누구나 특히 사랑할 때 제 방식을 고수하고 싶은 욕망을 버리기 힘들다. 그러나 제 방식이 고통스러울 때 그것을 깨고 싶은 욕망도 강하게 느낀다. 클레머의 거부를 원하는 에리카의 심경은 물론 자기 감옥을 부수고 싶은 욕망의 발로다. 누구나 자기 감옥을 부수고 싶겠지만, 물론 쉽지 않다. 감옥을 부수어야 더 행복해질 수 있음을 뻔히 알면서도.

에리카의 내적 분열은 계속된다. 편지를 다 읽은 다음, 에리카는 그가 갑자기 때릴까 봐 겁을 집어먹지만 속마음과 완전히 반대되는 말만 지껄인다. 오래전부터 이처럼 맞고 싶었다는 둥. 그러면서도 내심 그가 다정한 반응을 보여주길 기대한다. 당황한 클레머는 때리지는 않지만 욕설을 퍼붓고 떠나버린다.

폭력욕에 전염된 클레머

클레머의 호감은 애초에 순수하지만은 않았다. 그는 다른 여자를 만나기 전 연습단계로서 에리카를 경험하고 싶었다. 그러니까 나이 들고 지적으로 우월한 여자와의 경험을 나중에 좀더 나은 여자들과 진지한 사랑을 나누는 데 이용하고자 했던 것이다. 초기 클레머의 욕망을 추동한 동력은 학습 욕구였던 셈이다. 젊은이들의 경우, '반함'이라는 사건은 학습 욕구를 상당량 포함한다. 젊은 연인은 상대뿐만 아니라 그보다 연애 그 자체를 학습하고 싶다.

학습 욕구는 호기심과도 통한다. 클레머는 겹겹의 껍질 속 에리카의 본모습이 궁금하다. 과도하게 치장한 에리카의 모습을 혐오하는 것도 이 때문이다. 치장은 본모습을 감추는 벽이며, 호기심을 충족시키는 길을 차단하기 때문이다. 에리카의 치장은 다른 의미로도 그를 불쾌하게 한다. 클레머는 그녀가 저를 완전히 삼켜버리지나 않을까, 제가 잠자는 호랑이를 깨운 셈이었을까, 두려워하며 후회한다.(여자의 과도한 치장은 남자에게 두려움을 주는가!)

에리카 못지않게 그 역시 정복욕이 강하다. 그는 에리카를 정복하고 마음대로 움직이고 싶어 한다. 그의 강한 정복욕은 에리카에게 거절당했을 때의 행동에서도 드러난다. 그는 운동 경기에서 저보다 못한 친구와 경쟁해서 이김으로써 정복에 실패한 좌절감을 위무하려고 한다. "친구란 자신의 힘을 자기보다 약한 친구의 힘에 비교하고 그 우위를 더욱 다지기 위해 있는 것"이라는 클레머의 생각은 그의 만만치 않은 정복욕, 혹은 지배욕을 보여준다. 그는 좌절할 때마다 제 우월감을 확인함으로써 위안을 얻을 목적으로 서툰 카누 선수를 미리 골라둔다. 에리카와의 관계에서도 주도권을 쥐려는 노력을 계속한다.

소설의 하이라이트인 잔혹한 편지에 그는 어떻게 반응했나. 그는 우선 그녀에게 무시당했다고 느낀다. 마음이 싸늘해진다. 불쾌감 이후에는 다른 감정도 온다. 그는 그녀가 한계를 넘어섰다는 점에 경탄하기도 한다. 천성적으로 모험을 즐기는 그는 위험한 도전을 기꺼이 받아들이고도 싶다. 다른 한편으로는 그녀의 내면세계에 겁을 먹기도 한다. 에리카는 자신을 학대해달라는 편지를 미끼로 그를 유혹하는 데 어느 정도 성공한 셈이다. 그는 에리카가 저를 비하함으로써 더 당당하게 요구할 권리를 갖게 된 사실에 경악한다.

편지 사건 이후 에리카가 클레머를 찾아온다. 그는 발기할 수 없다. 성기를 입에 물고 있던 에리카가 토하자, 그는 처음으로 욕설을 퍼붓는다. "자신이 몹시 역겨운 냄새를 풍긴다는 사실을 알고 계십니까, 에리카 여사?" 한 번 퍼붓기 시작한 욕설은 멈추지 않는다. 맛있는 음식에 반복적으로 손이 가듯이, 그는 반복적으로 똑같은 욕설을 쏟아낸다. 이 사건은 클레머 안의 폭력 욕구를 일깨운다.

그는 시민공원을 찾는다. 희생제물이 필요하다. 동물이라도 괴롭혀야 한다. "여자 하나가 불러일으킨 채워지지 않은 충동이 이제 그를 마구 사악하게 만들어간다." 그는 꽃들을 마구 짓밟고, 정사를 나누는 어린 커플에게 욕을 퍼붓고 협박한다. 그들의 옷을 질근질근 밟으며 기뻐한다. 에리카의 폭력욕이 클레머에게 전염된 것이다. 어머니의 폭력욕이 에리카에게 전염되었듯이. 다른 이유도 있다. 그는 구애하는 도중에 심한 좌절을 겪었다. 에리카는 "그의 감정을 끊임없이 비웃었고, 그의 사랑은 여러 달 동안 아무런 보답도 얻지 못한 채 스러져버"렸다. 양상이야 어찌 됐든 여러 달 동안 집착했던 여인에게서 그가 바라는 방식대로의 결말을 얻지 못한 것은 사실이다.

또한 그는 그녀에게 권력을 행사하는 데 실패했기 때문에 좌절감을 느꼈다. 정복욕 강한 남자들은 흔히 도도한 여자를 달콤한 말로 유혹하고 그녀의 복종과 헌신을 얻어낸 이후 가볍게 떠남으로써 권력을 행사하고 싶어 한다. 클레머도 그런 식으로 관계에서 권력을 누리고 싶었을 것이다. 그러나 학대를 명령한 에리카의 편지는 액면 그대로의 의미가 아니라 그에 대한 권력 행사나 다름없었다. 그러니까 그녀가 자신을 학대하게 함으로써, 학대의 쾌감에 그를 물들게 함으로써, 궁극적으로 그를 지배하고자 한다는 사실을 그는 감지한 것이다. 그는 이미 폭력의 쾌감에 굴복했으므로, 어느 정도 에리카의 술수에 말려들고 있었다. 이러한 사정을 누구보다도 잘 알았을 클레머는 제가 그녀에게 조종당했다고, 즉 주도권 게임에서 졌다고 판단한 것이다.

공원에서 실컷 폭력욕을 분출한 후 클레머는 에리카를 찾아간다. 증오스러운 에리카에게 자연스럽게 욕망이 생길 리 없기에 자위라는 도구로 욕망을 작위적으로 환기해야 했다. 문밖에서 자위를 마친 그는 전화를 건다.

꿈은 이루어졌는가

에리카는 문을 열어준다. 어이없게도 클레머가 진정한 사랑으로 저를 찾았으리라 기대하면서. 그런데 클레머는 제가 "처음부터 진지하게 제의했던 상호간의 애정을 거부한 건 그녀"라고 비난하며, 그녀를 진지하게 대해줄 수 없다고 단호하게 말한다. 이후 그는 에리카의 얼굴과 배를 무참하게 때린다. 폭력은 무자비하게 이어진다. 욕설로 체벌로 강간으로.

그때 에리카는 그 어느 때보다 관심과 애정을 갈구하면서, 그의 폭력을 열정적인 갈망으로 착각하기까지 한다. 그러나 남자는 그 기대를 무참하게 짓밟는다. 열정으로 보기에 그의 폭행은 아무래도 지나치다. 학대의 극치는 강간 이후 그가 연출한 가장된 다정함이다. 누가 봐도 거짓임을 뻔히 알 수 있는 위선적인 다정함으로 그는 그녀를 완벽하게 조롱하고, 완벽하게 학대한다. 클레머의 폭력은 전술했듯, 에리카에 의해 촉발된 폭력욕, 그리고 정복욕의 좌절로 형성된 증오에서 비롯되었다. 그러나 다른 요인도 있다.

작가에 의하면, "오로지 자신을 속이고 있었기 때문에 그는 이 엄청난 증오에다 그토록 오랫동안 사랑이라는 옷을 입혀둘 수 있었"고 "이제야 제대로 그걸 벗어던지고 있는 참"이란다. 그러니까 클레머가 사랑이라고 여겼던 것은 진정한 사랑이 아니라 증오였다는 것이다. 또한 이 "이 노여움은 천천히 그러나 철저하게, 사랑에 빠져 있는 동안에 형성된 것"이란다. 작가에 따르면, 사랑에 빠져 있는 동안 증오가 형성된다. 사랑은 생장하면서 증오를 동시에 키운다. 사랑이 워낙 좌절감이나 분노와 가깝기에, 사랑하는 대상이 실제로는 증오의 대상이 되는 경우는 비일비재하다. 그림자 없는 빛이 없듯, 사랑은 본래적으로 증오를 거느린다.

어쨌든 이 사건으로 에리카는 자기 감옥 부수기에 실패한다. 그녀는 제가 만든 감옥의 견고함과 파옥의 불가능함만을 재차 확인한다.

사람은 자기가 불러낸 영들에게서 벗어날 수 없는 법

복잡한 심리 분석이 난무했다. 미로와도 같은 사람 마음, 그 뒤얽힌 난장을 상세히 기술한 점이 이 소설의 미덕이다. 웬만한 심리학 해설서 이상이다.

심리 해설을 빼고 이 소설을 한 마디로 요약해보자. 자기 감옥을 부수지 못한 영혼의 비극. 에리카는 어머니에게 배운 방식대로밖에 사랑할 줄 모른다. 어머니의 방식은 곧 자기 감옥이다. 에리카는 어머니로부터 형성된 자기 내면이 지정한 사랑의 룰 안으로 클레머를 끌고 들어오려 했다. 다른 룰을 알지 못하는 것이 에리카의 비극이다. 클레머의 분노는 이런 맥락에서 이해 가능하다. 그는 에리카를 발로 차면서 "나는 나"라고 포효한다. 저를 있는 그대로 받아들이지 못했던 에리카를 비난한 것이다. 에리카가 그라는 사람 자체를 무시하고 그녀만의 틀 안에서 그를 '사용'하려고 했음에, 그는 분노한다.

그러나 에리카만 그러한가. 우리도 사랑할 때 나만의 룰을 버리지 못해서 함정에 빠지지 않는가. 이것은 나를 버리고 상대에 맞추라는 상투적인 교훈 이상의 의미를 지닌다. 의식하건 하지 않건, 누구에게나 사랑을 대하는 자신만의 룰이 있다. 그 룰은 감옥이 되어 그를 가두는 동시에 운명을 결정한다. 성격이 반 팔자라지 않은가. 룰을 고수하는 한 그는 상대를 바꾸어도 똑같은 궤도 안에서 순환할 뿐이다. 옐리네크가 괴테의 『파우스트』에서 인용한 구절, 사람은 "자기가 불러낸 영들에게서 벗어날 수가 없는 법"이라는 말은 두고두고 곱씹을 만하다.

룰, 감옥, 틀, 자기가 불러낸 영, 이들은 일종의 심성구조다. 마음은 길을 걸으며 방향을 잡을 때 습관적으로 특정 방향을 선택한다. 하고많은 경우의 수 중에서 유독 그것을 선택하게 하는 무의식적 습관이 심성구조다. 상황이 바뀌고 세월이 흘러도 사람은 이전과 동일한 선택을 한다. 외부의 자극을 동일한 방식으로 수용하고, 그것에 동일한 방식으로 반응한다. 사람은 어지간해서는 그 구조에서 벗어날 수 없다. 웬만해서는 죽을 때까지 그것의 지배를 받는다.

가령 어릴 적 부모님의 학대로 사랑을 불신하는 심성구조를 지닌 사람은 누구를 만나도 쉽사리 사랑을 믿지 못한다. 지나치게 의심하고 불안해하며 시험하는 일을 반복한다. 사랑이 완전해야 한다고 믿는 사람은 누구를 만나도 사랑의 불완전함만을 예민하게 인지하고 결핍감에 시달린다. 한 여자한테서 받는 안정적인 사랑을 불안하게 여기는 사람은 늘 여러 여자를 사냥하며 방황한다. 자존감이 낮아서, 즉 제가 사랑받을 만한 가치가 없다고 무의식적으로 여겨서 그럴 수 있다. 그에게는 낮은 자존감이 심성구조다.

유년 기억이 변경 불가능하듯이, 이들 심성구조는 어지간해서는 '이미 결정되어 버린 것'으로 머무른다. 그들은 평생 이 심성구조를 짊어지고 산다. 심성구조를 버리는 것은 저를 형성한 모든 것을 버리는 것과 같기 때문이다. 심성구조는 그를 구속하는 감옥이 되고, 그의 운명을 결정하는 좌표가 된다. 이러한 감옥을 깨부술 때 사람도 사랑도 성장하거니와, 말처럼 쉬울까. 그래서 부부생활 중에 종교에 귀의하는 사람들이 많은지도 모른다.

자기 감옥을 부수기가 인력으로 너무나 힘들기에, 신의 힘이라도 빌려보는 것이다.

그러나 언제까지 자기 감옥의 수인囚人으로 살 것인가. 대체로 사랑의 고초는 상대의 모자람이나 부도덕이 아니라 내 심성구조의 견고함에서 유발된다. 정직하게 말해서 우리를 부자유스럽게 하는 것은 타인의 억압이 아니라, 내 몸뚱이를 묶는 내 손의 오랏줄이다. 진정한 해방은 자기 감옥으로부터의 해방이다. 진짜 자유를 원하거든 우선 자기를 극복해야 한다. 자기의 심성구조를 혁파하는 이, 그가 바로 초인超人이다.

광신도이며
과학자인 그대 홀로,
상상 숲길을 방랑하네

미겔 데 세르반떼스,
『돈 끼호떼』

존 윌리엄 워터하우스, 〈장미의 영혼〉, 1908

I

석은 얼마 전 여자친구와 헤어졌다. 왜 헤어졌는지 누구보다 그 자신이 잘 알았다. 그녀는 그에게 늘 물었다. 날 사랑하니? 반복되는 그 질문에 석은 할 말을 찾지 못하여 매번 대답을 회피했다. 결국 사랑의 믿음을 갖지 못한 그녀는 이별을 고했고, 석은 붙잡을 수 없었다. 사실 조금, 아니 상당히 피곤했다. 친구들은 거짓말로라도 사랑한다고 말해주라고 조언했다. 하지만 석은 차마 그럴 수 없었다. 그는 자기 마음을 몰랐다. 난 그녀를 진정으로 사랑하는 걸까? 아니면 단지 사랑할 여자가 필요했을 뿐이었을까? 그녀는 대체 불가능한 절대적인 사람일까? 솔직히 반드시 그녀여야 하는 이유는 없는 것 같았다.

그는 생각한다. 난 단지 연애를 하고 싶었을 뿐이라고. 남들이 다 하니까 안 하면 바보가 될 것 같아서. 외로웠을 따름이라고. 그녀를 사랑한 것은 아니었다고. 사랑한다 선언할 수 있으려면 뭔가 더 대단한 마음이어야 하지 않겠는가? 대단한 마음이라. 석은 그러나 대단한 마음이 무엇인지 겪어보지 못했고 알지도 못한다. 그저 언젠가 그런 마음을 느낄 수 있으리라 기대할 뿐이다. 그런데 희한하게도 그녀가 자꾸만 보고 싶다. 그녀 생각에 잠을 이룰 수 없다. 왜 이럴까? 이 찢어지게 아픈 마음은 도대체 뭐지?

대답 없는 질문 사이를 방황하던 석, 세르반떼스의 『돈 끼호떼』를 읽는다. 너무나 잘 알려진 고전인 데다 많은 일화들이 유명해졌지만, 사람들은 의외로 돈 끼호떼의 사랑 이야기를 알아보지 못했다. 얼간이 같은, 그러나 찬란하게 아름다운 사랑 이야기. 그리고 그것이 품은 심오한 뜻을. 책장을 덮으며 석은 그녀에게 다시 연락하겠다고 결심한다.

나의 마스터피스, 그녀 혹은 지순한 사랑

돈 끼호떼의 사랑은 지고지순하다. 그만큼 지고지순한 사랑은 어디에도 없다. 많은 인물들이 둘시네아를 향한 그의 순정을 꺾어버리려고 숱하게 유혹하거나 장난을 건다. 그가 허다한 유혹을 물리치는 장면들은 자못 경탄스럽다. 그런데 이 위대한 사랑이 탄생한 경위는 시시하다 못해 실소를 자아낸다. 그는 '구색을 맞추기 위해' 사랑하기 시작했다.

시골 양반 끼하다는 기사소설 속 이야기를 현실 그대로라고 믿는다. 이윽고 그는 방랑기사가 되려고 결심한다. 출행을 준비하면서 그는 기사소설의 모범에 따라 구색을 맞춘다. 무기를 닦고, 투구를 수선하고, 말에게 '로신안떼'라는 이름을 지어주고, 자기 이름도 '돈 끼호떼'로 결정하자, 가장 중요한 일이 남았다.

이제 남은 일은 사랑할 귀부인을 찾는 것이었다. 왜냐하면 사랑하는 귀부인이 없는 기사는 잎사귀도 열매도 없는 나무요, 혼 없는 육체였기 때문이다.

그는 이웃 마을 농사꾼 처녀 알돈사 로렌소를 생각해낸다. 그녀에게 "엘 또보소의 둘시네아"라는 이름을 주며, 그녀를 향한 사랑을 '제조'하기 시작한다. 돈 끼호떼의 지순하고도 경건한 사랑은 이렇게 시작되었다.

그는 기사소설의 모범대로 구색을 맞추어야 했다. 모든 기사가 사랑하는 귀부인을 가지고 있었기에, 그 역시 그녀를 필요로 했다. 그는 사랑할 귀부인의 자리를 먼저 설정하고 그 이후에 둘시네아를 그 자리에 앉혔다. 여기에서 일의 선후가 중요하다. '사랑할 여자'라는 자리의 요구가 사랑 그 자체보다 먼저 왔다.[20] 돈 끼호떼의 고결한 사랑은 필요에 의해 창작된 것이었다. 방랑기사를 모방할 필요, 귀부인을 가질 필요. 그의 사랑이 불순하다고 말할 수는 없으리라.

상대의 거부할 수 없는 매력에 굴복하여 불가항력적으로 사랑에 빠진다는 흔한 이야기는 많은 경우 사실과 다르다. 대체로 우리를 급박하고 애타게 만드는 것은 상대 매력의 불가항력성이 아니라 자리의 필요성이다. 우리는 희로애락을 공유할 사람, 나를 인정하고 지지해줄 사람, 자기 전 긴 포옹을 나눌 수 있는 사람, 아니면 지금 내 곁의 지긋지긋한 사람을 떠날 수 있게 안전판 노릇을 해줄 수 있는 사람 등등을 먼저 요구하며, 그를 위한 자리를 마련하고, 그 다음에 자리에 앉을 사람을 수배한다.

사랑의 요구는 사랑 그 자체를 제조해낼 뿐 아니라 상대의 매력도 창작해낸다. 사랑에 빠졌다고 상상하는 사람이 진정으로 원한 것은 상대가 아니라 '연인'이라는 자리, 더 정확하게는 지금 필요한 '한 두름의 미덕의 뭉치'다. 그가 경탄해 마지않는 상대의 매력은 많은 경우, 그 자신이 필요한 미덕의 뭉치를 투사한 상상에 불과하다. 그러나 그렇게 시작된 사랑도 돈 끼호떼의 그것처럼 찬란할 수 있다.

또한 사랑의 비밀 중 하나는 상대의 자의성 혹은 우연성이다. 애석하게도 그 자리의 주인으로 당첨된 사람은 반드시 거기에 앉아야만 하는 필연적인 이유를 지니지 않는다. 우연히 그 주변에 있었기에 나의 눈에 띄었을 뿐. 게다가 김빠지게도 많은 경우 그는 교체 가능하다. 필연적인 것은 상대가 아니라 자리이다. 그러나 우연은 운명의 다른 말이니, 하필 그 근처에 우연히 그가 있었다는 사실은 곧잘 운명으로 해석되기도 한다.

그대는 아름다우므로 영원히 아름다우시라, 단 나의 상상 속에서

둘시네아는 돈 끼호떼의 믿음대로 아름답고 고결한 귀부인이 아니다. 실제로 그녀는 우람한 몸집에 힘이 장사인 데다 목소리도 우렁찬 농사꾼 처녀였다. 산초는 이런 현실을 알기에 돈 끼호떼의 환상을 비웃는다. 그러나 돈 끼호떼는 환상 속에 살기를 자처하며 이렇게 변명한다.

> 내가 엘 또보소의 둘시네아를 사랑하는 것 또한 이 세상에서 가장 높은 공주님만큼 그녀가 훌륭하기 때문이라는 걸 알아야 하네, 그렇고말고. 시인들이 제멋대로 이름을 붙이고 사랑하고 칭송하는 그 귀부인들이 다들 실제로 존재하는 여인인 게 아닐세. (중략) 대부분 시의 소재로 쓰기 위해 가상의 여인을 만들어 쓴 것일 뿐이야. 그 사람들이 사랑을 느끼게 해야 하고, 또 사랑을 할 만한 덕과 용기를 가지는 게 필요하기 때문에 만들어진 여자들인 것일세. 그래서 나는 알돈사 로렌소라는 그 알량한 여자가 어쩌하든 그저 아름답고 정숙하다고 생각하고 믿으면 되는 일이야.

알돈사 로렌소의 현실과 상관없이 저만 그녀가 아름답고 정숙하다고 믿으면 그만이란다. 헛소리로 들리는가? 헛소리가 아니다. 돈 끼호떼의 광기는 사랑의 비밀 중 하나를 날카롭게 꼬집고 있다.

사랑은 현실보다는 상상 혹은 환상 속에 존재한다. 사랑에 빠진 사람은 제 환상 속에서 상대를 멋대로 완벽한 사람으로 상상하거나 그에 대한 반동으로 제게 칼날을 겨눈 사람으로 상상한다. 상상 속에서 근거 없이 희망에 부풀기도 하고 이유 없이 비관하며 불행에 젖기도 한다.

대체로 사랑은 고독하게 일어나는 사건이다. 상대의 현실이 날것 그대로 나에게 전달되기란 대단히 어렵다. 상대의 현실은 '나'라는 프리즘을 거쳐서 전달되므로, 있는 그대로가 아니라 내가 인식하여 그려낸 영상으로 각인될 뿐이다. 상대의 현실은 내가 각본을 쓰고 연출한 영화나 다름없다. 그 이유는 간단하다. 나는 영원히 네가 될 수 없기 때문이다. 상대의 현실은 영원히 내가 상상한 현실이다.

엄밀히 말해 사랑이 이렇게 자폐적인 사건에 불과할진대, 자기가 믿는 대로 상대의 현실을 규정하는 돈 끼호떼의 광기가 과연 광기인가. 행복한 시나리오를 믿거나 불행한 시나리오를 믿거나, 양자 모두 나에게는 현실일 수 있다. 그렇다면 차라리 돈 끼호떼의 그것처럼 무조건적인 신앙이라도 거짓은 아니지 않을까.

또한 돈 끼호떼는 둘시네아가 훌륭하기 때문에 사랑한다고 말한다. 진짜로 그녀가 훌륭한지 아닌지 사실 여부는 중요하지 않다. 그녀가 어떻게 훌륭한지 그 세목을 거론하지도 못한다. 그의 말은 이렇게도 번역된다. 둘시네아가 사랑스럽기 때문에 그녀를 사랑한다. 다시 말해, 나는 둘시네아를 사랑하기 때문에 사랑한다.

롤랑 바르트도 잘 지적했듯, 사랑에 관한 담론은 동어반복의 세계이다.[21] '그를 왜 사랑하는가'라는 질문은 영원한 우문愚問이다. 대체로 그에 대한 답은 이렇다. 그가 그이기 때문에. 또는 내가 그를 사랑하니까. 즉 내가 그를 사랑하는 이유는 내가 그를 사랑하기 때문이다. 혹은 그녀가 아름다운 이유는 내가 그녀를 아름답다고 여기기 때문이다. 내가 그녀를 믿는 이유는 내가 그녀를 믿기 때문이다. 사랑이라는 담요는 모든 합리성의 규율 혹은 인과의 법칙을 뒤덮어버린다. 그 아래서 근거와 이유를 대라는 명석한 요구는 자취를 감춘다.

모방, 연인이 밟는 여로

고된 방랑길에서 산초는 음식도 먹고 술도 마시며 나무에 기대어 잠도 잔다. 하지만 돈 끼호떼는 그렇게 마음 편하게 먹고 마시고 잘 수 없다. 기사소설의 모범을 따라야 하기 때문이다. 소설 속 방랑기사들은 사랑하는 귀부인을 그리워하며 몇 날이고 잠을

안 잤다. 이 모범을 모방하여 돈 끼호떼는 일부러 뜬 눈으로 밤을
지새운다.

> 돈 끼호떼는 그날 밤 내내 잠을 안 자고 기사소설에서 읽은 대로
> 마음의 주인인 둘시네아 공주를 생각하며 지새웠다. 책에는 기사
> 가 숲이나 황량한 벌판에서 밤을 보낼 때는 몇 날이고 잠을 안 자
> 고 기사의 귀부인을 사모하며 시간을 보낸다고 되어 있었기 때문
> 이다.

그는 방랑기사뿐만 아니라 길에서 만난 그럴싸한 연인의 행
각은 모두 모방한다. 어느 날 밤 그는 수많은 남자들을 애태운 마
르셀라의 사연을 듣는다. 어김없이 그는 "남은 밤을 마르셀라를
사랑하는 이들을 흉내 내 사랑하는 둘시네아에 대한 그리움으로
지새"운다. 또한 그의 신념에 따르면, "방랑기사들은 모두가 거
의 위대한 시인이었고 음악인이었"으며 이 두 가지 매력이 "사랑
에 빠진 방랑기사들의 필수요건"이었다. 그래서 그는 틈만 나면
둘시네아를 기리는 소네트를 짓고 노래를 부른다.

사랑은 학습된다. 연인은 모방이라는 길을 밟으며 사랑이라
는 여행을 떠난다. 사랑을 시작하는 청년은 소설이나 영화에서
본 대로 사랑을 연출해가기를 무의식적으로 소망한다. 연애에
관한 그의 청사진은 자연 발생적인 것이 아니라 어디선가 배운
것이다. 그가 상대에게 품는 소망 혹은 기대 역시 모방된 것이다.

이른바 이상형조차도 학습과 모방의 산물이다. 우리의 소망은 사랑이라는 아주 은밀한 공간에서조차도, 기원 텍스트를 가진다. 소망에서 '모방된 것'이라는 불순물을 제거하고 남은 고유한 것과 독자적인 것은 과연 얼마나 될까.

사랑하는 사람은 소망뿐만 아니라 고뇌도 모방한다. 돈 끼호떼는 소설 속 기사들이 사랑의 고통에 시달린 나머지 나무를 쥐어뜯고 짐승들을 쳐 죽이고 집들을 무너뜨리는 광란에 빠졌다는 사실을 떠올린다. 하여 "가능한 한 대충 그 행각 중에서 가장 핵심적이라고 보이는 행동들을 따라"하리라 결심한다. "난 미친 사람이고, 또 미친 사람이어야 해"라는 당위는 돈 끼호떼의 앞길을 인도하는 이정표다. 방랑기사는 종종 미친 짓으로 유명했고, 돈 끼호떼는 방랑기사를 모방해야 하기 때문이다.

그는 높은 산자락, 아름다운 초원을 만나자 때를 놓치지 않고 하늘에 하소연한다. "여기 한 연인이 기나긴 그리움과 상상 속의 질투를 이기지 못해 이 거친 초야에 통곡을 하러 왔으니 모든 인간의 아름다움의 극치인, 저 예쁘고 무정한 여인의 가혹함을 내 하소연하려 하노라!" 물론 이때도 돈 끼호떼는 고통에 찬 하소연을 하기 일쑤인 방랑기사를 모방하고 있다. 미쳐야 한다! 아름다운 초원에서는 고통에 찬 하소연을 해야 한다! 이 엄숙한 명령을 내린 지휘관은 방랑기사의 전범에 대한 모방 욕구다.

젊은이들은 종종 사랑 때문에 방황하고 열병을 앓아야 한다는 의무감을 느낀다. 공연히 술을 마시고 울고 싸우고 술병을 깬다. 젊은이의 객기라고 통칭되는 각종 미친 짓들 그 근원에는 모방 욕구, 혹은 전범을 따라야 한다는 당위가 있다. 모방의 기원 텍스트는 그가 감명 깊게 읽거나 본 소설이나 영화일 수도 있고, 선배들의 전설일 수도 있다. 젊은이는 일부러 불가능한 상대를 설정하고 보답받지 못할 사랑에서 오는 고통을 즐긴다. 아니면 연애하는 와중에서도 온갖 불행한 상상을 하며 자신을 괴롭힌다. 이런 고통은 자주, 자발적으로 가공된 것이라는 혐의를 피할 수 없다. 왜 고통을 가공하는가. 모방하고 싶고, 모방해야 하기 때문이다.

연인은 사랑의 감정뿐만 아니라 언어 혹은 담론도 모방한다. 사랑의 고통은 막연한 감정적 분위기로 사람을 병들게도 하지만 구체적인 언어로 고문하기도 한다. 가령 연애 시작 전에는 그는 나에게 관심이 있을까, 없을까? 연애 중에는 그는 나를 진정으로 사랑하는 걸까, 아닐까? 그는 나의 이런 말과 행동에 싫증을 느꼈을까, 아닐까? 그는 나보다 그의 예전 애인을 사랑하는 걸까, 아닐까? 등등. 이렇게 혼자 갑론을박하며 말들의 싸움을 감내하다 지친 사람은 상담자를 애타게 찾아 헤맨다.

사랑은 감정만으로 구성되지 않는다. 그것은 번뇌의 말들을 용병으로 거느린다. 구체적으로 언어화된 고민의 목록은 사랑의 번뇌에 관한 한 담론을 만든다. 이 담론은 신기하게도 시공을 통틀어 보편적으로 공유된다. 번뇌의 담론 역시 유구한 모방의 역사를 가지는 셈이다. 선행자의 번뇌 담론을 모방하는 일이 반복되었기에 공유와 보편이 가능했을 터이다. 우리는 사랑하면서 소망과 고통뿐만 아니라 구체적인 번뇌의 말들, 그 담론의 질서까지 모방한다. 어쩌면 사랑은 사랑의 관습에 참여하는 일에 불과할지도 모른다.

나는 소망하네, 정념의 관객과 전달자를

돈 끼호떼는 방랑기사를 모방하느라 광란한 척 연기하면서 산초에게 이렇게 말한다.

> 오 그대, 이 기사의 하인이여, 내 행운과 불행의 착한 동반자여, 내가 여기서 하려는 행동을 잘 보고 꼭 기억하여 이 모든 것의 원인과 사연을 그 사람에게 읊어주고 이야기해줄지어다!

사랑에 빠진 자는 매사에 상대의 시선을 의식한다. 더 나아가 제 모든 것이 상대에게 전달되기를 바란다. 상대 때문에 황홀하고 고통스러운 온갖 감정의 소용돌이는 홀로된 곳에서 은밀하게 일어나게 마련이다. 그러나 그 은밀함 중에서도 사랑하는 자는 관객을 소망한다. 관객이 바로 그 상대라면 가장 좋다. 아니라면 어떤 관객이라도 내 감정의 소용돌이를 상대에게 대신 전달해준다면, 아쉬운 대로 좋다. 입이 없는 제삼의 관객이라도 없는 것보다는 낫다.

사랑하는 자는 홀로 있을 때조차 제 딴에는 가장 아름다운 모습을 연기한다. 그의 행복을 기원하는 가상한 마음을 가장 지순하게 가꾼다. 고통조차도 미학적으로 찬란하게 변조하거나 장식한다. 그의 감탄을 사리라 짐작되는 행동만을 골라서 한다. 이때 그는 제 모습에 은밀하게 도취한다. 이토록 근사한 나! 혼자만 볼 수 없다. 상대가 나의 근사함을 봐주어야 한다. 보고 매혹되어야 한다. 나르시시즘과 인정 욕망이 교묘하게 뒤얽힌다. 관객이나 전달자가 필요하다.

반대로 어쩔 수 없는 사랑의 번뇌를 느끼는, 혹은 고통을 연출하는 사람 역시 홀로 있기에는 더없이 억울하다. 번뇌와 고통을 상대가 알아주어야 한다. 이토록 가여운 나를 상대가 봐주어야 한다. 나를 긍휼히 여겨야 한다. 자식을 가여워하는 어버이의 마음을 상대가 품어준다면, 더 바랄 나위가 없다. 연민은 경탄보다 강력한 최음제다. 본능적으로 이를 알아챈 연인은 상대의 연민을 얻어내기 위해서 모사꾼이 되는 것도 서슴지 않는다. 그러니 상대가 알아주지 않는 고통은 무용하다. 역시나 관객이나 전달자가 간절해진다.

사랑에 빠진 자는, 특히 은밀하게 홀로 빠진 자는 제 감정이 탄로날까 봐 두려워한다. 그러나 더욱 공포스러운 것은 따로 있다. 감정이 누구에게도 알려지지 않은 채 매장되는 것. 그래서 그는 긴긴 연애편지를 썼다가 지우기를 반복한다. 혹은 상대의 귀에 들어갈 가능성을 의식하면서 지인에게 고뇌를 토로한다.

돈 끼호떼는 광란을 연기하는 도중 산초에게 말한다. 사흘 안에 둘시네아를 찾아 떠나라고. "그동안 내가 그녀를 위해 여기서 하는 말과 행동을 보고 그녀에게 그대로 전해주어야 하니까." 전해줄 이야기를 다채롭게 만들기 위해서 그는 옷을 찢어발기고 무기를 내팽개치고 바위에 머리를 박치기하려고 한다. 산초는 말렸고 결국 돈 끼호떼는 보다 간결한 기행에 만족하기로 한다. 팬티 바람으로 공중에 발길질하며 두 번 뛰어오르다 두 번 자빠지고 머리를 땅에 박는다.(사실 이 대목은 소설에서 가장 우스운 장면 중 하나다.)

산초를 보낸 후 돈 끼호떼는 모방 행각을 계속한다. 아마디스 기사를 모방하여, 둘시네아를 기리는 기도를 수천 번 올린다. 그런데 이때 그는 중요한 사실을 깨닫는다. 이 모습을 구경해주는 사람이 아무도 없다! 그는 방법을 바꾼다. 둘시네아를 칭송하거나 사랑의 고통을 슬퍼하면서 나무껍질과 모래 위에 시구詩句를 새긴다.

시詩는 후일의 관객을 의식하면서 정념을 전시하는 수단이다. 돈 끼호떼는 현재의 관객을 가지지 못했기에 미래의 관객이라도 소망하는 것이다. 구경꾼을 모시지 못한 정념은 절름발이다. "정념은 본질적으로 보여지기 위해 만들어졌"고, 결국 "그 관객을 가지게 마련이다."[22] 시는 고독한 정념이 관객을 부르는 간절한 외침이다. 간절하나 수줍은, 낮은 목소리의 외침이다. 지금 여기에 없는 관객을 소망하는 정념의 고육지책이다.

관객을 필요로 하는 것은 정념만이 아니다. 지젝에 의하면, 섹스도 그러하다. 지젝식 유머 한 토막. 한 농부가 난파선에서 살아남아 무인도에 표류하게 되었다. 인기 여배우 신디 크로퍼드와 단둘이었다. 두 사람은 섹스를 나눈다. 신디가 농부에게 만족스러웠냐고 묻는다. 농부는 만족스러웠다고 대답한다. 단 완벽한 쾌락을 위해 신디에게 무언가를 부탁한다. 제 절친한 친구처럼 바지를 입고 얼굴에 콧수염을 그려달라는 것이다. 신디는 부탁을 들어준다.

그러자 농부는 친구로 분장한 그녀의 옆구리를 쿡 찌르면서 수컷끼리의 은밀한 공모의 미소를 짓고 말한다. "무슨 일이 있었는지 알아? 방금 전에 나 신디 크로퍼드랑 섹스했다." 이렇게 지극히 사적인 섹스조차도 증인 혹은 제삼자를 필요로 한다. 지젝에 의하면 섹스는 언제나 전시적展示的이며 다른 사람의 응시에 의존한다.[23] 제삼자의 승인이 섹스의 쾌락을 완성한다. 섹스를 연애의 표상으로 볼 때, 더없이 사적인 연애조차 필히 증인 혹은 제삼자의 승인을 요구하는 셈이다. 관객과 전달자가 빠진 연애는 무언가 허전하다. 사회적 인정 욕망은 연애라는 내밀한 공간에도 틈입한다. 사회적 그물망에 얽히지 않는, 순수하게 사적인 연애란 없다.

사족을 붙이자면 이쯤에서 이런 질문이 들려오는 듯하다. 그런데 이 난삽한 감상이 서두의 석의 사연과 무슨 관계가 있죠? 석이 왜 헤어진 그녀를 다시 만나려고 생각했나요? 나도 잘 모른다. 다만 짐작할 뿐. 아마도 그는 필요해서 사랑을 창작했더라도, 반드시 그녀여야 하는 이유는 없었더라도, 각종 모방 욕구에 휘둘렸더라도, 그녀를 보고 싶고, 그녀 생각에서 헤어나지 못하고, 마음이 아프니 그것이 사랑이라고 생각하지 않았을까. 사랑이란 증류수가 아니다. 기타 불순한 것들과 뒤죽박죽 섞인 혼합물 그대로가 사랑이라고 긍정하지 않았을까. 또한 아직 오지 않은 '대단한 사랑'보다 지금 내가 의존하는 사랑이 더 귀하다고 여기지 않았을까.

II

도는 최근에 한 사람을 만났다. 이후 상상 속 긴 여행이 시작되었다. 그는 도를 칭찬하고 편들어주었으며 남들이 모르는 도의 일면을 간파해주었다. 도는 그의 말들을 하나하나 몇 번이고 상기해보며 중얼거린다. 그는 나를 사랑하기를 바랄지도 몰라. 바로 일분 후 그가 누군가와 친하게 지낸다는 풍문이 떠오른다. 그는 그 누군가를 사랑하는지도 몰랐다.

　결코 알 수 없는 그의 마음을 두고, 극에서 극으로 널뛰기를 하던 도에게 현명한 누군가가 충고한다. 그는 너에게 반하지 않았다고. 그래도 도는 왠지 믿게 된다. 그의 상냥하고도 사려 깊은 말들, 따뜻하고 갈구하는 듯한 눈빛을 끈질기게 떠올리며 자신의 믿음에 근거를 댄다.

그러다가 도는 그와 사귀게 된다. 그는 때로 완전한 미덕의 화신 같다. 그런데 어떨 때는 악덕이란 악덕은 다 지닌 사람 같기도 하다. 도는 평생 기다려왔던 사람을 만난 듯 행복하지만, 행복의 시간만큼 긴 시간 동안 그가 나쁜 사람일까 봐 또는 사랑을 잃을까 봐 불안에 떤다. 행복의 말만을 들은 친구들은 도에게 충고한다. 넌 그를 숭배하는 광신도 같다고. 불안의 말만을 들은 친구들도 충고한다. 넌 너의 불안을 끈질기게 믿는 광신도 같다고.

가장 궁금한 것은 그의 적나라한 내심이다. 내심을 알아내기 위해서 도는 모든 것을 수집한다. 그의 눈빛, 손짓, 말 한 마디 모두가 도에게 깊게 각인된다. 도는 그 단서들을 곱씹으며 그의 내심이라는 비밀을 캐내기 위해서 고군분투한다. 이럴 때 도는 과학자 같다.

도가 광신도인지 과학자인지, 어느 쪽인지는 확실하지 않다. 확실한 것은 다만 도가 무척 외롭다는 사실이었다. 사랑의 고군분투는 짐작과 다르게, 혼자 치러야 할 전투였다. 그는 『돈 끼호떼』에서 비슷한 병을 앓는 사람들을 만났다.

의심 지옥에 빠진 과학자,
상대의 마음을 연구하고 실험하다

이 소설에는 돈 끼호떼 말고도 다른 연인들이 다수 등장한다. 그들의 이야기 역시 의미심장한 사랑의 비밀을 품고 있다. 세르반떼스는 짧은 삽화에서조차 인간 마음의 깊은 곳까지 예리한 닻을 드리운다. 괜히 고전이 아니다. 다음 이야기는 『돈 끼호떼』의 삽화 중 가장 인상적인 것이다.(어찌나 인상적인지 르네 지라르도 그의 『낭만적 거짓과 소설적 진실』에서 중요하게 인용한 바 있다.)

안셀모는 아내, 아름다운 까밀라를 지극히 사랑한다. 하지만 사랑의 짝패, 의심이라는 악마의 공세에 굴복하여 지옥 불 같은 고뇌에 빠져든다. 까밀라는 정숙하다고 정평이 나 있다. 그럼에도 그는 의심한다. 까밀라가 기회를 갖지 못하여 정숙한가? 아니면 누군가 구애하고 유혹해도 그것을 이겨낼 정도로 정숙한가? 그는 이 의심 혹은 호기심을 속으로 삭이기보다 실험을 통해서 만족스런 대답을 얻기를 원한다. 그리하여 그는 가장 절친한 친구 로따리오에게 까밀라를 유혹해달라고 부탁한다. 물론 안셀모는 소망한다. 로따리오의 구애에 까밀라가 굴복하지 않기를, 그럼으로써 자신이 까밀라를 전적으로 믿게 되기를.

사랑은 의심이라는 반갑지 않은 악마를 동반한다. 연인은 사랑하면서도 의심하고, 의심하면서도 사랑을 그만두지 않는다. 특히 상대의 감정을 의심하는 경우, 의심의 층위는 깊고도 다층

적이다. 그는 나를 사랑할까? 대안이 없어서 나를 사랑하는 걸까, 대안이 있어도 나를 사랑할 수 있을까? 과거의 다른 연인들보다 더 나를 사랑할까? 앞으로 만날 다른 연인들보다 나를 더 사랑할까? 나에게 정절을 지킨다지만 기회가 없어서 그러는 걸까, 누군가 유혹해도 굴하지 않을 수 있을까? 이외에도 많다. 의심 지옥에 갇힌 연인은 상대의 무심한 눈빛 하나에도 지옥과 천국을 오고 간다. 상대의 어두운 눈빛에 맞닥뜨린 연인은 상상 속에서 자문한다. 그는 이제 나를 사랑하기를 그친 걸까.

마치 과학자처럼, 그는 의심 가능한 모든 경우의 수를 치밀하게 따진다. 안셀모는 아내의 정절을 단순하게 의심하지 않았다. 그녀가 유혹 앞에서도 정숙할 수 있을지 의심했다. 사랑에 빠진 자의 의심은 이렇게 구체적인 말語의 무리, 의심 사유事由의 목록을 거느린다. 그는 막연하게 떠도는 불안을 구체화된 의심의 언어로 고정하며, 사유의 목록을 끈질기게 추가한다. 그는 상상 가능한 모든 영역을 개척하면서 의심한다. 상상은 때로 기발한 수준으로까지 치닫는다. 그 상상력의 방대함과 기발함은 천재 과학자의 상상력를 방불케 한다.

서툰 연인은 때로 검사가 되어서 심문한다. 당신 마음의 움직임 그 미세한 결 모두를 내게 알려다오.(한순간도 누락되어서는 안 된다.) 그때 그 말 혹은 눈빛의 의미를 보고해다오……. 그런데 상대의 어떤 대답도 또 다른 의심을 낳게 마련이다. 그의 대답은 이런 뜻일까, 저런 뜻일까……. 그 대답은 진심일까, 예의상 듣기 좋게 말한 거짓말일까…….

의심 지옥에서 허덕이는 연인은 과학자와 같은 치밀한 분석력으로 상대의 마음을 추적하고 탐사하고 연구한다. 그의 호기심과 인식욕은 한도를 모르고 탐욕스럽게 흐른다. 연인은 숙명적으로 상대의 마음을 들추고 싶어 한다. 그런데 상대의 마음은 아무리 들추어져도 무언가 감춰진 채로 남게 마련이다. 들춤과 감춤의 이러한 역학을 고종석은 다음과 같이 표현했다.

> 들추려는 노력과 감추려는 노력은 수사관과 피의자 사이에만 있는 게 아니다. 감춤과 들춤은 사랑의 동역학이기도 하다. 그것이 꼭 속된 사랑에서만 작동하는 것도 아니다. 그래서 사랑은 일종의 수사搜査고, 숨바꼭질이다.[24]

우리의 영원한 연인 돈 끼호떼도 이런 인식욕에서 자유롭지 않았다. 그는 산초에게 부탁한다. 자신의 소식을 듣는 둘시네아의 모든 동작과 행동을 '세밀하게' 관찰하여 보고해달라고.

> 예를 들면, 내 소식을 전하는 동안 그녀 얼굴색이 어찌 변하는지, 내 이름을 들으며 어쩔 줄 몰라 불안해하는 모습이라든지, 혹시 권위있는 아름다운 단상 위에 앉아 계시지는 않는지, 만약 서 계시다면 다리 한쪽을 위로 두다가 다른 쪽을 위로 하시는지, 자네에게 전하려는 답장을 두세 번 반복해서 말해주시는지, 표정이

부드럽다가 쌀쌀해지고 씁쓸하다 사랑스럽게 바뀌는지, 머리카락이 헝클어지지도 않았는데 머리를 가다듬으려 손을 올리는지. 결론적으로 이 사람아, 그녀의 모든 움직임이며 행동을 관찰하라는 걸세. 자네가 사실 그대로 이야기를 모두 해주면 나는 그녀의 가슴속 은밀한 곳에 숨기고 있는 내 사랑에 관계되는 비밀을 알아낼 테니까. 산초, 자네가 몰랐다면 알아둬야 할 것이, 연인들 사이에서는 밖으로 드러나는 움직임이나 행동이 사랑의 감정을 표현할 때는 가장 정확한 통신수단이어서 영혼 저 깊은 곳에 일어나는 소식 일체를 전해주거든.

돈 끼호떼의 호소는 무척 낭만적이고 아름답다. 그러나 사랑에 빠진 사람 특유의 강박적인 인식욕을 드러낸다.

사랑하는 사람은 연인의 영혼 깊은 곳의 움직임을 한 올 한 올까지 모두 알고 싶어 한다. 과학자가 자연의 신비에 매혹되듯이, 사랑하는 사람은 연인의 내면이라는 신비에 매료된다. 과학자가 신비의 베일을 걷어내고 자연의 알몸을 알고 싶어 하듯, 사랑하는 사람은 연인의 내면을 바닥 끝까지 알아야만 한다. 베일은 참을 수 없다. 그의 인식욕은 꼬리를 물고 이어지고, 한계를 모르며, 누락된 것을 허용하지 않는다.

인식욕에 불타는 과학자-연인은 목마른 사람이 우물을 찾듯 단서들을 찾아 헤맨다. 연인의 눈짓이나 표정이나 자태 모든 것은 심연의 비밀을 누설하는 단서들이다. 어느 것 하나 무심히 지나칠 수 없다. 그러니 돈 끼호떼는 둘시네아의 표정, 얼굴색, 다리의 위치, 머리를 만지작거리는 모양, 말하는 방식까지 일체를 알아야만 하는 것이다. 연인들 사이에서는 "밖으로 드러나는 움직임이나 행동이" "영혼 깊은 곳에서 일어나는 소식 일체를 전해주"는 "가장 정확한 통신 수단"이기에.

과학자-연인은 단서를 수집하는 것만으로 만족하지 않는다. 수많은 단서에도 불구하고 여전히 보이지 않는 2퍼센트가 있게 마련이다. 2퍼센트까지 알아내야만 하는 과학자-연인은 실험에 착수한다. 그러면서 과학자-연인은 물론, 자신의 불안을 잠재워주는 실험 결과를 간절히 소망한다. 이러하기에 안셀모는 아내를 탐구 주제로 실험실을 차렸다. 그러나 슬프게도, 사랑의 실험은 자주 실패한다. 안셀모의 실험 결과는 그의 기대를 배반했다. 로따리오와 까밀라는 진짜로 사랑에 빠져버렸다.

이쯤에서 잠깐 안셀모의 심리를 정신분석학적으로 풀어보자. 정신분석학에 따르면, 빈번하게 나타나는 남성적 환상 시나리오 중에 이런 것이 있다. 연인을 다른 남자와 동침시키고 자신은 그것을 바라본다는 환상. 문학 작품에는 이런 사례가 드물지 않다. 안셀모나 앞서 등장한 『영원한 남편』의 빠벨 빠블로비치가 비근한 사례가 된다. 어떤 남성은 환상 속에서 대상을 너무나 열망하다 보면 실제 성행위로 나아가지 못한다. 열망의 대상 때문에 위축을 경험하면 바로 그 대상을 두려워하게 된다. 그래서 타인에게 제 자리를 대신해주기를 요청한다. 종종 연인은 제 욕망을 금

지의 형태로 유지한다.[25]

상상 질투와 상상 희망, 고독한 널뛰기

서두의 도의 상념에서 알 수 있듯, 싹트는 사랑은 현실보다는 상
상 속에서 바쁘다. 일찍이 셰익스피어는 연인의 상상력 과잉을
이렇게 읊었다.

> 연인들과 광인들은 머리가 너무나 들끓고
> 너무나 조형력이 강하여 차가운 이성으로
> 파악하는 것보다 더 많은 걸 감지하오.
> 광인과 연인과 그리고 시인은
> 오로지 상상으로 꽉 차 있는 자들이오.
> 거대한 지옥보다 더 많은 악마를 보는 자
> 그것은 광인이고, 연인도 돌았기는 마찬가지
> 집시의 얼굴에서 헬렌의 미모를 본다오. (중략)
> 강력한 상상력은 속임수가 뛰어나서
> 그 어떤 기쁨을 감지만 하여도
> 그 기쁨의 원인이나 제공자를 떠올리오.
> 또는 밤에 무언가가 두렵다고 상상하면
> 덤불은 얼마나 쉽사리 곰으로 보입니까![26]

위의 소네트에 따르면, 연인과 광인은 동급이다. 그들에게 현실보다 더 강력한 현실은 상상이다. 그들은 실제로 존재하는 않는 악마를 보고, 추녀에게서 여신의 미모를 발견한다. 상상 속 원인으로 인해 공포에 떨고, 상상 속 근거에 의존하여 환희에 젖는다.

사랑하는 사람의 상상 속에서 상대는 악마였다가 곧이어 천사로 둔갑하기를 반복한다. 그는 상상 속에서 연인을 미처 예상하지 못한 악덕의 소유자로 규정하여 절망하다가도 곧바로 그를 가장 아름다운 덕의 화신으로 상상하며 환희에 젖는다. 김빠지게도 대체로 후자는 나의 판타지의, 전자는 미처 인정하지 못한 내 결점의 투사물이다. 내가 꿈꾸는 '한 두름의 미덕의 뭉치'를 그에게 투영할 때 그는 미덕의 화신이 되고, 내 마음의 어두운 면을 그에게 투사할 때 그는 악덕 그 자체가 된다. 둘 모두 상대의 현실과 무관하게 내 마음이 빚어낸 상상물이다. 이런 번다함은 상상 속의 사건일 뿐만 아니라 홀로 수행하는 널뛰기이다. 그래서 연인들은 곤혹스럽고, 고독하다.

연인은 상대뿐만 아니라 제 자신도 상상 속에서 치장한다. 그는 자아 감각조차 상상 속에서 구축한다. 연인은 다소간 연극배우다. 연인-배우가 열중하는 연극이 거짓인 것만은 아니다. 연극은 연극 특유의 진실을 만들어낸다. 이것이 잘 발전하면 관계를 낭만적으로 만들 수 있다. 때로 상상은 자아를 확고하게 정립하고 헌신의 결심을 굳건하게 한다. 운이 좋다면 연극은 현실이 된다.[27] 내가 고상한 사람이라고 자꾸 상상하고 그에 따라 연기에 몰두하면 정말로 고상한 사람이 된다. 비겁해지고 싶을 때에도 그때까지 해온 연기가 거짓임을 드러내기 싫어서 고상함을 유지할 수 있다. 연기는 미덕을 강화한다.

상상은 순전한 정욕과 낭만적인 사랑을 구분하는 기준이다.[28] 섹스만을 원하는 사람은 상대를 두고 길고 긴 공상에 빠지지 않는다. 그 관계에 많은 것을 거는 사람만이 꼬리를 물고 이어지는 공상 속에 참여한다. 낭만적 열정의 크기에 비례하여, 상대에게 미덕을(혹은 악덕까지) 투사하는 정도도 심각해진다. 뒤에서 보겠지만,『참을 수 없는 존재의 가벼움』에서 쿤데라는 '상대를 은유하기'를 사랑의 핵심으로 보았다. 즉 사랑은 상대를 두고 가상의 이미지를 상상할 수 있는 가능성, 이른바 판타지를 꿈꿀 수 있는 가능성에 다름 아니다.

상상 질투와 상상 희망도 낭만적 의미의 사랑에 빠진 사람의 전유물이다. 연인의 상상 나라에서 일어나는 대표적인 일이 질투와 희망이다. 초기의 연인은 상상 속에서 그가 나를 배반할까 의심하고 질투하면서 공포에 떤다. 곧이어 그 역시 나를 열렬히 사랑한다고 상상하며 희망을 품고 환희에 젖는다. 앞의 극단적인 사례가 의처증 혹은 의부증이고, 뒤의 경우는 스토커다.

"질투는 가장 참혹하게 사람을 죽인다"고 세르반떼스는 말한다. 셰익스피어도 말한다. 질투하는 이들은 "원인이 있어서가 아니라 질투하기 때문에 질투"한다. 질투는 "스스로 생기고 스스로 태어나는 한 마리 괴물"[29]이다.『돈 끼호떼』에는 상상 질투에 시달리는 인물이 대거 등장한다. 상상 질투는 이 소설의 숱한 연애담의 한가운데에 놓인다.

로따리오는 까밀라의 집에서 어떤 남자가 나오는 장면을 본다. 그러자 그는 그녀가 다른 남자를 만난다고 의심한다. 그 남자는 실은 까밀라의 몸종 레오넬라의 연인이었다. 로따리오의 질투는 논리마저 갖추고 있었다. 까밀라가 자신에게 쉽게 넘어갔듯 다른 사람에게도 그랬으리라. 그래서 로따리오는 안셀모에게 까밀라의 부정과 배신을 암시한다. 복수심에 눈이 먼 것이다.

그리소스또모는 마르셀라의 부정不貞을 상상하며 고집스레 믿는다. 그녀를 비방하는 노래를 지어 부르다가 자살한다. "떠나와 있는 연인에게는 온갖 걱정과 두려움이 있기 마련이라서 그리소스또모도 혼자 상상한 질투나 의혹을 진짜 그녀가 저지른 것처럼 걱정하고 있었던 것"이다. 끌라우디아는 비센떼가 다른 여자와 결혼한다는 소식에 분개하여 그에게 총을 쏜다. 죽기 직전에 그는 그녀에게 고한다. 결혼설이 누군가의 장난이었고, 자신은 단 한 번도 배반할 의사를 품지 않았노라고. 그는 사랑하는 여인의 손에 죽어서 다행이라 고백하면서 숨을 거둔다. 그때서야 그녀는 탄식한다. "아, 이 끔찍한 질투의 광란의 힘이여! (중략) 오, 나의 남편이여, 나의 사랑이 그대에게 불행한 운명이 되어 사랑의 잠자리가 무덤이 되어버렸군요!"

"여기 한 연인이 기나긴 그리움과 상상 속의 질투를 이기지 못해 이 거친 초야에 통곡을 하러 왔"노라는 돈 끼호떼의 하소연을 기억해보자. 실제로 그는 둘시네아에게 상상 질투를 느끼지도 않았고, 단지 상상 질투로 괴로워하는 방랑기사들을 모방해서 이렇게 말했다. 그러나 현실이 어떠하든 간에, 돈 끼호떼의 뇌리에서 상상 질투는 연애의 필수 조건이다. 그에게는 연애라는 찐빵 속의 앙꼬인 것이다. 이 시대 소설 속 기사들은 상습적으로 상상 질투에 빠져든 것 같다. 상상 질투를 연애의 중핵으로 여기는 이데올로기가 위력을 떨친 듯하다.

상상 질투는 오늘 날 대체로 의처증이나 의부증으로 단죄받지만, 세르반떼스 시대에는 다소 낭만적인 색채를 띠었나 보다. 현대인은 사랑에 따르는 자연스러운 감정의 질곡을 쉽사리 질병이나 범죄로 간주한다. 스토커, 의부증, 의처증 등. 수백 년 전 질병이나 범죄가 아니었던 것이 오늘날 질병, 범죄가 되었다는 통찰은 잘 알려져 있다. 오늘날 사람들은 병자나 범죄자의 낙인을 두려워하면서 감정을 억압하고 감추며, 그 결과 증상을 심각하게 만든다. 물론 극단적인 경우는 견제받아야 마땅하다. 그러나 어떤 연인들은 자연스러운 수준의 감정에 지나치게 죄의식을 느끼면서 그 죄의식 때문에 두 배의 고통을 겪는다. 그러다가 사랑을 포기한다.

사랑에 빠진 사람은 상상 질투로 괴로워할 뿐만 아니라 상상 희망에 차서 환희에 떨기도 한다. "희망은 사랑과 함께 생겨나는 법"이라고 세르반떼스는 말한다. 사랑의 탄생과 동시에 희망도 자동적으로 발아한다. 사랑이 태아라면, 희망은 태반이다. 태아가 태반에서 영양을 공급받듯이, 사랑은 희망을 먹고 산다. 사랑의 싹을 키우는 사람은 아무런 응답을 못 받는 상태에서도 희망의 끈을 놓지 않는다. 그도 나를 똑같이 그리워하고 있으리라는 희망. 바로 일 분 전에 상상 질투로 괴로워하다가도 순식간에 돌변하여 희망에 젖는다.

가령 돈 끼호떼는 객줏집에서 밤을 지새우며, 말을 탄 채 이렇게 하소연한다.

> 지금 이 순간 아씨는 무슨 일을 하고 계시는지요? 그대에게 사로 잡힌 이 기사를 마음속으로 그리워하고 계시지는 않으신지요? (중략) 나의 이 아픔에 어떤 영광을 주어야 하는지, 나의 걱정을 어떻게 가라앉혀야 하는지, 나의 이 사랑에 어떤 보상을 주어야 하는지, 마침내 죽어가는 나의 이 안타까운 마음에 어떤 생명을 불어넣어야 하는지 생각하고 계시지는 않은지요?

돈 끼호떼는 상상한다. 둘시네아 역시 자신을 그리워할 것이라고. 상상 속에서 둘시네아는 그의 사랑에 어떻게 보상해야 할지, 그의 고통을 어떻게 위무할지, 그의 불안을 어떻게 잠재울지 궁리에 여념 없다. 이것은 물론 둘시네아의 현실과 다르다.

상대의 마음이 나와 같으리라고 상상하는 행복한 동일시. 상상 희망은 때로 불안을 잠재우는 묘약이 되기도 한다. 까르데니

오는 루스신다의 고통스러운 모습을 보고 공포에 떤다. 그러나 "내 희망을 없앨 수는 없었기에 모든 것이 나에 대한 커다란 사랑에서 나온 행위이고, 또 서로 사랑하는 사이인데 떨어져 있게 되는 고통 때문일 거라 생각"하며 공포를 잠재운다.

'그는 너를 사랑하지 않는다' 혹은 '그의 마음이 변했다'라는 현명한 판관의 선고를 들은 사람은 쉽사리 그것을 수긍하지 않는다. 선고가 거짓이라는 증거를 대기 위해 그는 긴 목록을 작성한다. 그는 나를 너무나 사랑하는데 단지 수줍어할 뿐이다. 자신 없어 할 뿐이다. 너무나 사랑한 나머지 광기에 빠질까 봐 두려워서 일찌감치 물러서는 것이다. 아니면 사랑하는 나를 고생길에 동반시키느니 차라리 놓아주기를 바란다, 등등. 사랑에 빠진 사람에게서 제멋대로의 희망을 걷어내기란 근거 없는 질투를 불식시키는 것만큼이나 어렵다.

열정이 깊어질수록 연인은 혼자만의 상상 속에서 허우적댄다. 열정의 깊이에 비례하여 고독한 공상은 풍부해지고 다양해지며, 절망에서 환희까지 널뛰기하는 감정의 기복도 심해진다. 그런데 연애는 고독하지만 사랑은 고독하지 않다. 시작하는 연애는 고독한 상상 속 널뛰기를 필히 수반하지만, 무르익은 사랑은 그렇지 않다. 그러나 사랑이 농익기 전에 연인들이 감내해야 할 고독의 분량은 만만치 않다. 고독의 터널을 쉬이 빠져나오시길.

III

숙을 처음 만났을 때, 용은 단호하게 선언했다. 내 스타일이 아니야. 꾸밀 줄도 모르고 섹시하지도 않고 선머슴 같은 숙은 전혀 용의 이상형이 아니었다. 조금도 매혹되지 않았기에 용은 그녀에게 만만하게 대하고 함부로 말하곤 했다. 함부로 대하다 보니 가끔은 미안해졌다. 미안하다 보니 그녀는 어떤 사람일까 궁금해졌다. 관심을 가지니 의외로 괜찮은 모습도, 여전히 실망스러운 면모도 보게 된다. 괜찮건 실망스럽건 발견의 순간은 여운을 길게 남겼다. 매우 답답하게도 그녀는 십 년 간 누군가를 짝사랑하고 있었고, 최근에 그 누군가와 막 사귀려는 중이었다. 용이 보기에 그녀의 연애는 행복하지 않을 것 같았다. 그걸 모르는 그녀는 딱 바보다.

용은 그녀만 생각하면 갑갑하고, 속 터지고, 안타깝고, 짜증스럽다. 그러다가 문득 깨달았다. 그녀 생각에 잠겨 있는 시간이 참 길다고. 갑자기 화가 난다. 어느 날 그녀에게 화를 내었고 그녀는 반격해왔다. 그녀의 반격에 어이없어 하다가 그는 잠을 못 이룬다. 분을 못 이겨 씩씩거리며, 용은 자리를 박차고 일어나서 중얼거린다. 내가 그녀를 사랑하는 걸까? 그녀는 미련 곰팅이일 뿐 내 스타일도 아닌데?

드라마 〈넝쿨째 굴러온 당신〉의 이숙과 재용의 사연을 각색해보았다. 애초에 '재수 없어' 하던 그녀와, 그는 사랑에 빠졌다.

이 드라마에서뿐만이 아니다. 요사이 드라마에서 대부분의 연인
은 '재수 없어' 하던 사람과 사랑에 빠진다. 예전처럼 첫눈에 반
한다는 설정은 사라져가고, 미워하다가 사랑한다는 문법이 주종
을 이루는 듯하다. 싫어했던 사람과 사랑에 빠진다니. 실상 더없
이 자주 일어나는 일이다. 사랑에 빠지는 계기는 종종 어처구니
없다. 어이없는 사랑의 계기들을 세르반떼스의 『돈 끼호떼』에서
읽어본다.

혹사당한 마음, 사랑에 빠지기 일보 직전

서두의 용의 심리를 설명하기 위해서는 앞서 본 안셀모와 로따
리오에게 돌아가야 한다. 안셀모는 둘도 없는 친구 로따리오에
게 아내를 유혹해달라고 부탁했다. 결국 안셀모의 실험은 실패
로 돌아갔다. 로따리오는 까밀라를 정말로 사랑하게 되었다. 처
음에 로따리오는 친구의 제의에 분개했다. 그는 정말로 까밀라
를 유혹하고 싶지 않았다. 안셀모의 제안은 한마디로 미친 짓이
었다. 차마 거절 못해서 수락하긴 했지만, 로따리오는 시늉만 하
려고 했다.

　안셀모는 유혹의 기회를 넘치게 마련해주었다. 그래도 로따
리오는 까밀라를 유혹하지 않았고 후에 유혹했다고 거짓으로 보
고한다. 이 거짓 보고를 거듭하는 동안 로따리오는 진심으로 까

밀라를 욕망하게 된다. 로따리오는 어찌하여 의도와 다르게 죽마고우를 배신하게 되었을까. 로따리오의 심리에 대한 르네 지라르의 유명한 해석. 인간은 타인의 욕망을 모방한다. 까밀라에 대한 안셀모의 간절한 욕망을 모방하여, 로따리오는 까밀라를 욕망하게 되었는지도 모른다.

나의 해석. 안셀모는 로따리오에게 까밀라와 단둘이 있을 기회를 마련해주며 유혹을 부추긴다. 이 기회는 로따리오에게 다중으로 분열된 의미를 띤다. 유혹은 그에게 명령된 것이지만, 그 자신은 거부하는 것, 그러나 했다고 거짓으로 보고해야 하는 것이다. 즉 그는 까밀라를 유혹하는 임무를 띠고 있지만 결사적으로 유혹에 저항해야 하며, 그럼에도 유혹했다고 거짓으로 고해야만 한다. 이런 혼돈 혹은 정신적인 혹사가 로따리오를 사랑에 빠트렸을 것이다. 안셀모의 해괴한 제안 이전에, 아무런 감정 노동을 하지 않았을 때 그는 사랑에 빠지지 않았다. 그러나 까밀라를 두고 복잡다단한 감정 노동을 해야 하는 상황으로 몰리자, 감정 노동은 곧바로 사랑으로 진화했다. 분열로 찢겨진 혼란스러운 감정 노동은 사랑으로 이어지기 쉽다.

사랑이 먼저고 이후 분열적 혼돈이 온다. 이는 틀림없는 사실이지만, 순서가 바뀔 수도 있다. 분열적 혼돈이 먼저 오고 그 다음에 사랑이 올 수도 있다는 말이다. 누군가에게 짜증을 부린다. 짜증 부린 게 미안하다. 그러다 보니 관심이 생긴다. 찬찬히 보니 실망스럽다. 그래도 그의 무언가가 뒤꽁무니를 잡아끈다. 이런 뒤집기를 반복하는 복잡한 감정은 사랑으로 연결되기 쉽다. 혹은 누군가 그를 사랑하라고 부추긴다. 그런데 그를 사랑하고 싶지 않거나 사랑해서는 안 된다. 이런 다단한 정황도 감정 노동을 유발하고, 사랑으로 발전하기 쉽다. 한 마디로, 뒤얽힌 감정 노동은 사랑으로 가는 교두보다. 단순한 예로 싸우다가 정든다는 말이 있다.

사랑은 아닌데 나를 성가시게 하는 것, 내 마음을 분주하게 하고 때로 혹사시키는 것, 이런 것과 사랑과의 거리는 상당히 가깝다. 사랑의 옛 우리말이 상다^{想多}라는 말이 있다. 생각을 많이 하는 것이 사랑이란다. 단지 그 사람을 그리워해서 생각을 많이 한다는 뜻만은 아닐 터이다. 어떤 식으로든, 의아함이든 미움이든 짜증이든 누군가에 대한 상념이 많아지면, 그것은 사랑으로 이어지기 쉽다. 그래서 가장 흔한 사랑의 고백은 이렇다. 너 때문에 신경이 쓰여 죽겠어! 근본적으로 사랑은 리비도의 집중 현상이다. 어떤 모양으로든 집중된 에너지는 사랑으로 흐르기 일보 직전이다. 그러니 당신을 귀찮게 하는 사람을 조심하시라.

위에서 보았듯 사랑이 먼저고 감정적 혼란이 나중이라는 게 상식이지만, 그것의 앞뒤를 바꾼 명제도 사실이다. 때로 사랑에 빠지는 기제에 대한 상식적 명제는 전후가 뒤바뀐다. 전도된 사랑의 기제를 보여주는 흥미로운 사례를 소개한다. 심리학에서 유명한 흔들다리 실험이다. 미모의 여인이 다리 위에서 지나가는 남자들에게 연락처를 주었다. 한 번은 낭떠러지를 연결하는 흔들다리 위에서, 한 번은 낮은 곳의 단단한 다리 위에서 그렇게 했다. 실험 결과, 단단한 다리보다 흔들다리에서 만난 남자들이 두 배나 더 많이 여자에게 연락했다.

곽금주에 의하면 남자들이 심장이 뛰고 신경이 곤두서는 감각을 사랑에 빠진 마음으로 착각했다는 것이다. 그래서 그는 충고한다. 마음에 드는 상대와 높은 곳에서 야경을 함께 바라보거나 숨을 헐떡거리며 격렬한 운동을 하라고.[30] 남자들이 심장이 뛰고 신경이 곤두서는 감각을 사랑으로 '착각'했을까? 착각이 아니라 사랑이 원래 그런 식으로 생겨나는 것 아닐까? 심장이 뛰고 신경이 곤두서는 감각이 매혹을 창출한 것이다. 사랑에 빠지면 심장이 뛰고 신경이 곤두선다. 이 말은 맞다. 그러나 그 역도 참이다.

소문이 창출해낸 사랑

염소치기 에우헤니오가 들려준 무척이나 매력적인 이야기. 에우헤니오와 안셀모는 미녀 레안드라를 사랑하지만 그녀는 둘 모두를 거절한다. 콧대 높은 그녀는 그밖에도 수많은 구혼자들을 물리친다. 그러다 딱 한 번 비센떼에게 반하여 함께 도망친다. 하지만 사흘 후 그녀는 모든 것을 그에게 도둑맞고 버려진다. 아버지는 그녀를 수도원에 감금한다.

재미있는 것은 그 후의 일이다. 레안드라가 사라지자 에우혜니오와 안셀모는 살아갈 의욕을 잃는다. 그들은 마을을 떠나 산골짜기에서 양과 염소를 키운다. 목동이 된 두 사람은 함께 아름다운 레안드라를 더러는 칭송하고 더러는 비난하는 노래를 부르며 다닌다. 그들을 본 따서 레안드라의 수많은 다른 구혼자들이 산중으로 들어온다. 그들의 수가 하도 많아서 그곳은 목가 천국 아르까디아나 다름없게 된다.

모든 곳이 가축우리와 목동들로 가득 차고, 곳곳마다 아름다운 레안드라 이름을 부르는 소리가 안 들리는 곳이 없을 정도니까요. 어떤 사람은 그녀를 욕하고, 바람둥이라느니 변덕쟁이라느니 부정한 것이라고 하기도 하고, 또 어떤 사람은 경솔한 여자, 쉬운 여자로 몰아붙이기도 하지요. 어떨 때는 그녀가 죄가 없다고 용서하기도 하고 어떨 때는 그녀를 벌하고 비난을 퍼붓기도 하고, 어떤 이가 그녀의 아름다움을 칭찬하면 다른 한 사람은 그런 자질을 부정하지요. 결국 모두가 그녀를 욕하고 모두가 그녀를 사랑하지요. 그 광기가 하도 많이 퍼져나가서 어떤 사람은 그녀와 말 한번 해본 적이 없으면서도 그녀에게 버림받았다고 하소연하기까지 한답니다. 그녀는 누구에게 질투를 주어본 적도 없지만, 미칠 듯한 질투로 병들어 울고 다니는 사람까지 생겼습니다. 왜냐하면 이미 말씀드렸듯이 자기가 욕심을 내기 전에 이미 자기가 앓을 병을 알았기 때문이지요.

홍미롭지 않은가. 레안드라에게 버림받은 구혼자들이 그녀를 비난하거나 옹호하며 논쟁을 벌인다. 그리고 또 그녀를 칭송하다가 다시 비난한다. "결국 모두가 그녀를 욕하고 모두가 그녀를 사랑"한다. 정말 희한하게도, 그 광기가 퍼져 나가서 그녀를 모르는 사람들까지 그녀에게 버림받았다고 하소연하고, 미칠 듯한 질투로 병들어 운다.

이토록 거대한 집단적 사랑 혹은 광기를 만들어낸 것은 레안드라에 대한 논쟁과 비난이다. 담론은 없는 사랑도 만들어낸다. 많은 사람들이 누군가를 두고 비난과 옹호를 교환하며 갑론을박한다. 이 담론을 접한 사람은 그 누군가에게 감정적·이성적 에너지를 쏟게 된다. 앞서 말했듯, 집중된 에너지는 쉽사리 사랑으로 둔갑한다. 담론이 사랑을 창출한다. 말을 바꾸어보자. 소문이 사랑을 발명해낸다. 이것은 타인의 욕망을 모방하는 인간 본성의 한 사례도 될 것이다.

공교롭게도, 이때 욕망의 대상의 실체는 없다. 레안드라의 실체는 비밀에 감싸인 채 단지 그를 향한 타인들의 욕망만 무성하다. 인간은 남들이 욕망하는 무엇을 따라서 욕망한다. 그러나 그 무엇의 실체를 알지 못한다. 가령 모두들 부유해지기를 원하기에 우리 역시 부유해지기를 소망하지만, 소망하는 도중에는 부富의 실체를 모른다. 사랑하는 자는 어떤가. 상대의 실체를 알지 못하면서, 아니 알지 못하기 때문에 그를 욕망한다. 상대의 실체를 알고 난 후 사랑이 식는 경우는 무수히 많다. 대상에 대한 무지는 열정의 조건이다.

우리의 욕망을 만들어 내는 것은 대상의 실체가 아니라 대상을 둘러싼 소문이다. 소문, 혹은 기대치, 다른 말로 상상할 수 있는 가능성, 이들은 실체 자체보다 훨씬 더 강력한 매혹을 불러일으킨다. 대상의 실체는 수도원에 갇힌 레안드라처럼 영원히 알려지지 않은 채로 남아 있을 것이다. 중세의 한 신학자는 "사랑하는 자는 이런저런 육체를 열망하는 것이 아니라, 육체를 통해 반사되는 천상의 신비로운 광채를 두고 경탄하고 욕구하며 빠져들"며, "그런 까닭에 사랑하는 자들은 그들이 호기심을 갖고 열심히 찾는 것에 대해 무지"[31]하다고 말한 바 있다.

"육체를 통해 반사되는 천상의 신비로운 광채"는 무엇을 뜻할까. 신학적으로는 신의 본성이요, 철학적으로는 이데아를 뜻할 것이다. 사랑에 빠진 장삼이사들의 시각에서는 사랑을 통해 꿈꿀 수 있는 이상향, 혹은 판타지를 의미할 것이다. 어떤 식으로 해석하든 간에 상대 자체가 아니라 그 둘레의 광휘, 다른 말로 소문이 사람을 매혹시킨다는 것만은 분명하다.

또한 군중이 욕망하는 것은 레안드라가 아니라 레안드라로 인해 고통받는 타인의 감정이다. 군중은 레안드라를 사랑하고 싶지 않다. 단지 그녀에게 버림받은 사람들처럼 슬퍼하고 싶은 것이다. 때로 명문대를 꿈꾸는 사람은 명문대 자체가 아니라 다만 으쓱해지기를 원한다. 이렇듯 우리는 종종 실체보다는 그 부대 효과를 더욱 욕망한다. 마찬가지로 상대를 원한다고 믿는 사람은 실제로는 상대 자체보다도 사랑으로 인한 멜랑콜리를, 감성적 동요를, 제 이상의 실현을, 이외에도 각종 부대 효과를 더욱 원한다.

한편 군중은 알지 못하는 레안드라를 사랑한다는 '환각'에 빠져 있으나 '실제로' 질투하고 슬퍼한다. 소문 속에서, 환각은 현실이 된다. 가짜 욕망도 우리를 아프게 한다. 내용이 사라진 채 허울로만 존재하는 욕망. 그 허울을 좇으면서도 사람들은 울고 웃는다. 마찬가지로 사랑에 빠진 사람이 실제로 빠져 있는 것은 사랑이 아니라 소문과 부대 효과, 저만의 판타지 등등일 수 있으나, 그 환각 속 슬픔과 기쁨은 가짜가 아니다. 가짜가 아닐뿐더러 현실의 그것보다 더 현실적으로 진지하다.

환각이 현실보다 더 박진감 넘치는 현실로 둔갑하는 마법이 사랑이라는 사건에 존재한다. 그래서 사랑에 빠진 자는 모두 돈 끼호떼다. 마법에 걸려 현실보다 더욱 현실적인 환각 속에서 산다.

결핍을 등에 지고
결핍 사이를 걷기

윤대녕,
「달에서 나눈 얘기」

토머스 윌머 드윙, 〈스피넷〉, 1907

완전한 사랑에 관한 전설이 있다. 그 전설에 심취한 정은 완전한 사랑에 대한 그림을 그리고 또 그렸다. 모든 현실적인 필요와 계산이 섞이지 않은 순수한 끌림에서만 비롯된 사랑, 서로 첫눈에 반한 사랑, 현실적인 압박을 이겨낼 수 있는 사랑, 상대 이외에는 아무도 보이지 않는 사랑, 그의 결핍을 한 오라기의 틈도 없이 채워줄 수 있는 사랑. 그녀는 둘 사이에 소통하지 못한 한 마디라도 있을까 봐 두려워했다. 두 사람은 완전한 영혼의 합일을 이루어야만 했다. 처음부터 끝까지. 두 사람의 열정의 온도는 일치해야 했으며, 어디에서나 상대를 보는 강박증의 정도도 동일해야 했다.

그녀가 가장 혐오하는 말은 이러했다. 성적인 끌림으로 사랑을 시작할 수도 있다. 필요해서 사람을 사랑할 수도 있다. 사랑은 가꾸고 키워가야 할 것이지, 완성된 상태로 오는 것이 아니다. 당연히 사랑을 시작하기 어려웠다. 연애 무드가 무르익을 때마다 그녀는 상대와 자신의 감정이 완전한 순도를 갖추었나 의심하곤 했다. 때로는 상대의 감정이 때로는 제 감정이 완전한 순도에 미치지 못했다고 판단한 그녀는 결국 연애를 시작하지 못했고, 시작한 연애라면 서둘러 끝내곤 했다. 상대가 생각보다 속물임을 발견할 때마다 참을 수 없었던 점도 조기 종료에 일조했다. 어딘가에 완벽하게 고상한 남자가 있을 것만 같았다.

하지만 새로운 연애는 반복적인 고뇌만을 안겨줄 뿐이었다. 그녀는 제가 빠져 있는 것이 사랑이 아니란 생각에, 누구도 자신을 사랑하지 않는다는 생각에 괴롭기만 했고, 제가 꿈꾸는 사랑이 어디에도 없을 거란 예감에 절망했다. 절망한 그녀, 윤대녕의 「달에서 나눈 얘기」를 읽는다. 사랑에 관한 명상으로 가득 찬 짧은 소설이다.(혹자는 이 글을 수필로 볼지도 모른다. 하지만 정에게는 이 글이 풍요로운 의미를 넘치게 담은 수려한 소설로 보인다.)

2퍼센트 부족한 마음으로 시작된 사랑

이 소설의 커플은 시작부터 그러니까 커플이 된 계기부터 완전함과는 거리가 멀다. 자동차 사고로 한쪽 팔을 잃어버린 여자가 남자를 찾아온다. 남자는 중학생 때부터 여자를 짝사랑하며 쫓아다녔다. 대학생이 된 여자는 남자를 버리고 다른 사람을 사귀었다. 여자는 지난 세월의 절망과 고독과 세 번의 자살 기도에 대해 이야기하면서 남자에게 청혼한다.

다음 날 남자는 그녀에게 전화를 걸어 자신을 사랑하느냐고 묻는다. 여자는 아직 잘 모르겠다고, 다만 남자가 절실하게 필요하다고 솔직하게 대답한다. 그 말에 남자는 오히려 담담함을 느낀다. 남자는 아직도 그녀를 사랑하는지 자문한다. 그렇다고 대답할 수 있었다. 일주일 후쯤 남자는 그녀에게 결혼하자고 말한다. 그녀는 후회하지 않겠냐고 묻는다. 남자는 아직은 잘 모르겠다고 솔직하게 대답한다. 그러자 그녀는 지금부터라도 남자를 사랑하도록 노력하겠다고 말한다. 남자는 그 말이 당장 자기를 사랑한다는 말보다 더 진실하다고 생각한다.

여자는 남자를 사랑하는지 아닌지 잘 모르고 단지 그를 필요로 할 뿐이다. 남자는 여자를 사랑한다고 생각하지만 그녀의 불구를 견딜 수 있을지 없을지 잘 모른다. 풍문 속 완전한 사랑에 따른다는 열광, 사랑의 확신, 모든 것을 견딜 수 있다는 호언장담이 이들의 사랑에 빠져 있다. 이 사랑은 이토록 불완전하게 시작되었다. 그러나 이것이 오히려 자연스럽지 않은가. 사랑에서 감정의 작위적 조작과 과장을 뺀다면 남는 고갱이는 이러한 망설임과 불확신과 필요의 혼합물일 것이다.

이 당시 남자는 알고 있었다. 제 감정이 연민과 동정심 심지어 복수심까지 포함된 혼합물임을. 그러나 남자는 "그 모든 감정이 사랑 안에 포함돼 있다고 생각"한다. "한 번쯤 상대에 대해 분노하거나 증오해보지 않은 사랑이 어디 있겠습니까?"라고 남자는 묻지만, 실제로 사랑의 감정은 우리가 익히 보아왔던 대로 열등감, 질투, 증오심, 공포, 가학 충동 등 아름답지 못한 정서들을 포함한다. 존재하는 모든 빛은 그림자를 거느리듯이 사랑 또한 그러하다. 그림자 없는 물체는 생명이 아니듯, 불편한 감정을 동반하지 않은 사랑은 사랑이 아니다.

순정멜로물류의 곱디고운 감정과 거리가 먼 이런 추악한 감정들에 휘둘리면서 사랑에 빠진 자는 상대에게 예속된다. 남자는 "중요한 것은 그 사람이 내게 존재함으로 해서 내가 존재하고 있다는 것을 매순간 느낀다는 거"라고 말한다. 남자의 말대로 열렬한 그리움이든 예찬이든 증오든 분노든 모두 '상대에게 얽매임'이 전제된 감정들이다. 사랑에 빠진 자는 긍정적이든 부정적이든 감정적으로 상대에게 기식하고 공생한다. 사랑이란 어쩌면 이러한 감정적 예속 상태에 다름 아닌지도 모른다. 미워하거나 의심하거나 시험하거나 복수하고 싶더라도, 이런 감정들은 상대에게 예속되었기에 발생한 것이므로 사랑의 다른 이름이다.

사랑인가, 아닌가? 연인들한테 이것만큼 자주 떠오르는 질문도 없을 것이다. 이 질문에 답하기 위해 의존해야 할 척도는 감정의 예속도다. 특히 제 감정의 본색을 자문하는 사람들은 제 감정의 미학도보다는 예속도를 측정해봐야 할 것이다. '내가 얼마나 아름다운 감정을 느끼는가'라는 질문보다 '내가 얼마나 그에게 예속되어 있는가'라는 질문이 감정의 본색을 잘 밝혀주는 리트머스 시험지다.

결핍, 사랑의 근원이자 과정

남자는 아내의 불구를 온전한 신체보다 더 자연스럽다고 여긴다. 다른 여자들은 너무나 완전해 보여서 오히려 숨 막힌다. 그리하여 두 팔이 없고 나머지 몸체도 두 개로 토막 난 밀로의 비너스는 아름답다. 치명적인 결핍으로 인해 밀로의 비너스는 완전한 몸체의 비너스보다 한층 더 매혹적이다. 상대의 완전함을 찬탄하는 사건보다 불완전함을 발견하는 사건이 더욱더 사랑을 성장시키는 토양 노릇을 한다. 상대의 결핍은 다른 무엇보다 강력한 에로스의 화살인 셈이다.

결핍 있는 상대에게 매혹되는 이유는 그의 결핍이 나의 결핍을 환기하기 때문이기도 하다. 남자는 아내의 불완전함을 인식하고는 자신도 그만큼 불완전한 존재라는 사실을 깨달았다고 한다. 상대의 결핍은 내 결핍을 깨우쳐준다. 내 결핍을 깨달아야 사랑을 꿈꿀 수 있다. 스스로 온전하다고 믿는 사람은 사랑의 절실함을 느끼지 못한다.

그런데 결핍을 보듬고 메워주는 심정이 사랑일 텐데, 이 부부의 행태는 얼핏 사랑과 거리가 멀어 보인다. 개인 병원 의사인 남자는 다른 의사들과 달리 매일 밤 열한 시 넘어서 퇴근하며, 일요일과 공휴일에도 출근한다. 아내가 그러기를 바라기 때문이다. 한쪽 팔로 집안일을 하는 모습을 남편에게 보여주기 싫어서다. 결혼 초기에 남자는 집안일을 무턱대고 도와주려고만 했다. 그러나 아내의 필사적인 거부에 부딪혀 결국 그녀의 뜻에 따르기로 했다. 그렇다면 남자는 상대의 결핍을 채워주지 못했나? 결핍을 인정하고 채워주는 경지에 이르지 못했으니 이들의 관계는 사랑이라 말할 수 없는 것이 되는가?

작가 윤대녕은 그렇게 생각하지 않는다. 결핍이 쉽사리 채워지는 것이라면 완전한 사랑에 대한 신화도 사실일 것이다. 완전한 사람이 존재하지 않듯이 완전한 사랑도 허구다. 사랑에 대한 기다림이 있을 뿐이다. 결핍은 어지간해서는 온전하게 채워지지 않는다. 결핍된 사람 스스로 결핍을 채우기를 바라지 않을 수도 있다. 그리하여 때로는 결핍을 지켜봐주는 것, 심지어 상대가 제 결핍을 은닉하는 행위에 동참해주는 것만이 사랑의 이름으로 할 수 있는 최선이다. 마치 알코올홀릭인 아내가 감추어둔 술병을 보고도 모르는 척하는 남편처럼. 실직한 남편의 회사 간다는 거짓말을 믿어 주는 척 연기하는 아내처럼. 무람없이, 저항 없이 서로의 결핍을 채워주는 행위가 자연스러워질 때를 기다리는 것, 바로 그 기다림이 사랑이 아닐까.

실상 사랑 자체가 다채로운 결핍으로 촘촘히 짜인 태피스트리다. 다채로운 결핍이라니. 사랑에 따르는 결핍의 세목은 다종다양하다. 감정의 순도부터 무언가 결핍된다. 결핍이 눈에 띄는 상대에게 매혹된다. 내 결핍을 느끼기에 사랑을 꿈꾼다. 진행 중인 사랑의 한가운데에 결핍이 있다. 상대의 결핍을 온전히 채워줄 수 없다. 이런 식으로 사랑-결핍의 세목은 길게 거론될 수 있다.

뿐인가. 때로 열렬한 사랑 한가운데에는 결핍이 반드시 '있어야만 한다'. 어떤 연인은 결핍이 없다면 만들어서라도 관계에 들여 놓는다. 연인은 무의식적으로, 결핍을 '늘 거기에 있어야만 하는 것'으로 전제한다. 결핍이 없으면 오히려 불안하다. 그래서 어떤 연인은 관계가 무르익었음을 느낄 때 공연히 싸움거리를 만들거나 의혹을 갖거나 불안을 곱씹는다. 상대에 대한 길고 긴 의심의 목록들, 아무것도 아닌 자질구레한 일들로 유발되는 싸움들, 관계의 앞날에 대한 불안, 심지어 어이없는 한눈팔기. 이들은 연인들이 무의식적으로 만들어내는 결핍들이다. 열애 중인 연인이 자주 싸우는 반면, 권태기의 연인이 덜 싸우는 것도 같은 맥락이다.

여성의 도벽에 관한 흥미로운 보고가 있다. 도벽과 사랑을 연관 지을 때, 여성의 도벽이 실연 후 나타난다고 생각하기 쉽다. 실연 후 상실감을 못 이겨서 도벽에 빠져든다고 그럴싸하게 설명할 수 있다. 그러나 정신분석학에서 보고된 사례에 따르면, 여성의 도벽은 종종 열애 중에 나타난다. 도벽은 사랑이 만족스럽게 진행되는 가운데 결핍을 고수하는 방식이다. 사랑이 온전해 보이는 순간 관계는 중대한 기로에 놓인다. 결핍을 되돌려줄 무

언가가 일어나야 하는 것이다.[32]

어둠과 밝음의 틈새, 오아시스의 물

이 소설의 부부는 삼중의 결핍을 안고 있다. 사랑을 시작할 때의
감정도 순도가 2퍼센트 결핍되었고, 사랑의 주체도 불구로 상징
되듯 결핍을 안고 있고, 사랑의 과정도 완전한 합일과는 무언가
거리가 먼 결핍 상태다. 그래서 이들의 사랑이 어둠 속의 사건인
가. 완전한 합일과 꿈같은 행복만이 밝음이고 그 반대가 어둠이
라면 말이다.

작가는 그렇지 않다고 생각한다. 사랑은 어둠 속의 사건도, 밝
음 속의 사건도 아니란다. 사랑은 세상의 어둠과 밝음 "그 틈새
에서 은밀하게 벌어지는 일"이란다. 낙타처럼 무거운 짐을 지고
그 틈새를 지나다 보면 어느 날 황금빛의 사막과 오아시스를 발
견하기도 한다. 사랑이란 이 오아시스에서 "어렵게 얻어 마시는
한 모금의 물"이란다. 바닷물이나 빗물이 아무리 넘쳐흘러도 정
작 마실 수는 없다. "정화된 한 컵의 물이 결국" 사랑이라고.

무슨 뜻인가. 우선 사랑이 어둠과 밝음의 틈새에서 은밀하게
벌어지는 일이라고 했다. 사랑은 아름다운가 하면 아름답지만은
않고 추한가 하면 추하지만도 않다. 그래서 일찍이 고대 희랍의
현자도 말했다. 사랑은 아름다움과 추함 사이에 있는 어떤 것이

라고.[33] 또 소설은 삼중의 결핍을 이야기한다 했거니와, 결핍이 이뿐이겠는가. 연인은 무수히 중첩된 결핍을 등에 지고 빛도 어둠도 아닌 그 틈새를 터덕터덕 지나가는 낙타다. 결핍을 운명처럼 등에 지고 결핍 사이를 걷는 존재다.

그러다가 그는 축복처럼 오아시스 물 한 모금을 만나기도 한다. 물은 사랑이 열망해 마지않는 영혼의 충일을 뜻할 수 있다. 우리는 늘 영혼의 충일이라는 축복 속에 있지 않다. 그것은 아주 가끔 온다. 또한 오아시스 물은 계속 걸을 수 있는 힘을 준다. 다시 말해 계속 사랑할 수 있는 힘을 준다는 뜻이다. 그런데 여기서 물이 넘쳐흐를 필요는 없다는 말이 중요하다. 축복을 너무 자주 기대할 필요는 없다. 축복이 너무 흔하면 더 이상 축복이 아닌 법이다. 결론적으로 우리는 축복처럼 오는 충일의 순간으로 계속 사랑할 힘을 얻을 뿐 시종일관 충일 속에 있기는 어렵다.

넘쳐흐르는 바닷물이나 빗물이 아닌 "한 컵의 물"이란 또 무엇인가. 흔히 말하는 남녀상열지사의 의미라면 사랑은 흔하다. 사랑이라고 착각되는 그 무엇도 흔하다. 그러나 흔전만전한 바닷물이나 빗물을 마실 수 없듯이 흘러넘치는 사랑 비스름한 그 모든 것을 우리는 향유할 수 없다. 그것으로 행복할 수도 없다. 우리가 행복을 느낄 수 있는 사랑이란 정화된 한 컵의 물처럼, 단련된 순금처럼 드문 것이다. 각고로 가꾸고 성심껏 연마한 끝에 도달하는 맑고 상쾌한 경지다.

또 다른 명상을 들여다보자. 남자는 아내의 한쪽 팔이 볼 때는 없지만 안 볼 때는 있다고 말한다. 아내는 소망한다. 제 팔이 있다고 남편이 믿기를. 이를 위해서 제 모습을 보여주려 하지 않는다는 것이다. 결핍이 존재하지 않는다는 판타지, 어딘가에 순전함이 있고 언젠가 그것을 찾을 수 있다는 믿음, 이런 것도 또한 사랑의 일종이다. 결핍을 이고 지고 걸어가는 것도 사랑이지만, 결핍 앞에서 애써 눈감고 순전함을 꿈꾸는 것도 사랑이라는 말이다. 이때의 믿음은 서두의 정의 판타지와는 다르다. 정은 완전한 사랑을 꿈꾸었기에 사랑을 거부하고 기피했지만, 이 소설의 남자는 사랑을 가꾸기 위해 판타지를 수긍한다.

남자는 병원 이름을 "달의 병원"이라고 지었다. "사람들은 모두가 달을 바라보며 사랑을 나누지만" 그 자신은 "달에 살면서 사랑을" 한다고 주장한다. 그는 사랑을 추상적으로 짐작하고 논하지 않고, 구체적이고 실체적으로 살아내고 있다. 이런 그에게 사랑은 결핍 없는 것이 아니라, 결핍으로 연쇄된 것, 때로 결핍을 못 본 척 마법을 거는 것, 결핍을 등에 지고 결핍 사이를 걸어가는 것이다. 어렵게 얻어 마시는 한 모금의 물을 꿈꾸며.

사랑의 모태가 결핍이라는 사실은 고금의 현인들이 누차 간파해왔다. 옛날 옛적 플라톤의 『향연』에서부터 결핍은 사랑 이야기의 주인공이었다. 아프로디테가 태어났을 때 신들이 잔치를 열었다. 식사를 마칠 즈음 궁핍의 여신 페니아가 구걸하러 왔다. 풍요의 신 포로스가 신주에 취해 잠든 사이, 페니아는 그와 동침한다. 페니아는 너무도 궁핍했던 나머지 포로스에게서 자식을 얻고 싶었다. 페니아와 포로스의 자식이 에로스다.

에로스는 어머니 페니아를 닮아서, 부드럽지도 아름답지도 않다. 그러기는커녕 피부는 딱딱하고 거친 데다 신발도 집도 없다. 이부자리도 없이 길섶이나 문간, 땅바닥에서 하늘을 지붕 삼아 잔다. 그러나 아버지를 닮아서 풍요를 그리워하며 계책을 꾸민다. 용감하고 저돌적인 사냥꾼이자 지략이 풍부한 마법사다. 에로스는 변화무쌍하여 하루에도 몇 번씩 때로는 풍요롭다가도 때로는 죽어간다. 그래서 에로스는 풍요와 결핍의 중간에 있는 자다.[34] 이 이야기는 사랑이 그토록 결핍과 친근한 까닭을 설명해준다. 사랑의 어머니가 결핍이란다. 사랑은 결핍에서 태어나나 결핍 속에서 풍요를 꿈꾼다. 풍요를 향해 계책을 꾸미고 열렬히 달려간다. 달려가는 열정이 또한 사랑이다. 사랑은 결핍과 풍요의 변증법이다.

중간자라는 위치는 오묘하다. 결핍은 열정의 모태일 뿐 아니라 열정과 인과관계, 나아가 비례관계에 놓인다. 열정은 결핍 때문에 발생한다. 결핍이 없다면 꿈꾸지도 열망하지도 않고 열정을 뿜어낼 수도 없다. 결핍이 열정의 동인動因이다. 때문에 결핍이 절실할수록 열정이 풍요로워진다. 열정의 최대한도는 결핍을 느끼는 정도에 비례한다.

그런데 결핍을 느끼는 정도는 풍요를 아는 정도에 비례한다. 『향연』의 통찰에 따르면, 이미 지혜로운 자와 아예 무지한 자는 지혜를 열망하지 않는다.[35] 자신의 무지를 알 만큼 지혜로운 자가 지혜를 열망하듯, 단순히 결핍을 가진 자가 아니라 결핍을 아는 자가 풍요를 열망한다. 에로스는 풍요의 빛을 보기에 결핍을 알 수 있다. 결핍을 깨우치는 것이 풍요에 대한 감각인 셈이다. 그래서 풍요로운 사랑을 꿈꾸는 사람, 사랑에 많은 것을 거는 사람이 더 예민하게 결핍을 느낀다. 그러나 그는 그만큼 열정의 능력을 가진 자, 고상한 사랑의 씨앗을 품은 자이기도 하다.

그러니 지금 여기의 사랑에서 치명적인 결핍을 느끼는 당신, 비통해 하지 마시라. 당신은 그만큼 풍요의 빛을 눈부시게 보았다. 당신의 곳간에 풍요의 종자種子를 보다 풍부하게 비축해두었다. 당신이 결핍을 절박하게 느낄수록, 풍요를 향한 열정을 더욱 열렬히 불태울 수 있을 것이다. 단 여기서 열정이란 연애 초기의 착란에 가까운 정열이 아니다. 고상하게 사랑하려고 고군분투하는 능력, 혹은 잠재적 힘이다.

참을 수 없는
연애의 쓸쓸함,
포기할 수 없는
기적의 엄연함

밀란 쿤데라,
『참을 수 없는 존재의 가벼움』

앙리 드 툴루즈 로트레크, 〈침대〉, 1893

그들은 서로 사랑했음에도 불구하고 상대방에게 하나의 지옥을
만들었다.

난 저주 받았어. 희가 뇐다. 만나는 남자마다 희를 충분히 사랑
하지 않는 것만 같다. 어떤 남자는 이런 슬로건을 외쳤다. 구속
은 사랑이 아니므로 서로를 해방시키자! 참을 수 없게도, 그러면
서도 그는 그녀를 사랑한다고 말했다. 또 다른 남자는 말했다. 한
번의 치명적인 연애로 난 깨달았지. 나를 보호할 사람은 나밖에
없다는 걸. 그래서 난 어떤 여자에게도 감정적으로 깊이 얽혀 들
고 싶지 않아. 그러면서도 그는 그녀가 이별을 통보할 때 자못 감
동스럽게 매달렸다.

희의 현명한 친구는 늘 말했다. 그는 너를 사랑하지 않는다고.

필요에 의해 붙잡는 것뿐이니 속지 말라고. 희는 남녀관계가 도달할 수 있는 정서적 오르가슴을 믿는다. 서로에게 열정적으로 빠져들어서 이례적인 헌신을 베풀고 희로애락을 공유하며 죽기 전에 '당신만을 사랑했어'라고 고백할 수 있는 관계가 가능하다고, 믿는다. 물론 한 번도 믿음의 실현은 보지 못했다.

이런 그녀에게 어떤 친구는 촌스럽다는 선고를 내리며 '쿨'하라고 충고한다. '쿨해야 한다'는 강박은 그녀에게 주술처럼 들러붙는다. 강박 때문에 그녀는 사랑하는 남자에게 일부러 쌀쌀맞게 대하기도, 바람피우는 것을 예사로 생각하는 척도 한다. 연기의 뒤끝은 허망하기 짝이 없다. 그러나 그녀는 자기 꿈을 포기할 수 없다.

그녀는 고민에 빠져든다. 사랑은 가벼워야만 하는가. 왜 세상은 무거운 사랑을 촌스러운 것으로 배제하는가. 과연 가벼운 사랑이 옳은 것일까, 무거운 사랑이 옳은 것일까. 가벼움과 무거움은 한동안 그녀의 화두가 된다. 그녀는 무거움을 찬미하고 싶지만 각박한 현대 사회에서 그 소망을 충족시켜줄 상대를 만나기도, 그 이상을 지지하는 논리를 만들어내기도 어려울 것 같다.

가벼움과 무거움이라고 말했지만 보다 일상적인 차원에서 이것은 바람둥이 남자와 순정적 여자와의 갈등이다. 예외도 있지만, 대체로 남자들은 안주를 싫어하고 여자들은 남자의 사랑을 독점하지 못해 허기에 시달린다. 오죽하면 롤랑 바르트는 "여자는 칩거자, 남자는 사냥꾼·나그네이다. 여자는 충실하며(그녀는 기다린

다), 남자는 나돌아 다닌다(항해를 하거나 바람을 피운다)."[36]라고 말
했겠는가.

　이는 매우 상투적인 정황이다. 그러나 바로 이 상투적 딜레마
가 20세기 걸작이라고 일컬어지는 밀란 쿤데라의『참을 수 없는
존재의 가벼움』을 지지하는 주된 골격이다. 비록 상투성에서 시
작했지만, 쿤데라는 거기에 깊은 심리적 통찰과 철학적 사유를
가미하여 전혀 상투적이지 않은 소설을 만들어내었다. 희는 이
소설을 읽고 남자를 이해하기 시작했다. 그리고 사랑의 불구성
에 대해서도. 또한 불구인 사랑을 가지고 무엇을 어떻게 해야 하
는지 조금은 감을 잡았다.

끊임없이 흔들리는 진자

연애의 가능성을 암시하는 사건은 연애 자체보다 훨씬 빈번하게
일어난다. 상상력을 자극하는 눈빛이나 말 한 마디가 출현하면
잠재적 연인은 고민한다. 그는 나를 사랑하고 싶은 걸까? 아닐
까? 그는 나를 장난삼아 데리고 놀려고 하는가? 진지하게 사랑
하는가? 눈빛이나 말 한마디에도 이렇게 예민해지는데 우연히
동침이라도 하게 되면 어떠하겠는가. 우연한 동침이란 요사이
TV 드라마에 거의 클리셰처럼 자주 나오는 모티프지만, 이 사건
은 현실에서도 자주 일어난다.

　이때 어떤 여자들은 그의 감정을 궁금해 하며, 방황 지옥에 빠진다. 그녀는 그가 자신을 사랑한다고 짐작하면서 설레거나 아니라고 판단하면서 씁쓸해하는 양극 사이를 오가는 진자운동의 고단함을 겪는다. 어떤 여자는 이 고단한 질문에 대한 답을 상대 남자에게서 직접 구하려고 한다. 이런 부류의 여자들에게 현명한 또 다른 여자는 충고한다. 그런 질문은 남자들이 가장 싫어하는 질문이라고.

　남자들이 그런 질문을 가장 혐오하는 이유는 무엇일까? 남자들 스스로도 제 마음을 모르기 때문일 것이다. 이때 여자들의 포커스는 상대의 감정에 맞춰지지만, 남자들은 상대보다는 제 감정에 더 주목하는 듯하다. 사랑인지 아닌지 알게 되는 것은 관계가 어느 정도 진행된 다음에, 혹은 이별 후에, 어쩌면 죽기 전에야 가능한지도 모른다. 이 소설의 토마시 역시 테레자와 처음으로 동침한 이후 내적 분열에 시달린다.

　주인공 토마시는 많은 여자들의 천적, 바람둥이다. 소설의 서두에서 두드러지는 것은 토마시의 신경증적인 내적 분열이다. 처음으로 동침한 이후 앓아누운 테레자를 보고 토마시는 그녀 곁에서 죽고 싶다고 확신한다. 이후 그는 그 감정이 과장된 것, 즉 사랑의 희극을 연기하기 시작한 남자의 신경증적 반응이라고 진단한다. 또 이 희극을 위해서 촌구석의 불쌍한 종업원을 이용할 뿐이라며 자책한다. 제 감정이 신경증인지 사랑인지 알 수 없어하던 그는 곧이어 "자기 인생의 가장 아름다운 순간으로부터 모든 의미를 박탈하는 자신을 책망"한다. 축복을 축복으로 수용하지 못하고 의심을 일삼는 삐딱한 마음을 개탄하는 것이다.

일주일 후 회복된 테레자가 시골로 떠나자 토마시는 어찌해야 할지 갈피를 잡지 못한다. 테레자를 불러들여 살림을 차리자고 할까? 그러면 그녀는 온 생애를 그에게 바치려고 들 것이다. 뒷감당이 두렵다. 그녀를 포기할까? 다시는 만날 수 없다는 사실이 못내 아쉽다. 그는 제 감정이 사랑인지 아닌지 판별하지 못하고 그녀를 다시 만나자고 할지 말지 결정하지 못한다. 이 지지부진한 진퇴양난을 중단시킨 사람은 테레자다. 그가 보름 가까이 한 번도 연락하지 않았음에도 테레자는 프라하로 와서 먼저 전화를 걸었다. 내적 분열했던 시간이 무색하게 그는 오로지 뛸 듯이 기뻐한다.

토마시의 내적 분열에 공감하는가? 우연한 동침 후에 남자의 고민은 시작된다. 그녀를 어떻게 대할 것인가? 그녀를 사랑한다 고백할까? 사랑하려고 노력할까? 아니면 이대로 안녕? 대체로 답은 명료하지 않고, 정도의 차이가 있을지언정 토마시처럼 내적 분열은 필히 따를 것이다. 사랑한다 말하자니 아직 잘 모르겠고, 더 이상 만나지 말자고 하자니 아쉽고 신경 쓰인다.

제 감정의 정체를 심문하다 보면 사랑이 아님을 증명하는 말들은 마치 캐면 캘수록 나오는 감자처럼, 꼬리를 물고 딸려 나온다. 단지 여자가 필요했을 뿐이야, 내 감정 놀음에 그녀를 이용하려는 거야, 감정을 과장하면서 나를 기만하지 말자, 등등. 그러다가 그런 회의주의를 자책하면서 단번에 사랑에 빠질 수 없는 메마른 감성을 개탄하기도 한다. 제 감정뿐만 아니라 그녀의 의미 역시 모호하다. 그녀, 어쩌면 집착과 신경질로 부담을 줄 것 같다. 그런데 잠시 후 그녀는 지금 그 가치를 온전히 깨닫지 못하지만 놓치면 후회할 다이아몬드 원석 같기도 하다. 아쉽게도, 이런 번민은 동침 이후에만 일어나는 일이 아니다.

가령 테레자에 대한 토마시의 내적 분열은 동침 이후뿐만이 아니라 죽기 전까지 계속된다. 한동안 동거한 이후 테레자가 그를 떠나자, 토마시는 처음에는 후련해 한다. 토마시의 바람둥이 기질을 절대로 이해하지 못한 테레자는 그를 구속하고 감시했으며 늘 상처를 받았다. 토마시는 그런 그녀에게 항상 감추고 거짓말하고 비난을 감수하고 죄의식을 느끼고 사랑을 끊임없이 증명해야 했다. 이별은 이 피곤함의 소멸을 의미했기에, 토마시는 기뻐한 것이다.

그러나 며칠 후 토마시는 테레자가 이별을 고하며 느꼈을 고통을 똑같이 느끼면서 견딜 수 없어진다. 그는 테레자를 다시 찾는 것이 숙명이라 절감한다. 그리고 만 가지 위험을 무릅쓰고 그녀를 찾아간다. 이것이 내적 분열의 끝인가? 아쉽게도 아니다. 테레자와 재회한 날 밤, 그는 숙명이라 믿었던 사랑이 우연에 불과했음을, 그 우연한 사랑을 위해서 너무 많은 것을 버려야 했음을 깨닫고 심각하게 절망한다. 이렇게 토마시는 평생의 연인 테레자를 두고 한없이 분열한다.

명료한 사랑이란 존재하지 않는다. 사랑의 감정은 절대로 명명백백하지 않다. 그것은 혼돈과 의심과 불안의 외피를 쓰고 기습한다. 사랑에 빠진 사람은 상대의 감정뿐만 아니라 제 감정도 끊임없이 의심한다. 감정의 정체를 심문하는 검사에게, 정직하게 답변할 말은 여간해서는 찾을 수 없다. 미움, 의존심, 성욕, 집착, 의심, 불안, 강박. 이런 인접 감정들과 사랑을 명쾌하게 가르는 선은 과연 존재하기나 할까. 사랑과 그 인접 감정들이 복잡하게 뒤얽힌 혼돈 덩어리를 정의하고 분류하기란 얼마나 어려운가.

토마시의 내적 분열 중 가장 심각하고 오래갔던 것은 사랑의 방식에 관한 것이었다. 테레자가 요구하는 무거운 사랑을 수락할 것인가, 아니면 오랜 신조였던 가벼운 남녀관계를 지속할 것인가. 사랑에 목숨을 거는 트리스탄이 될 것인가, 바람둥이 돈 주앙으로 남을 것인가. 테레자를 만난 이후 가벼움과 무거움 사이에서 끊임없이 진동하던 그는 가령 여자들과 몸을 나누면서도 집에 돌아갈 시간을 확인하기 위해 시계를 들여다보곤 한다. 토마시의 오랜 여자친구 사비나는 이런 그에게 "두 세계의 만남", "이중노출"이라는 메타포를 부여한다. "바람둥이 토마시의 그림자 뒤에 낭만적 사랑에 빠진 연인의 모습이 나타"난단다.

바람둥이 그를 위한 변명

한 여자와는 살 수 없고 오로지 독신일 때에만 나답다! 이혼남 토마시의 신조다. 그는 자정 이후엔 모든 여자를 내쫓는다. 그는 이혼 이후 여자들을 두려워하기 시작했다. 여자를 갈망하면서도 두려워했기에 둘 사이의 타협점으로 "에로틱한 우정"이라는 것을 고안해낸다. 그는 애인들에게 이렇게 못을 박는다. 둘 중 누구도 상대에 대한 독점권을 내세우지 않아야 한다. 감상이 배제된 관계만이 행복을 보장한다. 그래서 그가 주창한 것이 3의 법칙이다. 짧은 간격으로 여자를 만날 때는 3번 이상은 안 되며, 오랜 동안 한 여자를 만날 수는 있지만 3주 이상의 간격을 지킬 것.

이랬던 토마시는 테레자를 만나 원칙에 혼란을 느낀다. 정말로 테레자를 사랑하게 된 것이다. 물론 그는 내적 분열을 무수히 겪는다. 하지만 떠난 테레자를 찾아 위험천만한 프라하로 돌아오거나, 테레자의 불행을 염려하여 체제 반대 운동에 불참하거나, 그럼으로써 탄탄한 사회적 지위를 잃고 밑바닥으로 떨어지는 등, 원하지 않았어도 자력에 이끌리듯 자행한 행동들을 보면 그는 궁극적으로 테레자를 사랑했음에 틀림없다. 그는 모든 추락을 감내할 만큼 테레자를 사랑하였으나 그럼에도 바람둥이 행각을 멈추지 못한다.

그녀를 사랑하여 자처한 추락의 끝에서, 그는 저명한 외과의사의 지위를 잃고 유리창 청소부가 된다. 그러면서도 유리창을

청소하며 만난 수많은 여자들과 섹스 행각을 벌이며 끊임없이 테레자를 비탄에 빠트린다. 그는 테레자에게 반복적으로 속삭인다. 사랑과 섹스는 별개라고. 사랑은 유일해야 한다고 믿는 테레자는 죽기 직전까지 토마시를 이해하지 못한다. 토마시와 테레자의 이야기는 우리가 익히 아는 바람둥이 남자와 순정적인 여자의 딜레마처럼 보인다. 서두의 희의 딜레마도 같은 맥락에 있다.

소설은 토마시가 바람둥이가 된 이유를 설명한다. 우선 그는 공격적인 사랑의 심연을 두려워하는 것으로 보인다. 익히 보아왔듯 사랑이 필연적으로 거느리는 폭력적인 그림자들이 있다. 끝을 알 수 없는 불안, 상대의 밑바닥까지 소유하고 싶은 독점 욕구, 의존심과 안도감에서 비롯된 탐욕스런 요구 사항들, 탐욕스럽기에 좌절당하기 마련인 요구 때문에 쉽사리 쌓이는 상처들, 상처들이 순식간 이동하는 자리인 공격성과 폭력들. 존재하는 모든 것들은 그림자를 지니고 있기에, 그림자가 아름답지는 않으나 없어질 수도 없기에, 사랑 역시 이런 그림자들을 불가피하게 거느린다.

예기치 못한 사랑의 그림자를 맞닥뜨린 사람은 둘 중 하나를 선택하게 된다. 그림자조차 사랑의 일부라고 여겨서 포용하거나, 그림자를 마주칠 만큼 깊게 사랑에 발 담그기를 기피하거나. 토마시를 비롯한 흔히 보는 바람둥이들은 후자를 선택한다. 그림자를 느낄 겨를이 없을 만큼 짧게, 피상적으로만 관계 맺기. 많이 알면 다친다고 하지 않는가. 사랑에 기대를 하지 않으면 싸울

일도 없다고 하지 않는가.

둘째로 토마시는 "100만분의 1의 상이성"을 찾고자 섹스에 집착한다. 그가 보기에 인간들은 대체로 비슷비슷하다. 외과의 사로서 다년간 인간의 뇌만 집중적으로 다루면서 그는 사람들이 "100만분의 1의 상이한 점과 99만9999의 유사한 점"을 지닌다는 사실을 발견한다. 그는 생각한다. "'자아'의 유일성은 다름 아닌 인간 존재가 상상하지 못하는 부분에 숨어 있다"고. 즉 다른 사람과 구별시키는 그녀만의 독창성을 발견하고자 그는 섹스에 집착한다. 이때 이 개별성 내지 독창성은 단수單數로 존재하지 않는다. 개인마다 서로 다른 개별성을 지니기에 독창성은 개인의 수만큼 무수히 다양하게 존재한다. 이러하기에 토마시는 그 많은 독창성들을 섭렵하고자 하는 욕망에 휩싸인 것이다.

셋째 이유는 가장 잘 알려진 것이다. 소설의 서두에서부터 작가는 가벼움을 찬미하는 파르메니데스의 사유를 소개한다. 토마시는 "오래전부터 이 공격적이고 장중하고 엄격한 "es muss sein!"에 짜증이 났고, 그의 가슴속에는 파르메니데스의 정신에 따라 무거운 것을 가벼운 것으로 바꾸고 싶다는 깊은 욕망이 있었다." 그는 진지하고 무거운 것의 허망함과 기만성을 익히 알고 있으므로 사랑의 방식에서도 가벼움을 추구하고 싶었다.

그 상세한 연유를 토마시의 분신인 사비나의 정신적 궤적을 통해 더 잘 알 수 있다. 사비나는 일평생 키치에 반대했다. 키치란 "본질적으로 똥에 대한 절대적 부정"이며, "본질적으로 수락할 수 없는 모든 것을 배제한다." 모든 개인주의, 회의주의, 아이러니를 추방한 전체주의적 세계가 키치다. 공산주의도, 공산주의에 반대하는 대열도, 심지어 행복한 가정의 이상을 절대화하는 슬로건도, 이성애의 지당함을 확신하는 교리도, 동일성만을 추구하는 한 키치다.

키치에 대한 혐오에서, 사비나의 배신자적 정열이 발아하고 농익어갔으며, 가벼움을 추구하는 사랑방식이 근거를 얻는다. 토마시의 엽색 행각도 이런 철학적 사유의 배경을 거느린다. 모든 종류의 독단과 전체주의에 반대하면서, 그들은 진지하고 무거운 사랑조차 독재적인 전체주의 중 하나로 파악하는 듯하다. 유일무이한 사랑을 동일성의 폭력의 일종으로 여긴다는 점에서, 그들의 가벼운 사랑 방식은 다분히 포스트모던하다.

낭만적 호색한과 바람둥이형 호색한

쿤데라에 따르면, 호색한은 두 종류로 나뉜다. 첫번째 부류인 낭만적 호색한들은 여자에게서 자신의 고유한 꿈과 이상을 찾는다. 그러나 이상을 결코 발견할 수 없기에, 그들은 매번 실망하며 이 여자에게서 저 여자로 옮겨 다닌다. 이들은 항상 같은 유형의 여자를 쫓아다닌다. 두번째 부류인 바람둥이형 호색한들은 여자들에게 주관적 이상을 투사하지 않기 때문에 절대로 실망하지 않는다. 그러나 모든 것에 관심을 가진다. 이들은 여자 사냥을 거듭하면서 점차 관습적인 여성미에 싫증을 느끼고 곧 기이한 것을 수집하는 취미를 갖게 된다. 쿤데라는 토마시를 이 부류에 넣었다.

호색한은 토마시만이 아니다. 대체로 여성보다 남성이 성관계에 더 많은 관심을 보이며, 다수의 성적 파트너를 원한다고 알려져 있다. 진화심리학은 남성의 바람기를 이렇게 설명한다. 여성은 한 아이를 탄생시키기 위해 9개월간의 임신 기간을 거친다. 반면 남성은 그저 몇 시간, 또는 고작 몇 초의 노력으로 아이를 만든다. 새 생명을 탄생시키는 노력의 정도에서 남성과 여성 사이에는 큰 격차가 존재한다. 그래서 우연적이고 일시적인 짝짓기 전략은 남성에게 보다 성공적이다. 여러 여성과 관계를 맺는 남성은 그렇지 않은 남성에 비해 생식률이 높을 것이다. 남성은 보다 많은 우수한 유전자를 원하기에, 다양한 성 상대를 바란다. 이와 반대로 여성은 여러 남자와 관계를 맺어도 단 한 명의 아이만 낳는다. 여러 남자와 관계를 맺을 필요가 없는 것이다.[37]

대체 불가능한 유일한 사람

토마시에게 유일하고 대체 불가능한 여자가 되고 싶다! 테레자의 간절하고도 가련한 소망이다. 그녀는 어릴 적 어머니가 제 육체를 일부러 하찮은 것으로 만들어버리는 모습에 환멸했다. 자신의 육체만은 유니크한 것으로 만들고 싶었다. 제 육체가 다른 여자들과 동등하다는 사실은 그녀에게 악몽이다. 그러나 토마시는 이 악몽을 지속적으로 현실화하고 있다. 토마시는 사랑과 섹스는 별개라는 사상을 끊임없이 테레자에게 주입한다. 그녀는 끝내 용납할 수 없다.

상대에게 유니크한 존재가 되고픈 소망, 혹은 유니크한 존재라는 자의식은 그러나 연인들을 먹여 살리는 주식主食이다. 사르트르와 보부아르는 평생의 연인이었지만 서로 외도를 금지하지 않았다. 그러기는커녕 다른 이성과 맺은 관계(그러니까 바람 피운 이야기)를 서로에게 시시콜콜히 보고하기를 즐겼다. 다른 이성과 어떤 체위로 섹스를 나누었는지, 그때 감정의 추이는 어떠했는지. 이런 보고 행위가 그들을 평생의 연인으로 남게 했을 것이다. 자유분방한 이성 관계를 즐긴 그들에게도 '유니크'하다는 자의식은 필요했나 보다. 그래서 연애 행각을 모두 보고하는 행위로 '유니크'함을 확인시켜주고 확인했을 것이다. 이 행위가 관계를 지속시킨 최후의 안전 지대였을 것이다.

연인은 공동체의 윤리에 반대한다. '더불어 함께'라는 미덕은 짓밟고 '오직 나만!'이라는 이기적이고 배타적이며 폐쇄적인 슬로건만이 위력을 떨친다. 아이러니하게도 연애는 한 인간의 자기중심주의 혹은 배타적 우월 욕망이 극단적으로 드러나는 장이다. 연인들은 상대에게 자신만을 사랑할 것을 요구한다. 뿐만 아니라 그가 가졌던 혹은 가질지도 모르는 과거와 미래의 연인들 중에 제가 가장 중요한 사람으로 남기를 소망한다. 초기의 연인은 이를 말로써 확인하려 한다. 나를 사랑해? 옛날 애인보다 더 사랑해? 앞으로 만날 애인보다 더 사랑해?

오래된 연인은 더 이상 선언을 요구하지는 않는다. 그래도 그가 관계를 지속할 수 있는 이유는 다른 것으로 유일성을 확인하기 때문이다. 가령 상대가 베푸는 각종 도움이나 자식 같은 것. '그의 ~를 가진 것은 나뿐'이라는 자의식으로 오랜 연인은 유일성을 확인한다. 일례로 자식을 가진 어떤 유부녀는 연애 초기의 미혼녀에 비해 상대의 바람기에 관대하다. '그의 자식을 낳은 여자는 나뿐'이라는 자의식으로 유일성에의 소망을 충족할 수 있기 때문이다.

유일하고 대체 불가능한 존재가 되고픈 테레자의 소망은 지속적으로 좌절된다. 그래서 테레자는 우회로를 택한다. 그녀는 토마시에게 고백한다. 그와 함께 여자친구들의 집으로 가서 직접 그녀들의 옷을 벗기고 그에게 데려다주겠다고. "그녀는 두 사람이 양성을 지닌 육체로 변하고 다른 여자들의 육체는 두 사람이 공유하는 장난감이 되길 바랐다." 테레자는 토마시의 다른 여자들을 손아귀에 넣음으로써, 수동적 대상인 그녀들과 다른 위치를 점함으로써, 자신의 유일성을 증명하길 바랐던 것이다. 그녀는 많은 정부들 중 한 명인 지위를 너무나 끔찍하게 여긴 나머지, 포주의 지위라도 획득함으로써 유일성을 확인하고자 했다.

직접적인 독점 욕구가 좌절된 여인은 이렇게 슬프게도, 욕망을 변형시켜 충족하려고 한다.

그녀의 밑바닥까지 알고 싶어

소설은 실제로 테레자가 다른 여자들을 방문한 장면을 기록하지 않는다. 오로지 사비나의 경우만 서술한다. 테레자는 사비나의 나체를 사진 찍겠다고 제안한다. 사비나는 난감했지만 테레자 앞에서 옷을 벗는다. 그런데 사비나는 곧이어 테레자에게도 옷을 벗으라고 요구한다. 두 여자는 알몸으로 서서 기묘한 도취감을 느끼며 큰 소리로 함께 웃는다. 인상적인 이 장면은 무엇을 의미할까.

사랑에 빠진 이의 감수성은 폭발한다. 호기심도 폭발한다. 그는 갑자기 많은 것을 궁금해 한다. 그중 라이벌에 대한 호기심만큼 격렬한 것이 또 있을까. 라이벌을 알고 싶다. 이 열망에 그는 미친 짓도 서슴지 않는다. 라이벌은 현실의 존재일 수도 있지만 과거의, 심지어 상상 속의 존재이기도 하다. 앞서 본 「히치하이킹 놀이」의 여주인공의 경우를 상기해보자. 그녀는 거의 상상 속의 라이벌들을 의식했다.

연적을 알고 싶어 하는 욕망은 때로 탐욕스럽게 흐른다. 연애 중 발생하는 모든 욕망은 쉽사리 탐욕이 된다. 자주 정도를 넘고,

끝을 모른다. 인식욕 또한 그러하다. 테레자가 사비나의 알몸을 요구한 것은 탐욕스러운 인식욕의 극단을 보여준다. 알몸이란 타인에 관한 지식의 마지막 보루다. 사람들은 알몸을 보면 그를 다 알았다고 생각한다.

테레자의 알몸 역시 사비나에게 동일한 의미였을 것이다. 사비나라고 테레자를 알고 싶은 욕구가 없지 않았을 것이다. 그녀들은 어쨌든 토마시를 사이에 둔 라이벌 관계였다. 두 여자는 서로의 알몸을 앞에 두고 기이한 도취감에 큰 소리로 웃어 젖혔다. 그들의 도취는 욕망을 남김없이 충족한 이후의 포만감에서 비롯된 것으로 보인다. 욕망을 충족하면 누구나 느긋해지고 유쾌해지기 마련이다.

은유와 동정, 바람기에서 사랑을 길어내는 지표

소설은 토마시와 테레자의 첫 만남에서부터 죽음까지의 시간을 기록한다. 짧지 않은 시간 동안 토마시는 오직 한 사람, 테레자만을 사랑한 것으로 보인다. 죽을 때까지 내적 분열에 시달리며 바람둥이 행각으로 그녀를 할퀴었지만, 그는 그녀를 위해서 일평생 치명적인 추락을 감수했다.

테레자가 다른 여자들에 비해 예외적 지위를 차지하게 된 이유는 무엇일까? 토마시는 수많은 연애 상대들이 그의 "시적 기억"의 자리에 아로새겨지지 못했다고 단언한다. 그의 "시적 기억"은 오로지 테레자만을 위해서 존재한다. 이 "시적 기억"이 사랑과 무의미한 섹스를 구분하는 기준이 된다. 시적 기억은 은유와 동정同情에서 비롯된다.

처음으로 동침하던 날, 토마시는 테레자에게서 "송진으로 방수된 바구니에 넣어져 강물에 버려졌다가 그의 침대 머리맡에서 건져 올려진 아이"의 이미지를 본다. 이후 그는 지속적으로 테레자를 "아이"로 은유한다. 이 은유로, 토마시는 단번에 테레자를 사랑하게 된다. "그 당시 토마시는 은유란 위험한 어떤 것임을 몰랐다. 은유법으로 희롱을 하면 안 된다. 사랑은 단 하나의 은유에서도 생겨날 수 있다."

은유는 사랑의 주춧돌이다. 가령 한 인간의 다면체적 면모를 두루 알아챌 때 발생하는 감정은 아무래도 사랑보다는 우정이다. 그의 현실과 관계없는 은유를 창조하면서 사랑은 싹튼다. 충동에 약하고 참을성이 없는 그를 두고 '오랫동안 외로움에 떨었기에 비뚤어진 소년', '방황 끝에 이제는 한 여자만을 사랑하기를 원하는 귀환한 탕아'라는 은유를 창작해야 사랑이 싹튼다. 또한 히스테릭한 여자를 두고 '마음이 너무 약해서 상처받기 쉬운, 물가에 내놓은 어린 아이'라는 은유를 상상하는 순간 사랑이 싹튼다.

'백마 탄 기사'라는 상투어가 있다. 이 상투어는 남자에 대한 여자의 은유 중 가장 유명하다. 많은 여자들은 '내 모든 어려움을 해결해줄 능력을 가진 구원자'의 꿈을 상대에게 투사하여, 그를 '백마 탄 기사'로 은유한다. 이런 면에서 은유는 판타지와 상통한다. 상대의 실상과 상관없이 꾸며낸 이미지. 그렇다면 은유는 거짓말놀이일 뿐인가?

그러나 상대를 이미지로 전이하는 기술은 사랑을 '시적인 것'으로 만드는 조미료다. 시적인 것의 본질은 은유다. 아무래도 사랑은 서사적이라기보다 서정적인 것에 가깝다. 사랑은 어느 정도 몽환적인 비현실에 근거한다. 사랑은 비현실에서 보다 사랑답기에, 연인은 필히 비현실을 요구한다. 누추한 현실을 비현실로 교체하는 것이 은유의 힘이다. 은유는 현실을 비현실적인 이미지로 변경하면서 남녀 관계를 시적인 것으로 고양한다.

사랑은 은유의 가능성, 즉 그를 두고 상상의 나래를 펼 수 있는 가능성이다. 누추한 현실을 직시하는 것보다 몽환적인 비현실에 기만당하는 편이 사랑을 더 달콤한 무엇으로 만든다. 이런 면에서 기만은 사랑을 이끌어가는 중대한 수레바퀴다. 그러므로 시적인 상상력을 유발하는 상대를 조심하시라.

시적인 상상력이 오로지 기만인 것만은 아니다. 예부터 상상력은 사랑의 중대한 견인차였다. 고대의 현인에 의하면, 연인은 상대에게서 벌거벗은 실체가 아니라 제 이데아를 투영한 상을 본다. 상대를 통해 고양된 천상적인 이미지를 마음속에 각인한다. 상상으로 말미암아 사랑하는 사람은 보편적 이데아를 직관할 수 있다.[38] 즉 연인은 상상을 통해 천상의 빛을 마주하면서 영혼을 고양한다. 또 사랑은 이데아를 상상할 수 있는 가능성이다. 그러므로 상상은 사랑인지 아닌지 가늠하는 척도이자 영혼을 고양하는 힘 혹은 계기다.

토마시가 테레자를 예외적으로 사랑하게 된 또 하나의 원인은 동정同情이다. 동정은 단지 누군가를 불쌍히 여긴다는 뜻이 아니다. 쿤데라에 따르면, "동정심을 갖는다는 것은 타인의 불행을 함께 겪을 뿐 아니라 환희, 고통, 행복, 고민과 같은 다른 모든 감정도 함께 느낄 수 있다는 것을 뜻한다. 이러한 동정은 고도의 감정적 상상력, 감정적 텔레파시의 기술을 지칭한다. 감정의 여러 단계 중에서 이것이 가장 최상의 감정이다."

테레자는 토마시의 바람기를 알고서 바늘로 손톱 밑을 찌르는 꿈을 꾼다. 이 꿈은 그녀가 그의 서랍을 뒤졌다는 사실을 누설한다. 하지만 토마시는 사생활이 침해당했음에 분노하기보다는 그녀의 고통을 함께 느낀다. 제 바람기 때문에 고통받는 테레자의 마음을 제 마음처럼 느끼면서, 저도 손톱 밑이 아려온다고 느끼면서 토마시의 사랑은 깊어진다.

이후 동정은 토마시를 여러 차례 굴복시킨다. 토마시의 바람기에 지쳐 테레자가 프라하로 돌아갔을 때, 토마시는 처음에 자유와 해방감을 만끽한다. 테레자와의 7년간의 사랑은 피곤한 것이기도 했기 때문이다. 토마시는 늘 뭔가 위장하고 변명해야만 했고, 테레자는 그의 발길 하나하나를 감시했다. 그러나 며칠 후 그는 다시 동정에 깊이 침잠한다. 테레자가 이별의 편지를 쓰면서 겪었을 고통, 프라하 아파트의 문을 홀로 열면서 느꼈을 슬픔이 돌연히 그의 마음에 침투한다. 그는 동정과 싸우려고 무진 애를 쓰지만 결국 닷새 만에 굴복하고 만다. 모든 어려움을 감수하고 그녀를 찾아 프라하로 돌아가기로 한 것이다.

이후로도 그녀가 슬픈 꿈을 꾸면 그는 같은 슬픔을 더욱 통절하게 느낀다. 이를 계기로 그녀에 대한 원망과 분노를 털어버리기도 한다. "지구가 폭탄을 맞아 뒤흔들릴 수도 있고, 조국이 매일 새로운 침략자에게 약탈당하고, 그가 사는 거리의 모든 주민이 사형장으로 끌려간다 해도" "훨씬 쉽게 견뎌낼 수 있을 것 같았다. 그러나 테레자의 단 하나의 꿈이 불러일으킨 슬픔은 견딜 수 없었다." 이쯤 되면 토마시가 귀엽기도 하다. 그는 엽색 행각으로 평생 그녀를 괴롭혔지만 그녀의 슬픔을 같이 느끼는 축복 혹은 천형을 죽을 때까지 등에 업고 살았다.

타인이란 쉽지 않은 화두다. 오죽하면 근래 현자들이 타인을 알려고 했지만 결국 내 의식이 조작한 나의 그림자에 불과한 타인밖에 알지 못한다고 반성하겠는가. 이들이 쏟아낸 '타자'에 관한 현란한 통찰들은 아마도 상당 부분 연인을 둘러싼 고뇌에서 비롯되었을 것이다. 어떻게 해도 타인은 알 수 없다. 타인의 입장에 서보지 않고 그에 관해 무언가를 안다고 발설하는 것은 윤리적이지 못하다. 타인의 자리와 내 자리의 완전한 자리바꿈, 그것만이 타인에 관한 발언에 최소한의 윤리성을 부여한다.

이런 철학적 통찰은 일상의 남녀관계에서도 유효하다. 동정이란 자리바꿈을 전제한다. 타인의 자리에 서서 그와 같은 마음을 느끼는 것이 동정이다. 어른들의 통찰은 옳다. 수많은 부부관계 딜레마의 해법은 많은 경우, 역지사지이다. 타인의 자리에 서는 것은 의지적인 노력을 필요로 한다. 자연스럽게 되지 않는다. 그런 면에서 토마시는 남녀관계에서 보기 드문 축복을 받았다. 노력하지 않았어도, 어쩌면 그의 의지에 반反해서 동정의 능력을 가지게 되었으니. 그래서 토마시는 동정을 "악마적 능력"이라고 일컬었다.

우연, 절망의 원천 혹은 운명의 좌표

그런데 동정에 굴복하여 프라하로 온 토마시는 바로 그날 밤 위에 통증을 느낀다. 너무나 절망했기 때문이다. 떠나기 직전 토마시는 테레자와의 사랑이 "그래야만 한다!"는 명령을 수반하는 위대한 필연이라고 생각했다. 그러나 재회한 바로 그날 밤 그 사랑이 하찮은 우연들의 결집체임을 뼈저리게 깨달았다. 확고히 믿었던 그 사랑의 필연성이 오해였음을, 오해 때문에 지나치게 많은 것을 버려야 했음을 알았으니 그는 절망할 수밖에 없었다.

7년 전 테레자가 살던 도시에 "우연히" 편도선 환자가 발생했고, 그곳에 가야 했던 병원의 과장이 "우연히" 좌골 신경통에 걸려 토마시가 대신 가야 했고, 그는 마을의 다섯 개의 호텔 중 "우연히" 테레자가 일하던 호텔에 들었고, "우연히" 열차가 떠나기 전까지 시간이 남아 그는 술집으로 들어갔으며, 테레자가 "우연히" 당번이었고 "우연히" 토마시의 테이블을 담당했다. 여섯 개의 우연으로 만난 테레자. 안정이 보장된 취리히를 버리고 위험천만의 프라하로 돌아오기로 한 치명적인 결정은, 7년 전 외과 과장의 좌골 신경통이 낳은 우연한 사랑 때문에 이뤄진 것이었다.

토마시는 사랑의 우연성에 절망하지만, 모든 사랑은 그러하다. 사랑에서 우연을 뺀다면 무엇이 남을까. 사랑하고 싶을 때 우연히 그 자리에 상대가 있었기에 사랑을 시작한다. 아니면 그의 눈빛을 우연히 오해해서 사랑을 싹틔운다. 가령 그는 단지 피곤해서 처연한 눈빛을 지었다. 그런데 그녀는 그것을 자신을 사랑해서 마음이 아픈 증거로 오해한다. 이런 우연한 오해로 그에게 가까이 지내보자고 이야기한다. 그 역시 가까이 지내보자는 그녀의 말을 사랑한다는 말로 오해하여 사랑에 빠진다. 그는 단지 외로웠고 연애가 필요했을 뿐인데, 때마침 우연히 그녀가 앞에 있었고 우연히 그의 눈빛을 오해해주었기 때문에, 연애를 시작한 것이다. 우연한 오해의 연속으로 사랑은 싹트고, 무르익는다.

테레자는 바람둥이 토마시에게 반발하는 심정으로 엔지니어와 외도를 시도한다. 외도 후 회한과 절망에 가득 찬 채 알몸으로 화장실에서 볼일을 보면서 깨닫는다. 그녀가 버림받은 알몸으로 서 있을 때, 분노로 전율하고 있을 때, 엔지니어가 그녀의 영혼에 한 발자국만이라도 다가왔더라면 그녀는 울음을 터뜨리고 그의 품 안에 안겼을 것이라고. 다시 말해 그와 사랑에 빠졌을 것이라고.

현실에서 엔지니어는 그녀의 영혼에 다가오지 않았지만, 그녀는 사랑이 이처럼 한순간의 우연에서 탄생한다는 사실을 깨닫고 있었다. 정사 후 외로움에 떠는 여자에게 한 마디 따뜻한 말을 건네면 사랑이 탄생하고 그 한 마디가 없으면 사랑이 싹트지 않는다. 우연한 한 마디의 위력이 이러하다. 단 한 마디로 예기치 않았던 순식간에 사랑은 잉태되고, 단 한마디의 부재로 사랑은 사산된다.

토마시를 절망에 빠트렸던 사랑의 우연성을, 테레자는 운명으로 파악한다. 웨이트리스 테레자가 처음으로 만난 토마시에게 코냑을 가져다주려는 순간, 우연히 베토벤의 음악이 라디오에서 흘러나온다. 베토벤의 현악사중주는 이전에 그녀가 신분상승을 꿈꾸며 들었던 음악으로, 그녀에게 특별한 의미를 띤다. 그가 머무르는 방이 6호실이며 그녀가 살았던 프라하의 건물이 6번지였다는 우연의 일치, 그가 첫 데이트를 기다리며 앉아 있었던 노란 벤치가 바로 그녀가 전날 앉았던 벤치와 동일하다는 우연의 일치, 이들 우연은 테레자에게 운명을 의미한다. 우연을 운명으로 생각했으므로, 테레자는 집을 뛰쳐나와 토마시를 찾아갈 용기를 내었다. "그녀의 사랑에 발동을 걸고, 끝나는 날까지 그녀에게 힘을 준 에너지의 원천은 아마도 이런 몇몇 우연들일 것이다."

쿤데라에 따르면 "하나의 사랑이 잊히지 않는 사랑이 되기 위해서는 성 프란체스코의 어깨에 새들이 모여 앉듯 첫 순간부터 여러 우연이 합해져야만 한다." 우연이 반복되면 운명이라는 상투어도 있다. 하필 그 자리에 그가 있었다는 우연은 사랑을 김빠지게도 만들지만 그 사랑이 운명임을 증빙하는 확고한 증좌이기도 하다. 우연이 토마시에게는 절망의 원천이 되었지만, 테레자에게는 운명을 지시하는 좌표가 된다. 쿤데라는 가장 가까운 연인 사이에서 '우연', 이 한 마디가 정반대의 의미를 띠는 교묘한 국면을 보여준다. 과연 아이러니의 대가답다.

한편 우연은 사랑의 마술적 힘의 근원이다. 우연은 계산되고 예측되는 일상의 법칙에 구멍을 낸다.[39] 계산되고 예측되는 수학적 세계는 뻔하다. 그곳에서 위력을 발하는 필연의 법칙은 의외의 것과 기적을 허용하지 않는다. 필연은 본디 무궁무진했던 인간의 가능성을 인과의 법칙으로 협소하게 제한한다. 필연의 법칙 바깥에 있기에, 사랑은 그 자체로 신비롭고 매혹적일 뿐만 아니라 무한한 가능성을 가지고 있다. 사랑은 꽉 짜인 필연의 그물을 벗어나서 짐작치 못했던 돌발적인 기적을 행할 수 있다. 우연성으로, 사랑은 범속한 일상성에 대항하는 힘을 얻는다. 우연은 신의 영역이고 필연은 인간과 사물의 영역이다.

고대로부터 사랑의 신 에로스는 필연의 신 아낭케의 정반대의 자리를 차지했다. 아낭케(필연)가 왕 노릇 할 때 신들이 신들을 거세하고 사슬로 묶었다. 필연은 아무래도 무한성을 제한하고 속박하는 일에 익숙한 듯하다. 규제와 구속이 필연의 영역이다. 에로스가 태어나자 아름다운 것들을 사랑하는 감각과 동시에 모든 좋은 것들이 생겨났다. 에로스는 궁술, 의술, 예언술, 시가 기술, 직조 기술 등 각종 예술과 기술을 진두지휘한다.[40] 기계적 이성으로 할 수 없는 나머지, 이른바 신적 영감의 영역을 책임진다는 뜻일 터이다.

신적 영감의 주관자인 에로스는 필연과 반대되는 곳, 우연의 영역에 있다. 사랑의 우연성으로 연인은 계산적인 이성을 넘어선 신적 영감을 관계에 도입한다. 연인은 천재적인 창조자다. 그는 신비로운 가능성 앞에 선다. 필연의 법칙으로는 불가능해 보였던 기적을 행한다. 두 개의 사랑의 힘을 포개어 이룰 수 있는 기적은 의외로 많다. 그들은 창조적으로 저들만의 율법을 정립한다.(기적에 관해서는 뒤에서 더 이야기할 것이다.)

슬픔 속의 행복, 종말 직전의 찰나

토마시와 테레자는 프라하에서도 못 견디고 시골로 이사한다. 이후 애완견 카레닌이 암에 걸린다. 그들은 생각한다. 암에 걸려 세 발로 걷는 카레닌이 "지나온 십 년의 삶을 몸으로 구현"한다. 깊이 사랑했음에도, 토마시와 테레자의 사랑은 절름발이와 다름없었다. 토마시의 바람기로, 그것을 수용하지 못하고 끊임없이 상처받는 테레자의 몰이해로, 그들의 사랑은 균열 투성이의 불완전한 것이었다.(하기야 어느 누구의 사랑인들 안 그렇겠느냐만!)

카레닌의 죽음을 앞에 두고 테레자는 깨닫는다. 카레닌과의 사랑이 토마시와의 사랑보다 낫다. "남자와 여자 사이의 사랑은 본질적으로 개와 인간 사이의 사랑보다 열등하게 창조되었"단다. 남녀관계에 수반되는 당연한 질문들: 그가 나를 사랑할까? 나보다 다른 누구를 더 사랑하는 것은 아닐까? 내가 그를 사랑하는 것보다 그가 나를 더 사랑할까? 테레자는 이런 질문들을 카레닌에게 해본 적이 없다.

그녀는 깨닫는다. "사랑을 의심하고 저울질하고 탐색하고 검토하는" 이런 질문들로 일생을 괴로워했던 그녀는 단지 상대의 존재만이 아니라 사랑과는 다른 무엇을 원했다. 사랑과는 다른 무엇이라니, 무슨 뜻일까. 소설에 자세히 서술되지 않았지만 이렇게 유추할 수 있다. 테레자는 토마시 자체를 원한 것이 아니라 그를 통해 자기 판타지를 실현하거나 자기 영향력을 확인하거나 자존감을 확립하려고 했을 수 있다. 이는 비단 그녀만의 불찰이 아니다. 미숙한 연인에게 상대의 존재 자체가 투명하게 스며들기는 대단히 어렵다. 이는 거의 신공에 가까운 묘기다. 많은 경우 연인은 상대를 자기의 ~를 위해서 이용한다. 나르시시즘을 충족하기 위해, 사랑하고 싶은 제 욕구를 만족시키기 위해, 사랑에 대한 자기의 꿈을 실현하기 위해……. 그 외에도 많다.

또한 그녀는 카레닌을 있는 그대로 받아들였지 제 방식대로 바꾸려고 들지 않았다. 그래서 그녀는 반성한다. 토마시를 제 방식대로 바꾸려들었던 지난 세월을. 게다가 개에 대한 사랑은 누구도 강요하지 않은 자발적인 사랑이다. 그녀는 어머니를 사랑하라는 지엄한 명령에 짓눌려서 어머니를 사랑할 수 없었다. 사랑의 당위는 종종 사랑의 의욕을 꺾어버린다. 이런 면에서 개와 나눈 사랑이 인간끼리의 사랑보다 낫다고 그녀는 생각한 것이다.

테레자의 깨달음: 상대의 존재만을 기꺼워하고 그밖에 다른 것을 원하지 않기, 상대를 자신의 틀에 끼워 맞추지 않기. 이는 수많은 연애 지침서들이 남녀 간의 고전적 딜레마에 대한 해법으로 제시한 것들이다. 이론상으로 이 말은 맞다. 하지만 소설 속에서도 이 경지는 개와 인간 사이에서만 가능했다. 그리고 개와 인간의 관계가 아무리 목가적이고 평화롭다 하더라도, 엄연한 한계를 가진다는 사실에는 부인의 여지가 없을 것이다. 개에게 전 존재를 의탁할 수 있는가?

바꾸어 말하면 인간관계, 특히 남녀관계는 상기 사랑의 지혜를 실천하기 몹시 어려운 지뢰밭이다. 인간인 이상, 사랑할 때 도덕적으로 훌륭하기는, 그리고 맑은 정신으로 지혜롭게 처신하기는 대단히 힘들다. 그래서 쿤데라도 말한다. "어떤 인간 존재도 다른 사람에게 전원시를 선물할 수 없다. 오로지 동물만이 할 수 있는데, 동물만이 천국에서 추방되지 않았기 때문이다."

항상 그녀는 토마시가 늙기를 바랐다. 힘을 잃으면 엽색 행각도 그만둘 거라 생각했을 터이다. 그런데 막상 노쇠하고 허약해진 그를 발견한 그녀는 슬프기 한량없다. 힘을 잃어야 평화가 온다니. 비통한 일이다. 남녀 간의 평화는 종종 두 사람의 성숙이 아니라 노쇠를 증빙한다. 토마시의 노쇠를 갑자기 발견한 테레자는 다시 중대한 각성에 이른다.

그가 자신을 충분히 사랑하지 않는다고, 그녀는 늘 비난해왔다. 이제 그녀는 깨닫는다. 그의 사랑은 흠잡을 데 없는 것이었다. 그녀가 진정으로 그를 사랑했다면 취리히에 남아 있어야 했다. 명성 드높은 외과의사였던 토마시를 유리창 청소부에서 트럭 운전사까지 점점 더 낮은 곳으로 끌어 내린 장본인이 그녀였다. 사랑을 확인하기 위해 그를 위험에 빠트리고 점점 더 허약하게 만들었다. 그녀의 허약성을 무기 삼아서 그를 이용해먹고 망가뜨렸다……. 그녀는 탄식한다. "하느님 맙소사, 그가 자신을 사랑한다는 확신을 갖기 위해 정말 여기까지 와야만 했을까!"

일평생 피해자를 자처했던 테레자는 저 역시 가해자였음을 깨닫는다. 진정한 역지사지를 행한 것이다. 그녀는 비로소 일평생의 무게를 담은 사과 한 마디를 그에게 건넨다. 테레자는 다 늙어서야 바람둥이 토마시의 사랑을 인정하고, 그 사랑을 불신했던 자신을 반성한다. 처음으로 토마시의 자리에서 관계를 바라본 것이다. 토마시의 반성보다 테레자의 반성을 부각한 결말에는 남성 작가의 판타지가 투영되었을까? 그것만은 아니다.

분명히 사랑하는 남녀는 기적을 행한다. (기적은, 기적이기에 드물게 온다는 점이 문제다.) 남들이 보기에 도저히 용서 불가능한 과오까지 수용하며, 어처구니없을 정도로 스스로를 반성한다. 사랑하는 남녀에 관한 한, 누가 누구를 용서하고 수용하는 문제에서 시비의 법칙은 무의미하다. 시정의 판관들은 아무 말도 할 수 없다. 남들이 보기에 명백한 가해자라도 일면 피해자이고, 그 반대도 가능하다.

문제는 '객관적으로 누가 더 잘못했느냐'가 아니다. 때로 명백한 가해자인 '너'를 피해자로 봐주는 '나'의 시선. 명백한 가해자인 '너'에게 미안함을 느끼며 끊임없이 '나'의 허물을 찾는 시선. 중요한 것은 이것이다. 이 전도된 시선, 시정의 법률을 벗어나 고유한 사랑의 격률만을 따르는 판단착오가 겹치고 겹칠수록 사랑은 깊어진다. 사랑의 깊이는 전도된 시선과 판단착오의 두께에 비례한다.

일생 동안 서로 사랑하면서도 삐거덕거렸던 토마시와 테레자는 드디어 화해한 것처럼 보인다. 하지만 사람이 갑자기 변하면 죽는다는 옛말이 있다. 옛말 그르지 않게, 화해의 순간, 행복의 찰나는 너무나 짧았다. 테레자의 깨달음으로 전원시처럼 행복할 수 있을 것 같았던 두 사람은 곧바로 죽음을 맞는다. 죽음을 앞두고야 잠깐 섬광처럼 깃들인 깨달음이라니. 이러니 대부분의 남녀는 평생 관계의 균열을 메꾸기가 더없이 어려울 터이다. 균열 없는 조화로운 일락은 개와의 관계에서나 가능하고, 아니면 죽기 전 이례적인 각성의 순간에만 가능하다니. 참을 수 없는 존재의 슬픔이 따로 없다.

도처에 편재하는 그녀의 시선

이제 또 하나의 인상 깊은 커플인 프란츠와 사비나에게 눈을 돌려보자. 쿤데라의 흥미로운 통찰을 빌리면, 사람들은 그가 의식하는 시선의 종류에 따라 네 범주로 나뉜다. 첫번째 범주는 익명의 무수한 시선, 대중의 시선을 추구하는 사람들이다. 연예인이나 정치인들이 이에 속한다. 두번째 범주는 다수의 친숙한 사람들의 시선을 의식하는 사람들이다. 이들은 끊임없이 파티나 만찬을 열어댄다. 이들은 주변의 사랑과 관심을 먹고 산다. 세번째 범주는 사랑하는 사람의 시선을 요구하는 사람들이다. 쿤데라는 토마시와 테레자를 이 범주에 넣었다. 이 사람들은 첫번째 부류만큼이나 위험천만하다. 사랑하는 사람의 눈이 감기면 그들의 무대는 칠흑 속에 빠지기 때문이다. 마지막으로 네번째 범주는 부재하는 사람들의 상상적 시선 속에서 사는 사람들이다. 이들은 몽상가들이며, 매우 드물다. 쿤데라에 따르면, 프란츠가 이에 속한다.

프란츠는 결별 후 다시는 만나지 못한 사비나의 시선을 끊임없이 의식하면서 중대한 결단을 내리고 마침내 죽음까지 맞이한다. 그는 캄보디아 국경에서 행진에 가담하라는 제안을 처음에는 거절한다. 당시 옆에 있었던 연인, "안경 낀 여자 친구"를 격정시키기 싫어서였다. 하지만 그는 곧바로 후회한다. 그가 "천상 여인"으로 규정한 사비나가 그의 동참을 원할 것이라고 생각했기 때문이다. 사비나의 조국 체코는 소련 군대에 의해 무자비하게 점령당했고, 캄보디아가 체코와 닮은꼴이므로, 그녀가 캄보디아의 해방을 원할 것이라고, 프란츠는 믿었다.(진실은 그와 정반대였다. 그녀는 조국의 현실에 관심을 두지 않았고, 조국과 자신이 연결되는 것을 혐오했다.) 그래서 그는 캄보디아 국경으로 간다. "그녀의 시선이 오랫동안 그에게 고정되었다고 느"끼면서.

사비나의 시선은 심지어 그를 죽음으로 이끈다. 대장정은 실패로 돌아가고, 프란츠는 방콕으로 돌아온다. 그는 밤거리에서 불량배들을 만나 위험에 처한다. 그때 프란츠는 항상 그의 힘을 사랑했던 사비나를 떠올린다. 그녀의 시선을 의식하면서, 그녀에게 강한 남자라는 사실을 증명하기 위해서 불량배들을 공격한다. 어리석은 공격의 결과, 프란츠는 목숨을 잃는다.

우리는 얼마나 나만의 고유한 취향을 내 선택의 기준으로 삼는가. 실로 허다하게, 타인의 취향은 내 결정의 동력이 된다. 타인의 취향에 맞추기 위해서, 그의 마음에 들기 위해서 우리는 선택하고 결정한다. 특히 사랑에 빠진 사람들은 상대의 시선에서 자유로울 수 없다. 그의 시선은 도처에 편재한다. 일상의 하찮은 선택에도, 말 한 마디와 사소한 행동거지 하나하나에도 그는 나를 바라보고 있다. 나의 모든 결단의 심연에는 그의 마음에 들기 위한 처연한 의지가 웅크리고 있다. 어떤 여인은 잠자리에 들면서도 화장을 지우지 못한다. 그가 그녀를 하루 종일 바라보고 있다고 느끼기 때문에. 그 상상의 시선 때문에.

그녀는 비록 상상 속에서라도 진짜 연인의 시선을 의식했다. 그런데 실제로는 연인이 아닌 그, 헤어졌거나 연애해본 적조차 없는 그, 혼자서 사모하는 그의 시선을 의식하는 난감한 경우도 있다. 프란츠가 바로 그렇다. 부재하는 연인의 취향은 그의 가치관을 떠받드는 절대적인 지렛대가 된다. 그의 행위의 적부를 심사하는 최종 심급이다. 상상된 연인의 취향만이 성경, 현자의 지침서, 윤리의 원천이다. 그러나 그 취향은 짐작된 것으로, 종종 사실과 다르다. 오해에 기반을 둔 윤리로 그는 일평생 스스로를 구속한다.

긍정적인 의미에서 사랑하는 사람의 시선을 의식하는 것은 만덕萬德의 근원이기도 하다. 고대의 철학자는 이미 이 사실을 통찰했다. 사랑은 추한 것들에 대한 수치심을, 아름다운 것들에 대한 열망을 일깨운다. 사랑하는 사람은 상대의 시선을 의식하기에, 비겁한 일을 할 때 수치심을 느낀다. 또 상대 앞에서 느낄 수치를 미리 두려워하기에 애초에 불명예스러운 일을 하려다가도 그만둔다. 사랑으로 인해 사람은 덕을 열망하고 명예를 추구한다. 상대의 시선을 의식하면서, 그 앞에서 자랑스러워지기를 원하기 때문이다.[41]

동상이몽에서 동상동몽으로

「히치하이킹 놀이」에서도 보았듯, 남녀관계는 동상이몽同床異夢이 뭉게뭉게 피어오르는 침대다. 너의 마음은 내가 상상한 마음이며, 나의 그림자에 불과하다. 열정이 넘칠수록 당연히 상대를 생각하는 시간이 길어진다. 이때 중요한 것은 그에 대한 '내' 생각이 많아진다는 사실이다. 즉 넘쳐나는 것은 '그'가 발송하는 메시지가 아니라 '내' 상념이다.

그의 본색은 투명하게 내게 다가올 수 없다. 내 상념의 장벽이 두껍기 때문이다. 역설적으로 그 장벽은 그에 대한 넘쳐나는 사랑으로 축조된 것이다. 이것이 열정이 넘칠수록 상대를 제대로 파악하기 힘들고, 판타지에 빠지기 쉬운 이유다. 사랑한다고 믿는 남녀가 서로의 마음을 제멋대로 재단하고, 한 가지 사안에 대해 완전히 다른 생각을 하는 이유다. 무엇보다 나는 영원히 네가 될 수 없기에 동상이몽은 필연적이다. 이 심연에 대해 쿤데라만큼 예민하게 인지하는 작가도 드물다.

프란츠와 사비나 간 "이해받지 못한 말들"의 긴 목록을 상기해보라. 그것은 남녀관계에서 빈번하게 출현하는 동상이몽의 상세한 사례들이다. 가령 "행렬"은 프란츠에게 고립되고 비현실적인 연구실 속 삶에서 일탈을 상기시키는 단어이다. 즉 '타인들과 함께 있으며 현실에 참여한다'는 뿌듯한 자의식을 주는 말이다. 그러나 사비나는 "행렬"을 각자의 개별성을 말살하고 획일화하는 폭력으로 인지한다. 심지어 프란츠-사비나 커플의 마지막 만남도 동상이몽의 법칙을 따른다. 프란츠는 아내와 이혼하겠다고 자랑스럽게 선언한다. 프란츠는 이것으로 사비나가 만족할 것이며 둘의 관계는 공고해지리라 기대한다. 하지만 사비나는 이 때문에 프란츠를 떠나겠다고 결단한다. 그녀는 구속을 싫어하고 배신을 즐기기 때문이다.

프란츠는 여러 모로 아이러니를 구현한다. 그는 태국에서 불량배들에게 습격당하고 다 죽게 되어서 병원에 입원한다. 아내 마리클로드가 곁을 지킨다. 그가 다 죽게 된 것은 사비나 때문이었고, 그가 원한 여자는 안경 낀 여학생이었다. 그는 마리클로드를 참을 수 없었다. 그래서 그는 증오에 찬 눈길로 마리클로드를 바라보다가 눈을 감아버린다. 그녀를 외면하고 싶었지만 고개를 돌릴 수 없었기에 외면의 유일한 방법으로 눈을 감아버린 것이다. 하지만 증오에 찬 눈길은 마리클로드에게 기나긴 외도에 대한 반성의 표현으로 해석된다. 하여 프란츠의 비문碑文은 아이러니하게도 "오랜 방황 끝의 귀환"이다. 프란츠의 진심과 정반대의 사실이 그의 일평생을 규정한다.

토마시와 테레자의 경우에도 동상이몽은 거의 관계의 핵처럼 출현한다. 떠난 테레자를 찾아 프라하로 돌아온 날 밤, 토마시는 고작 우연에 불과한 사랑 때문에 많은 것을 잃었다며 치명적인 절망에 빠져든다. 그때 테레자는 오로지 행복하기만 했다. 앞서 보았듯 우연은 토마시에게 사랑의 하찮음을 의미하지만, 테레자에게는 운명으로 이끄는 신의 손길이다. 아이러니의 대가 쿤데라는 남녀 간 행복한 화합의 순간보다는 기묘하게 엇갈리는 미세한 균열 지점을 더욱 능숙하게 그린다. 그의 소설 자체가 동상이몽의 기나긴 사례집이다.

그러나 그는 동상동몽同床同夢의 기적이 존재함을 놓치지 않는다. 단 한 번, 토마시와 테레자는 다 늙어서 죽기 전에 같은 침대에서 같은 꿈을 꾼다. 말 그대로 '같은 꿈'이다. 그들은 함께 잠자리에 들어 있다. 토마시는 길고 긴 상념 끝에 테레자를 깊이 사랑한다는 결론에 이른다. 그때 그녀는 얕게 잠들어 있었다. 그가 그녀를 바라보자 그녀는 순간 눈을 뜨고 묻는다.

"뭘 봐?" 그는 그녀를 깨우지 말고 다시 재워야 한다는 것을 알았다. 그는 그녀의 생각 속에 새로운 꿈의 씨앗을 낳게 할 만한 단어로 대답하려고 애썼다.

"별을 보고 있어."

"거짓말하지 마. 당신은 별을 보고 있지 않아. 당신은 땅바닥을 보고 있어."

"비행기에 타고 있으니 별이 우리 아래에 있지."

"아, 그런가?" 테레자는 토마시의 손을 더욱 힘껏 쥐고는 다시 잠들었다. 토마시는 지금 테레자가 아주 높게 별 위로 나는 비행기의 창밖을 내다보고 있다는 것을 알았다.

무얼 보느냐는 테레자의 질문에 토마시는 별을 본다고 답했다. 깨어 있는 그는 그녀가 무슨 꿈을 꾸는지 알 리 없다. 그런데 그녀는 정말로 그와 함께 비행기에 타고 별 위로 날아가는 꿈을 꾸고 있었다. 느낌만으로 그는 그녀와 꿈을 공유했다. 깨어 있으면서도 같은 꿈을 꾸며 꿈속의 대화를 나눈 셈이다.

사랑이 깊어지면 암호들이 누적된다. 오랜 연인은 시정의 언어 관습을 이탈한다. 무의식으로도 대화하고, 정말로 같은 꿈을 꾸기도 한다. 그가 '아' 라고 했을 뿐인데도 그녀는 그 뒷말을 알아챈다. 그녀가 뜬금없이 '거기서 그랬다고' 이렇게만 말해도 그는 누가 무엇을 어디서 어떻게 했는지 구구절절, 매우 구체적으로 알아듣는다. 작가가 주인공들의 사랑을 부각하고자 할 때 여러 가지 방법을 쓸 수 있다. 그중 쿤데라는 커플이 같은 침대에서 같은 꿈을 꾸는 일화를 선택했다. 동상이몽이라는 속담이 서양에도 있을까. 그래서 동상동몽을 궁극적인 이상향으로 상상했을까.

동상동몽. 좋은 경지다. 그러나 토마시와 테레자가 얼마나 험난한 고비를 넘고 넘어 이 경지에 이르렀는지 상기해보라. 전투로 만신창이가 되고 상처에 눌러앉은 피딱지가 수미산처럼 쌓여야 동상동몽할 수 있다고 말하면 과장일까. 동상동몽은 상처투성이의 영광, 사랑의 전투로 지치고 고단한 이들에게 위로차 주어지는 월계관인지도 모른다.

그대, 잘 싸워왔으니 이제는 편히 쉬시라. 같은 꿈을 꾸는 침대에서.

님은 먼 곳에

한강,
『채식주의자』

폴 고갱, 〈망고 꽃을 든 두 타히티 여인〉, 1899

영의 연인 혁은 누가 봐도 나무랄 데가 없었다. 그런데 영은 과거의 연인과 혁을 비교하면서, 혁의 결점만을 찾았다. 영의 기억 속에서 과거의 연인은 완벽한 사람이었다. 그러나 실제로 과거의 연인이 그다지 멋지지 않았다는 사실을, 아는 사람은 다 알았다. 영은 결국 혁과 헤어졌다. 새로운 연애를 하게 되자, 영은 이제 늘 혁을 그리워했다. 이전에 혁은 결점 투성이었지만 이제 완벽한 연인으로 둔갑했다. 그런데 이것은 한두 번 일어난 일이 아니었다. 영은 늘 과거의 연인만을 그리워했던 것이다. 영의 사랑은 과거 속에서만 완전하다.

류는 연인을 지순하게 사랑한다. 그를 위해서 많은 것을 희생했다. 늦은 나이까지 공부하는 그를 위해 학비를 대었고, 그의 일상과 건강을 엄마처럼 보살폈다. 연인에게 류는 헌신적인 수호

천사나 다름없다. 그런데 그녀는 끊임없이 '세컨드'를 만든다. '세컨드'는 자주 바뀐다. 그녀는 그럼에도 '퍼스트'에 대한 자신의 사랑을 의심하지 않는다.

영과 류는 닮았다. 그들은 현실의 사랑에서 부족한 무언가를 예민하게 느낀다. 결여된 것을 과거에서 찾거나, 다른 이성에게서 구하려고 한다. 과거나 다른 이성 역시 완전하지는 않다. 그러나 완전하다는 판타지는 제공한다. 판타지이지만, 판타지여도 그만이다. 판타지는 판타지 자체로서 소임을 다한다. 그들이 소망했던 것은 어차피 더도 덜도 아닌 판타지 딱 그것이었는지도 모른다. 현실의 연인에게서는 판타지를 꿈꿀 여지도 없기에.

그런데 그들만 그런 것이 아니다. 대체로 우리는 옆의 연인을 사랑하지만, 무언가 결여되었다는 느낌을 피할 수는 없다. 그래서 사랑하느냐고 끊임없이 확인하고 줄기차게 싸우고 때때로 불가능한 것을 요구하며 시험한다. 영과 류, 한강의 『채식주의자』를 읽는다. 형부는 처제와 자고 싶어서 열병을 앓는다. 그들은 결국 선을 넘는다. 불륜담으로서 흔한 이야기일까? 아니, 영과 류는 저들의 심성구조, 즉 연애할 때 반복되는 행동 패턴에 대한 해명을 이 소설에서 찾는다.

참을 수 없이 사소한 세부

부드럽고 둥근 꽃잎들이 화려하게 바디페인팅된 남녀의 나신. 그리고 그들이 교합하는 자세. 이 이미지는 비디오작가인 그에게 한순간에 다가왔고 주술처럼 들러붙었다. 그는 이 이미지의 강박에서 벗어나지 못한다. 이미지는 보다 내밀한 그의 욕망을 품고 있다. 이미지의 두 주인공은 처제와 바로 그다. 그는 처제에게 치명적인 욕망을 느낀다. "그것은 결혼한 이후, 특히 삼십대 중반을 지나서는 거의 처음 느끼는, 대상이 분명한 강렬한 성욕이었다." 그런데 이 욕망은 어이없는 계기로 찾아왔다.

어느 일요일 오후 우연히 그는 아내에게서 듣는다. 처제의 엉덩이에 엄지손가락만한 몽고반점이 남아 있다고. "여인의 엉덩이 가운데에서 푸른꽃이 열리는 장면은 바로 그 순간 그를 충격했다." 이때부터 그는 "벌거벗은 남녀가 온몸을 꽃으로 칠하고 교합하는 장면"의 이미지에 사로잡히기 시작한다. 욕망에 다가가고자 불가항력적으로 조바심 내는 동시에 그것으로부터 달아나고자 필사적으로 애쓰는 고통스러운 여정이 시작된 것이다.

그녀의 엉덩이에 찍힌 몽고반점. 이것이 그의 치명적인 욕망을 점화했다. 이 두 문장은 뚜렷한 인과관계로 엮이지 않는다. 욕망은 불가해한 계기로 촉발된다. 욕망의 발생과 그 계기를 묶는 사슬은 상식적인 논리의 법칙 바깥에 있다. 발생 원인이 해명될 수 없기에, 욕망의 발생은 전적으로 예측 불가능하다.

코를 찡그리는 모습, 담배를 피우는 손가락의 각도, 커피를 마실 때 목울대가 올라가는 모양, 손톱의 생김새. 그 어느 것도 누군가의 치명적인 욕망을 촉발할 수 있다. 인과관계 없이. 허다하게 널린 세부들은 욕망을 점화하는 부싯돌이다. 너무나 하찮아서 전혀 위험하게 보이지 않는 세부들은 그 안에 무시무시한 점화력을 가지고 있다. 그러니 우리가 사랑에 빠질 위험은 도처에 산재하는 셈이다.

그녀는 예쁘니까. 사랑에 빠진 이유를 묻는 질문에 대한 가장 흔한 답이다. "예쁘다"라는 상투어는 뭉실뭉실 피어오른 세부에 대한 매혹을 감추고 있다. 보다 자기 마음을 세세히 들여다보는 사람들은 매혹적인 세부를 나열할 것이다. 그러나 정직하게 말해서 세부밖에 나열하지 못한다. 그녀의 차분함이 나의 성급함을 보완해줄 것이라고 기대할 수 있으니까, 따위의 논리적인 답변도 물론 가능하다. 허나 이런 논리적인 명제는 무언가 김빠져 보인다. 세부에 매혹되었다는 자백이 보다 정직하고, 원시적이고, 근원적으로 보인다. 도무지 석연한 이유가 될 수 없는 세부가 욕망을 점화하다니. 물론 이것은 어리석기 짝이 없다.[42] 그런데 "중요한 것은 세부의 어리석음 자체이다. 왜냐하면 그것이 사랑에 관한 한 전부이기 때문이다."[43]

세부에의 매혹은 상식의 차원에서 인과성을 가지지 못하지만 무의식의 차원에서는 인과성을 지닐 수 있다. 가령 정신분석학에서 자주 논의되듯, 상대의 특정한 세부는 때때로 어머니를 상기시킨다. 그게 아니더라도 세부는 특정한 이미지를 환기한다. 세부에 매혹된 자는 보다 정확히 말해서 세부가 환기하는 이미지를 강렬히 열망한다.

이 소설의 그 역시 처음에는 납득하지 못한다. 무섭고 버거운 욕망이 고작 처제의 몽고반점에서 촉발됐다는 사실을, 그 비논리성을. 그러나 나중에 처제의 벗은 몸에서 처음으로 몽고반점을 확인한 후 무엇이 자기 욕망을 자극했는지 깨닫는다.

약간 멍이 든 듯도 한, 연한 초록빛의, 분명한 몽고반점이었다. 그것이 태고의 것, 진화 전의 것, 혹은 광합성의 흔적 같은 것을 연상시킨다는 것을, 뜻밖에도 성적인 느낌과는 무관하며 오히려 식물적인 무엇으로 느껴진다는 것을 그는 깨달았다.

태고의 것, 진화 전의 것, 광합성의 흔적. 몽고반점이 환기하는 이미지는 식물적인 무엇이었다. 그는 몽고반점이라기보다는 식물적인 무엇에 매혹된 것이다. 세부가 환기하는 특정 이미지는 매혹당한 자의 오랜 소망과 꿈을 대변한다. 그는 이전부터 식물적인 무엇을 갈구하고 있었던 것이다. 현실법칙에서 벗어나고 사람이기를 그치고 싶은 소망. 세부는 특정 이미지를 환기하면서 이미지에 얽힌 꿈을 일깨운다.

이런 설명도 몽상의 차원에서는 논리적이지만 상식의 차원에서 비논리적이기는 마찬가지다. 몽고반점을 가진 사람이 다 식물적인 것도 아니고, 식물적이기에 현실과의 고리를 끊을 수 있는 것도 아니다. 상식적으로 몽고반점-식물-현실 이탈을 이어주는 논리는 없다. 그러나 몽상의 차원에서 그는 믿는다. 세부가 환기하는 이미지 혹은 꿈, 그것을 가질 수 있다고.

순례하는 자, 환멸하는 자

"벌거벗은 남녀가 온몸을 꽃으로 칠하고 교합하는 장면"에 포획된 그. 그는 이 이미지를 붙잡기 위해 수십 장의 스케치를 그린다. 뿐만 아니라 이와 유사한 이미지들을 순례한다. 그는 예의 이미지를 타인의 작업에서 발견할 수 있으리라 기대한다. 기대하면서 일본 작가의 비디오 작업을 본다. 온몸에 물감칠을 한 여남은 명의 남녀가 사이키델릭한 음악 속에서 서로의 몸을 탐한다. 비슷한 발상이지만 그는 환멸을 느낀다 "분명히 그것은 아니었다."

환멸을 느끼지만 그는 '바로 그것'을 보고 싶은 소망을 버릴 수 없다. 우연히 발견한 무용 공연 포스터가 이번에는 그의 기대를 부추긴다. 온몸에 꽃과 줄기, 잎사귀를 그린 남녀가 비스듬히 앉아 있는 공연 포스터를 보고 그는 흥분한다. 그러나 막상 공연을 보고나서는 또다시 환멸을 느낀다 "극장을 가득 채웠던 전자음악, 현란한 의상, 과장된 노출과 성적 몸짓들 속에 그가 찾던 것은 없었다. 그가 찾았던 것은 더 고요한 것, 더 은밀한 것, 더 매혹적이며 깊은 것이었다."

　　그는 오랫동안 해답을 찾아왔다. 어떻게 이 이미지로부터 달아날
수 있을 것인가를. 그러나 이것이 아니면 안되었다. 이것만큼 강
렬하고 매혹적인 어떤 이미지도 존재하지 않았다. 이것이 아니라
면 어떤 작업도 하고 싶지 않았다. 모든 전시와 영화, 공연 따위가
시시하게 느껴졌다. 오로지 이것이 아니라는 이유로.

　　욕망을 품은 자는 대상과 닮은꼴들을 순례한다. 욕망의 원본
을 머리 위에 이고 원본과 유사한 짝퉁들을 끊임없이 순례한다.
그러나 짝퉁들이 원본이 아님을 발견할 뿐이다. 대개 일상인들
은 원본 찾기를 포기하며, 짝퉁에 만족한다. 예외적 존재들은 환
멸이 거듭되더라도 더 맹렬히 꿈꾼다. 바로 그 원본이 아니면 안
된다. 소설에서 그는 그를 매혹했던 한 이미지에 다가가기 위해
서 순례하고 환멸하기를 반복한다. 이런 정황은 누군가의 개별
적인 짝사랑 과정만을 뜻하지 않는다. 보다 넓게, 인간 생애에 걸
친 욕망의 운동 기제를 암시한다.
　　아이는 태어나서 운다. 엄마 젖을 먹어도 잠시 후 다시 운다.
엄마 자궁 안에서의 안온과 행복을 잃어버렸기 때문이다. 젖을
먹으면 일시적으로 욕망을 실현한 듯하다. 그러나 다시 허탈감
이 밀려든다. 근원적인 무엇을 욕망하는데, 근원적 욕망과 현실
과의 괴리에서 오는 허기는 일상적 요구의 만족으로도 채워지지

않기 때문이다.

그는 일평생 끝없이 근원적인 무엇을 욕망한다. 그 근원적인 욕망을 만족시키고자 대상들을 순례한다. 연인을 만났다가 헤어지기를 거듭하고, 무언가를 성취하기 위해서 온몸을 투기했다가 환멸하기를 반복한다. 멋진 연인에게서 욕망의 실현을 본 듯도 하지만 곧이어 그가 꿈꾸는 근원적 대상이 아님을 확인한다. 오랫동안 절치부심하여 세속적인 성취도 이루지만 짜릿한 만족감은 잠시뿐, 곧이어 죽음 같은 환멸을 맛본다.

훌리아(「더도 덜도 아닌 딱 완전한 남자」)와 테레자(『참을 수 없는 존재의 가벼움』)는 왜 사랑을 자꾸만 확인하려 하는가? 완전한 사랑, 근원적인 욕망의 대상이 멀리 있기 때문이다. 현실의 연인은 그 원본과 견주어 턱없이 불완전하기 때문이다. 토마시(『참을 수 없는 존재의 가벼움』)는 왜 사랑함에 틀림없는 테레자를 두고도 끊임없이 바람을 피우는가? 테레자만으로는 근원적인 욕망을 만족시킬 수 없기 때문이다. 연인들은 왜 자꾸만 싸우는가? 연인의 현실은 근원적인 사랑의 꿈을 배반하기 때문이다. 서두의 영과 류 역시 완전한 사랑의 꿈에 못 미치는 현실에 결핍을 느낀 나머지 판타지를 만들거나 연인을 하나 더 만든다.

훌리아, 테레자, 토마시, 서두의 영과 류. 모두 근원적 사랑에 대한 꿈을 보통 사람들보다 간절하고 깊게 꾸는 사람들이다. 이들을 일컫는 말이 있다. 낭만주의자, 이상주의자, 몽상가, 넘치도록 강한 에너지를 소유한 사람, 의지와 신념의 인간(우나무노), 문제적 개인(루카치). 꿈을 덜 꾸었다면 부족함을 느끼지도 않았을 것이다. 그러나 이런 사람들은 맹렬히 꿈꾸기에 부족함도 더욱 예민하게 느낀다. 부족함을 메꾸기 위해, 판타지를 만들거나 바람을 피우거나 죽도록 사랑을 확인하거나 피터지게 싸운다.(그러니 소설의 주인공이 되었을 터이다.) 사랑에 관한 한 이상주의자일수록 많은 문제에 직면한다. 이상주의자이기에 역설적으로 사랑을 망가뜨리는 행동도 더 자주 저지른다.

하여튼 근원적인 욕망이 오매불망 바라보는 지점은 영원히 닿을 수 없는 곳이다. 그럼에도 불구하고 연인은 꿈꾸기를 멈출 수 없다. 이것이 연인들의 모든 불행의 원인이다. 그래서 작가 김훈도 이렇게 말했다.

모든, 닿을 수 없는 것들을 사랑이라고 부른다. 모든, 품을 수 없는 것들을 사랑이라고 부른다. 모든, 만져지지 않는 것들과 불러지지 않는 것들을 사랑이라고 부른다. 모든, 건널 수 없는 것들과 모든, 다가오지 않는 것들을 기어이 사랑이라고 부른다.[44]

김훈의 '사랑'과 이 글의 '근원적 욕망'은 같은 맥락에 있다. 작가 김훈도 근원적 욕망은 먼 곳에 있음을 알고 있다. 『채식주의자』의 형부는 그럼에도 불구하고 감히 근원적 욕망을 실현하려고 한다. 결과는 어찌되었을까?

인간이기를 그치고 싶어

처제 영혜는 언젠가부터 광적으로 채식을 고집한다. 도대체 왜?
살殺에 대한 혐오에서? 아니, 거꾸로 살을 향한 욕망 때문이다.
그녀 자신이 강한 살의를 품고 있다. 그녀는 너무나 무언가를 죽
이기를 열렬히 염원하기에, 죽임을 상기하는 어떠한 것도 멀리
해야 한다. 육식은 살의를 환기하기에 두렵다. 자기가 먹어치운
무수한 생명들의 원혼이 명치께에 걸려 있다고 상상하는 영혜.
영혜의 외부는 그녀를 못 견디게 하는 존재들로 가득 차 있다.
그녀는 이 모든 것들에, 그러나 대상이 뚜렷하지 않은 살의를 느
낀다.

영혜는 가해자이기도 하고 피해자이기도 하지만, 어느 쪽인
지는 중요하지 않다. 일상 자체가 살의로 점철되어 있다는 사실
이 중요하다. 예의범절, 자제, 절도 등의 미덕으로 구성된 일상의
법칙 이면에는 분명히 끔찍한 것이 있다. 우리는 안다. 일상을 영
위하기 위해서 얼마나 타인을 위해하고 우리 또한 끊임없이 위
협을 당하는지. 시각을 달리하면 지금 이곳은 끔찍한 전쟁터다.
그래서 영혜는 사람이기를 그만두고 싶다. 식물이 되고 싶다. 영
혜의 판타지는 이렇다.

언니, 내가 물구나무서 있는데, 내 몸에 잎사귀가 자라고, 내 손
에서 뿌리가 돋아서…… 땅 속으로 파고들었어. 끝없이, 끝없

이······ 응, 사타구니에서 꽃이 피어나려고 해서 다리를 벌렸는데, 활짝 벌렸는데······

아버지가 강제로 그녀에게 고기를 먹이려 했던 날, 그녀는 칼로 손목을 긋는다. 형부는 피로 범벅이 된 영혜를 등에 업고 병원으로 향한다. 돌아오는 길에 그는 그때까지 해왔던 비디오작업들에 구역질을 느낀다. 그때까지의 그의 작품은 "그가 거짓이라 여겨 미워했던 것들, 숱한 광고와 드라마, 뉴스, 정치인의 얼굴들, 무너지는 다리와 백화점, 노숙자와 난치병에 걸린 아이들의 눈물 들을 인상적으로 편집해 음악과 그래픽 자막을 넣었던 작품"이었다.

그 순간, 처제의 피비린내가 코를 찌르는, 푹푹 찌는 여름 오후의 택시 안에서 그 모든 것들이 그를 위협했고, 구역질나게 했고, 숨을 쉴 수 없게 했다. (중략) 단 한순간에 그는 지쳤고, 삶이 넌더리 났고, 삶을 담은 모든 것들을 견딜 수 없었다.

형부는 현실을 소재로 작업을 해왔다. 하지만 영혜의 자해 소동을 겪고 난 이후, '현실적인' 자기의 작업에 환멸을 느낀다. 영혜의 광태는 형부에게 실상을 깨우쳐준다. 현실이 얼마나 견디기 어려운 것인지. 제대로 본 사람이라면 미칠 수밖에 없음을. 형부가 갑자기 지질 변동을 겪게 된 이유는 영혜의 결핍, 광기, 병중을 직면했기 때문이다. 그녀의 결핍과 광기는 현실의 참혹을 똑바로 보여주는 조명등 노릇을 한다.

영혜와 형부가 견딜 수 없어하는, 견디기를 거부하는 현실의 세목을 상세히 묘사할 필요가 있을까. 약육강식? 적자생존? 자본주의적 현실? 이 정도는 소설에서 암시되지만, 그 현실의 구체적 세부를 묘사하는 것은 요긴하지 않다. 묘사하지 않아도 우리 모두 직감적으로 안다. 가령 늘 우리를 결핍감에 시달리게 하는 연인도 현실이고, 서로에게 비수를 품고 사는 인간 사회도 현실이고, 인내와 노력 끝에 환멸이 있다는 생의 섭리도 현실이다. 문제는 그들을 못 견디게 하는 현실의 세목이 아니라 그들이 현실에서 말할 수 없는 혐오를 느끼고 사람이기를 그만두고 싶어 한다는 점이다.

여기에서 현실은 또한 근원적 욕망을 포기한 채 그냥저냥 살아가는 일상을 의미하기도 한다. 그는 삶을 담은 모든 것을 견딜 수 없다고 했다. 이 고백은 현실 저 너머의 것에 대한 근원적인 욕망을 암시한다. 이 욕망 앞에서 현실의 모든 것들은 누추해진다. 형부와 영혜가 반복적으로 꿈꾸는 식물의 이미지는 이런 맥락에 있다. 식물은 인간이기를 그치고 싶은 염원과 근원적 욕망을 담은 유토피아다. 그는 이런 꿈을 꾼다. 물론 그의 판타지를 담은 꿈이다.

그가 그녀의 안으로 들어갔을 때, 짓무른 잎사귀에서 흐르는 것 같은 초록빛 즙이 그녀의 음부에서 흘러내리기 시작했다. 향긋하면서도 쌉쌀한 풀 냄새가 점점 아릿해져 그는 숨을 쉬기 어려웠다. 절정의 직전에 가까스로 몸을 빼냈을 때, 그는 자신의 성기가 온통 푸르죽죽하게 물들어 있는 것을 알았다. 그녀의 것인지 그의 것인지 모를 싱그러운 즙으로 그의 아랫도리와 허벅지까지 시퍼런 풀물이 들어 있었다.

결핍, 혹은 근원적 욕망

영혜의 광기는 형부에게 현실의 참혹을 보여주는 데 그치지 않는다. 그녀의 광기, 즉 결핍은 그를 치명적인 욕망에 빠트린 계기다. "도취는 흠 없는 이미지를 향하게 마련이지만, 사랑은 상처 입은 이미지에 말을 건넨다."[45] 사랑은 "궁극적으로 결핍에 건네지는 것이다."[46] 그의 결핍에 나의 마음이 공명한다. 접속은 약한 고리를 통해 이루어지게 마련이다. 이것은 경험적으로 보아 타당하다. 우리 모두 상대의 완전무결한 모습보다 안쓰럽거나 약한 모습에 마음이 흔들려본 적이 있다.

　이런 상식적 설명을 넘어서 결핍은 치명적인 욕망을 점화하는 도화선이다. 왜 그러한가. 그의 치명적인 결핍은 내 결핍의 치명성을 상기시킨다. 그의 결핍은 갑자기 깨닫게 해준다. 내가 무엇을 잃고 살아왔는지. 내가 다시 추구해야 할 것이 무엇인지. 현실적인 성취에도 불구하고 여전히 허전한 나머지가 무엇인지. 그 나머지를 더 이상 버려둘 수 없음을. 다른 말로, 그의 결핍은 잠재워왔던 내 근원적인 욕망을 일깨운다.

이에 식물이 되고픈 소망은 결여를 남김없이 채우려는 욕망, 현실에서 부족한 나머지를 향한 욕망, 즉 근원적인 욕망과도 통한다. 그들이 똑바로 본 현실의 참혹은 치명적인 결여, 일시적 만족 '들'에도 불구하고 채 채울 수 없었던 궁극적인 허기를 암시하는 셈이다.

당신, 내 근원적 욕망을 이루기 위한 도구

아무리 형부가 처제에게 치명적인 욕망을 느낀다고 한들, 실제로 실현하기란 상식의 차원에서 있을 수 없는 일이다. 그런데 그들은 경계를 넘었다. 경계를 넘게 된 계기 역시 영혜의 식물 되기 소망과 연관된다.

영혜는 온몸을 꽃으로 칠하고 비디오 촬영을 하자는 형부의 제의를 수락한다. 촬영을 진행하면서 형부는 알게 된다. 영혜 역시 온몸에 꽃을 그리고 성합하는 데 강렬한 욕망을 느낌을. 그는 몸에 꽃을 그리고 오면 영혜가 받아줄 것이라 믿었고, 영혜는 실제로 그렇게 했다. 그들은 온몸에 꽃을 그린 상태에서 성합한다.

영혜는 형부의 몸을 받아들였다. 그러나 정확히 말해서 그녀는 형부의 몸이 아니라 꽃을 욕망했다. 즉 그녀는 형부가 아니라 남녀가 꽃이 되어 성합하는 이미지, 정확하게는 식물 되기를 욕망했던 것이다. 형부의 몸은 식물 되기 욕망을 이루기 위한 도구였다. 꽃이 되어 성합하는 이미지는 근원 욕망을 내포한다. 욕망의 현실적 대상인 형부는 근원 욕망을 향해 가는 도구일 뿐, 근원 욕망 그 자체가 아니다.

형부의 욕망도 마찬가지다. 작가는 형부의 욕망을 단순한 성욕으로 표현하지 않는다. 처제에게 느끼는 성욕 근원에는 성욕 이상의 것이 존재한다. 형부는 처제의 몸에 그림을 그릴 때 "단순한 성욕이 아니라, 무언가 근원을 건드리는, 계속해서 수십만 볼트의 전류에 감전되는 듯한 감동"을 느낀다. 형부의 성욕은 단순히 경계를 넘어선 성욕일 뿐만 아니라 근원적인 욕망이나 다름없다.

형부는 처제 엉덩이의 몽고반점 이야기를 듣고 치명적인 욕망을 품게 되었다. 몽고반점이라는 이미지가 식물적인 것에 대한 그의 욕망을 환기했기 때문이다. 이때 식물적인 무엇에의 욕망은 원래 그의 내부에 자리하고 있었던 것이다. 그는 내내 식물적인 무엇을 욕망하고 있었고, 몽고반점은 그 안의 오랜 욕망을 일깨웠다.

욕망은 결국 타인과 상관없이 원래부터 '내' 안에 있었던 '나'의 욕망이다. 타인을 욕망하는 사람은 타인 자체가 아니라 자기 안의 욕망을 욕망한다. 타인은 내 욕망을 환기하는 매개이자, 내 욕망을 실현하는 도구이다. 가령 내가 연인에게서 판타지를 구하려고 할 때, 연인은 단순히 내 판타지를 이루기 위한 도구가 된다. 정직하게 말해서 나는 연인을 욕망한다기보다 연인을 매개로 나의 판타지를 실현하려고 한다.

그곳에 가본 이들의 전언

현실의 참혹을 견디지 못해, 숙명적인 결여를 메꾸기 위해, 인간임을 그치기를 바라는 두 염원이 만나서 사랑에 빠졌다. 이 논리는 형부와 처제의 비윤리적 관계를 변명해주기도 하지만, 욕망의 기본 속성 또한 보여준다. 근원 욕망은 인간임을 그치는 곳에 놓여 있었다. 또한 그들이 꿈꿨던 근원 욕망은 '식물 되기'로 표상된다. 물론 현실에서 인간은 식물이 될 수 없다. 이는 결국 욕망의 원본은 인간 세상에 존재하지 않는다는 사실을 슬프게 확인시켜준다.

　신에게 귀의한 사람은 인간 세상에서 찾지 못한 근원적 사랑을 신에게서 구한다.[47] 신이 완전한 사랑의 현신이라는 순결한 믿음은 하나의 역설을 품고 있다. 즉 그만큼 인간이 현실에서 완전한 사랑을 찾는 것이 불가능하다는 역설. 우리는 지금 여기의 연인에게서 완전한 사랑을 구하지만 끝없는 환멸만을 반복해서 만날 뿐이다. 완전한 사랑이 불가능하기에 거꾸로 인간은 그에 대한 소망을 투사할 무엇을 간절히 필요로 했고, 그래서 완전한 사랑을 구현하는 신을 만들어냈으며, 그 완전성을 독실하게 믿는다.

"끊임없는 사랑, 당신을 실망시키지 않을 사랑을 찾기 위해서는 인간이라는 영역 너머, 아마도 죽은 이의 영역으로 나아가야 할 것이다."[48] 그러니까 근원적인 욕망은 현실 저 너머를 향할 수밖에 없다. 그래서 근원적인 욕망은 사람이라는 영역도 쉬이 뛰어넘는다. 영혜의 소망, 식물이 되고 싶은 소망은 근원적 욕망의 탈인간성을 보여준다. 꽃으로 칠갑을 하고 교합하는 남녀의 이미지에 강박된 형부의 욕망도 마찬가지다.

진짜 욕망은 현실 바깥에 있다. 그럼에도 그것을 꿈꾸는 일을 그만둘 수 없다. 대부분의 사람은 그것을 몽상과 백일몽 혹은 종교와 예술의 차원에 남겨두지만 예외적인 소수는 바로 지금 여기에서 그 실현을 위해 몸살을 앓는다. 어떤 이는 욕망과 현실의 괴리에서 발생하는 결여를 참을 수 없다. 결여를 0으로 만들기 위해 불가능한 것을 꿈꾼다. 현실적이지 않은 '센 것'을 바로 여기에서 구하려고 한다. 손에서 빠져나가는 것을 굳이 움켜쥐려고 한다. 이루어진 꿈에서도 충족하지 못한 여분의 욕망을 기어이 충족하려고 한다. 만일 그렇다면? 바로 현실에서 여분의 욕망을 실현하려고 한다면?

이때 여분의 욕망은 기괴하고 낯설고 추악한 것이기 쉽다. 가령 변태적 욕망과 금지된 욕망이 그 사례다. 이들을 추구하는 사람은 욕망의 궁극적 충족 불가능성에 따르는 허기를 '센 것'으로 달래려 한다. 또 상대를 지나치게 구속하는 연인도 비근한 사례가 된다. 어떤 연인은 사랑의 불완전함을 수긍하기 싫고, 완전함이라는 근원적 욕망을 고수하고 싶다. 이럴 때 그 방책으로서 연인을 지나치게 구속한다. 상대가 구속에 응해줄 때 완전한 사랑이라는 판타지는 가느다란 명맥을 이을 수 있다.

이보다 덜 기괴하나 원리는 유사한 사례라면 흔하다. 앞에서 익히 본 사랑의 시험들, 끝없는 의심과 질문들 역시 결여를 메꾸기 위한 고육지책이다. 현실의 사랑에 뚫린 구멍에 비탄을 금치 못한 나머지 기어이 채우고자 할 때, 연인은 지나치게 의심하거나 시험한다. 싸움도 마찬가지다. 사랑싸움의 근원에는 완전한 사랑에 대한 포기되지 않은 향수가 있다. 싸우는 사람들의 길고도 다양한 공소 이유는 단 한 마디로 요약된다. 너는 완전해야 하는데 왜 이렇게 부족하지?[49] 이 모든 비극에 단 하나의 죄목을 붙일 수 있다. 결여를 슬퍼한 죄. 결여를 애석해하지 않는 정신은 고매하다. 거의 득도의 경지다.

변태, 불륜, 구속, 시험, 의심, 싸움, 이외에도 많은 사랑의 부작용들. 이들은 그다지 고상하지 못하다. 결여를 결여로 남겨두지 않을 때, 결여를 기어이 메꾸고자 할 때 그 결여 즉 여분의 욕망은 괴물처럼 되기 쉽다. 그러니까 적당히 포기되거나 비현실로 추방되지 않고 현실에서 꿈틀거리는 근원적 욕망은 기괴한, 낯선, 공포스러운 무정형의 에너지 덩어리다. 이름을 붙일 수 없는 참혹 그 자체. 참혹한 해골바가지.

사람들이 근원적인 욕망을 투사한 신은 자애로운 존재만은 아니다. 신의 이면에는 대체로 무서운, 섬뜩한, 복수심에 가득 찬, 분노하는 무엇이 있다. 지상에 내려온 신을 상상한 적이 있는 가? 그것은 끔찍하고 처참한 무엇일 것이다. SF영화에서는 인간 앞에 나타난 신을 종종 무시무시한, 이글거리는 불덩이로 표현 한다.

작가 한강도 욕망의 이런 속성을 잘 알고 있다. 영혜의 언니 인혜는 생명을 버리려 숲을 찾는다. 이때 나무들의 물결을 본다.

그녀는 알 수 없다. 그것들의 물결이 대체 무엇을 말하는지. 그 새 벽 좁다란 산길의 끝에서 그녀가 보았던, 박명 속에서 일제히 푸 른 불길처럼 일어서던 나무들은 또 무슨 말을 하고 있었는지. 그 것은 결코 따뜻한 말이 아니었다. 위안을 주며 그녀를 일으키는 말도 아니었다. 오히려 무자비한, 무서울 만큼 서늘한 생명의 말 이었다.

무자비한, 무서울 만큼 서늘한 생명의 말의 세계. 영혜는 그토 록 나무가 되고 싶었다. 그러나 그녀가 매혹되었던 나무의 실상 은 이러했다. 인간임을 벗어던지고 달아나기를 꿈꿨던 곳은 따 뜻한 위안의 말이 아닌 무자비하고 무서운 말들이 웅성거리는 세계였다. 무자비하고 무서운 생명이란 근원적 욕망의 본색과도

통한다. 처참하고 공포스럽다.

그래서 사람들은 안전하게 근원적 욕망 언저리에서 서성거릴
지언정 그 핵심을 향해 돌진하지는 않는다. 그러나 경계를 넘은
예외적 존재들은 간혹 그것 가까이 가본다. 영혜와 형부는 일상
의 이면을 들여다본 예외적 존재다. 경제 법칙과 약육강식의 법
칙, 통틀어 현실원칙에 몸을 맞추지 못하는 연약한 이들의 예외
성. 근원적 욕망을 감히 추구하는 이들의 표지다. 이들은 저쪽에
가본다. 강을 넘은 대가로 죽음을 지불하면서까지.

결과는? 공포뿐이다. 처제와 함께 알몸으로 뒹구는 남편을 발
견한 아내는 그를 잘 관찰하였다. "그의 눈에 담긴 것은 욕정도
광기도 아니었다. 그렇다고 후회나 원망도 아니었다. 바로 그 순
간 그녀가 느낀 것과 똑같은 공포, 그것뿐이었다." 감히 신을 바
로 본 자가 있다면 아마도 공포에 눈이 멀었을 것이다.

우리는 근원적 욕망의 대상을 만날 수 없거나 "혹 만날 수 있
다면" "광기의 장 안에서만 가능"[50]하다. 그래서 인간임을 그치
고 싶은 영혜와 형부는 광기 속에서 만났다. 또한 "극단적인 황
홀경의 관계는 아주 덧없이 끝난다."[51] 그들의 치명적인 황홀경
은 단 한 번으로 덧없이 끝났다. 그리고 그것을 위해 그들은 모든
것을 지불했다. 영혜는 정신병원에서 죽고 형부는 모든 것을 잃
고 추방되었다.

그러나 이러한 광기는 아주 먼 곳에 있는 것만은 아니다. 영혜
의 언니 인혜도 느낀다.

그와 영혜가 그렇게 경계를 뚫고 달려나가지 않았다면, 모든 것을 모래산처럼 허물어뜨리지 않았다면, 무너졌을 사람은 바로 그녀였을지도 모른다는 것을. 다시 무너졌다면 돌아오지 못했으리라는 것을.

우리 모두 어느 정도는 경계 근처에 있다. 언제 넘을지 모른다. 언제 현실의 참혹을 볼지도 모르고, 언제 치명적인 결여를 더 이상 못 견딜지도 모르고, 언제 인간이기를 그치고 싶을지도 모르고, 언제 불가능한 것을 꿈꾸며 저쪽 강안江岸으로 훌쩍, 떠나보고 싶을지 모른다. 우리는 경계의 안팎에서 불안하게, 아슬아슬하게 흔들리는 존재다. 어느 누구도 경계의 안쪽에서 안전하게, 영원히 살 수 있으리라 장담하지 말지어다.

근원적 욕망은 불가능한 것으로 남아 있어야 한다. 김훈의 어법을 빌자면, 사랑은 가 닿을 수 없는 채로 남아 있어야 한다. 남김없이 결여를 충족하고자 하는 이들은 결국 참혹을 보게 될 것이다. 그럼에도 불구하고 강을 건너야 한다면, 어쩌겠는가. 그들에게 신의 가호가 있기를 기원할 수밖에.

이 글은 라캉의 욕망 이론을 염두에 두고 썼다. 그러나 엄밀하게가 아니라 상식적인 차원에서 썼다. 가독성을 위해서 이론을 전면에 내세우지 않았고, 이론과 딱 부합하게 쓰지도 않았다. 용어 사용도 정확하지 않다. 가령 이 글의 '근원적 욕망'은 라캉의 이론에서는 '욕구'에, '여분의 욕망'은 '욕망'에 해당할 것인데, 역시 학술적인 뉘앙스를 피하고자 일상적으로 더 이해하기 쉬운 용어를 선택했다.

나의 애물단지이자
보물단지

가와바타 야스나리,
『잠자는 미녀』

에곤 실레, 〈왼쪽 무릎을 세우고 앉아 있는 여인〉, 1917

소설가 현은 연애소설을 주로 써왔다. 단지 사랑의 기쁨과 이별의 슬픔만이 아닌 미묘하고 복잡다단한 혼란을 소재로 삼았다. 연인을 둘러싼 신경증적 혼란의 세부를 잘 연구해서 인물의 심리로 형상화하고, 극단으로 치닫기 마련인 남녀 간의 예민한 대립을 교묘하게 묘파했다. 독자들은 공감을 표해왔다. 제 속에서 뭉클거리고 있었으나 뚜렷하게 뭔지 잘 몰랐던 섬세한 정황들을 현이 대신 말로 표현해주었다며 후련해 했다.

현이 그렇게 소설을 쓸 수 있었던 이유는 실제로 그렇게 느껴봤기 때문이었다. 현에게는 오래된 남자친구가 있었다. 오랫동안 그와 연애하면서 각종 신경증적 혼란을 느꼈고, 유치하기 짝이 없는 이유로 많이 싸웠다. 연애소설 쓰기는 그녀에게 치유의

한 방편이기도 했다. 감정을 극단적으로 과장하기는 했지만, 어
쨌든 언어화한 과정은 마음을 다스리는 데 도움을 주었다. 심리
치료는 말을 매개로 행해진다. 상담사 앞에서 넋두리를 늘어놓
기나 소설 쓰기나 원리는 매한가지다. 한 권의 연애소설을 탈고
하고 나자, 확실히 현은 평화를 찾게 되었다.

평화를 찾고 난 지금, 현은 남자친구를 다시 바라본다. 갑자기
현은 충격을 받는다. 자기가 한때 목숨만큼 사랑했으며, 때로 죽
일 만큼 미워했고, 온갖 신경증적 혼란을 가르쳐주었으며, 각종
환멸을 선사했고, 그래서 사랑이 불구를 견디는 일 혹은 기꺼이
고통에 참여하는 일임을 깨우쳐주었던 그, 애물단지이자 보물단
지, 노회한 교사이자 철없는 아이였던 그는 배 나오고 머리 벗겨
진 초라한 아저씨일 뿐이었다.

아, 이게 웬일이야? 나는 고작 이런 사람 하나 때문에 그 널뛰
기를 한 것일까? 그녀의 널뛰기는 변화무쌍하고 사연 많고 장구
했으나, 그것은 더없이 초라하고 볼품없는 한 인간을 두고 홀로
수행한 자폐적인, 일방적인 널뛰기였을 뿐이었다. 그의 현실과
별로 관련 없는 그녀만의 널뛰기. 게다가 그녀의 널뛰기에 이용
된 그는 볼품없다 못해 불쌍할 지경이었다. 널뛰기 자체가 차라
리 현실이 아닌 것만 같았다. 한바탕 꿈을 꾼 걸까? 어안이 벙벙
해진 그녀, 가와바타 야스나리의 『잠자는 미녀』를 읽는다.

현에게 미리 위로를 던진다. 그런데 진짜 사랑은 이러한 정열
의 일방성에서 빠져 나온 이후에 시작되는 것이 아닐까. 초라하

고 볼품없는 한 인간으로서 상대를 발견한 이후에, 제 온갖 감정의 일방성과 자폐성을 깨닫고 난 이후에 진짜 사랑을 시작할 수 있다. 현은 오랜 세월 동안의 사랑에 허무를 느끼지만, 어쩌면 그는 사랑의 길 초입에 지금 막 들어와 있다.

상실 후에 바라보는 에로스

잠자는 미녀의 집. 성적 능력을 잃은 노인들만 받아주는 곳이다. 노인들은 죽은 듯 잠자는 나체의 아가씨 옆에서 하룻밤 잘 수 있다. 잘 수만 있다. 잠자는 미녀의 집은 엄격한 규율로 운영된다. 노인들은 아가씨가 깊이 잠든 이후에만 방에 들어갈 수 있으며, 그녀가 깨기 전에 나와야만 한다. 노인들은 깨어 있는 아가씨를 절대 접할 수 없다. 격한 성적 접촉 역시 금지되어 있다.

말이나 표정 등 어떤 인간적 메시지도 주고받을 수 없다는 점이 이 집의 독특한 조건이며, 노인들에게 특별한 매력을 선사한다. 상호적인 것은 아무것도 없다. 교류가 원천 봉쇄된 가운데, 오직 노인들만은 일방적으로 자유롭다. 노인들은 아가씨를 샅샅이 볼 수 있다. 결코 잠을 깨지 않는 여자야말로 "안심할 수 있는 유혹이고, 모험이며, 일락"이다. "잠에 빠져서 아무 말도 하지 않고 아무것도 들리지 않는 여자는 이미 남자로서 여자의 상대가 되지 않는 노인에게 있어 무엇이든 말을 걸어주고 뭐든 들어주는 그런 존재"다.

67세의 에구치는 성적 능력을 잃지 않았지만 호기심에 방문한다. 다섯 번 방문하는 동안 그는 잠자는 아가씨 옆에서 복잡다단한 심경을 느끼며 일평생에 걸친 에로스적 사건들을 회상한다. 그의 복잡한 마음과 회상이 이 소설의 주된 골격이다. 죽은 듯이 자는 나체의 미녀 옆에 누운 노인의 마음속에서는 무슨 일이 벌어질까?

처음 방문한 날, 가늘게 그의 가슴이 두근거린다. 그는 그런 자신을 비웃지만 그보다는 꺼림칙한 허무를 강렬하게 느낀다. 그런 자신을 추하게도 생각한다. 어떨 때는 아가씨가 사랑스러워 어쩔 줄 모르며, 아가씨를 안고 무아의 황홀경을 느끼기도 한다. 그러다가도 아가씨를 희생물 삼았다는 생각에 죄의식을 느낀다. 은밀한 죄의식 때문에 희열이 더하다고 생각하기도 한다.

복잡다단한 심경 중 무엇보다 강렬한 것은 회한과 동경이다. 상실해가는 것, 사라져가는 것, 붙잡을 수 없는 것, 즉 에로스에 대한 회한과 동경.

과거 67년 동안, 에구치는 헤아릴 수 없는 성의 광범위함, 바닥을 알 수 없는 성의 깊이에 과연 얼마나 접했다고 할 수 있을까. 하물며 노인들의 주위에는 신선하고 젊은 피부를 가진 아름다우 아가씨들이 끊임없이 태어난다. 애처로운 노인들의 못다 이룬 꿈에 대한 동경, 붙잡지 못한 채 잃어버린 나날의 회한이 이 비밀의 집의 죄악에 깃들어 있는 것이 아닌가.

어느 날 에구치는 아가씨를 범하려고 한다. 그러나 아가씨가 숫처녀임을 알고 그만둔다. 그는 상념에 젖는다. 노인들이 생각보다 "훨씬 더 애처로운 기쁨, 강렬한 굶주림, 깊은 슬픔을 가지고 오는 것은 아닐까." 요부형 아가씨, 그 일에 매우 익숙하다는 아가씨가 아직까지 숫처녀로 남았다는 사실은 노인들이 그만큼 노쇠했음을 뜻하기 때문이다. 노인들이 아가씨들을 손쉬운 회춘 방법으로 삼는다 해도 그 밑바닥에는 "이제는 후회해도 돌아오지 않는 것, 발버둥 쳐도 치유되지 않는 것이 숨어 있"을 것이다.

때로 에구치는 잠든 아가씨 옆에서 죽음의 유혹을 강렬하게 느낀다. "아가씨의 젊은 몸에는 노인으로 하여금 죽음에 대한 생각을 유발시키는 어떤 슬픈 것이 있는" 듯하다. 에구치는 아가씨가 먹은 수면제만큼 강한 수면제를 요구하지만 그 집의 주인은 거절한다.

또한 에구치는 지난날의 배덕背德을 회상하며 회한에 젖는다. 그는 결혼했고 딸들을 양육했다. 이는 표면적으로는 선이지만, 실상 악이 아니었을까. 그가 여자들의 인생을 지배하고 성격까지도 비뚤어지게 했으니 오히려 악이었을 수도 있다. 그는 생각한다. 자기뿐만 아니라 다른 노인들도 지난날의 배덕에 회한을 느끼고 잠든 아가씨를 부처님 삼아 울며 아우성치고 위로를 받지 않을까.

이 '잠자는 미녀'의 집에 은밀히 찾아오는 노인들 중에는 지나가 버린 젊음을 단순히 쓸쓸하게 되돌아보는 이뿐 아니라, 살아오면서 범한 악을 잊으러 오는 사람도 있지 않을까 생각되었다. (중략) 자기 자신이 범해온 배덕背德에 대한 회한, 성공한 사람들에게 있을 법한 가정의 불행도 있을지 모른다. 노인들은 무릎 꿇고 비는 부처님 같은 존재를 필시 가지고 있지 않을 것이다. 알몸의 미녀에게 꼭 안겨서 차가운 눈물을 흘리고, 흐느껴 울며 아우성친다 해도 아가씨는 알지도 못하고 결코 깨어나지도 않는다. 노인들은 수치심을 느끼는 일도, 자존심을 상처받는 일도 없다. 완전히 자유롭게 후회하고 자유롭게 슬퍼한다. 그렇게 보면 '잠자는 미녀'는 부처님과도 같은 존재가 아닌가. 게다가 살아 있는 몸이다. 아가씨의 젊은 살결과 내음은 그러한 애처로운 노인들을 용서하고 위로해줄 것이다.

에로스와 '나'

잠자는 미녀의 집이 노인들을 매혹시키는 이유는 아가씨들이 결코 노인들을 알 수 없다는 조건 때문이다. 깨어 있는 여자라면 노인의 노쇠를 알아볼 것이다. 노인은 그 앞에서 부끄러워할 것이다. 그 수치를 미리 두려워하기에 노인은 잠자는 여자들 앞에서 편안할 수 있다. 그래서 에구치는 생각한다. 여자가 "더 이상 남자가 아닌 노인으로 하여금 수치스러운 생각을 하지 않게끔 살아 있는 장난감"이 되었다고. "사람 사이의 관계가 아니"라고도.

아가씨가 결코 잠을 깨지 않기 때문에 늙은 손님은 노쇠에 대한 열등감과 수치를 느끼지 않고 여자에 대한 망상이나 추억도 한없이 자유롭게 용인되는 것이리라. 깨어 있는 여자에게보다 비싸게 돈을 치르고도 아까워하지 않는 것은 그 때문일까. 잠든 아가씨가 어떤 노인이었는지 전혀 알지 못하는 것도 노인들의 마음을 편하게 할 것이다. 노인 쪽에서도 아가씨의 생활 형편이나 인간 됨됨이 등은 전혀 알지 못한다. 그것을 느낄 단서가 되는, 옷을 어떻게 입는지조차도 알지 못하게 되어 있다.

잠자는 미녀들은 노인들을 침입할 수 없다. 이는 노인들을 수치로부터 안전하게 보호하는 효과 이상의 것을 선사한다. 노인들은 잠자는 미녀를 두고 각종 감상에 젖고 몽상에 빠져들지만, 순전히 홀로 그 일을 수행한다. 아가씨들의 침묵과 부동不動이라는 조건으로, 노인들은 "나이를 초월한 자유"를 느끼며 망상과 감상에 마음껏 젖을 수 있다. 여자들은 존재감을 상실한 백지白紙다. 미녀는 에로스를 둘러싼 노인의 감상과 몽상의 도구일 뿐이다. '타인의 존재감 제로'라는 조건이 노인들에게 일방적인 자유를 선사한다.

그런데 이러한 일방성을 비난해야 하는가? 아니, 이는 에로스의 보편적인 정황 아닌가? 타인은 나의 에로스를 위한 도구이자 매개일 뿐 아닌가? 과연 타인은 순수하게 나의 에로스 안으로 들어올 수 있는가?

누구나 사랑의 이상을 가지고 있으며 그것을 실현하려고 한다. 종종 상대는 그 이상을 이루기 위한 도구이자 매개가 된다. 어떤 남자는 에구치처럼 여자의 몸에서 섬세한 세부적 아름다움을 상감하고 싶다. 이때 남자가 상감하는 것은 고유명사인 그녀 자체보다는 익명으로 존재하는 여체의 아름다움이다. 그때 여자의 몸은 그 욕망의 실현을 위한 도구다. 어떤 남자는 여자를 완벽한 황홀경으로 이끌고 싶다. 이때도 남자가 욕망하는 것은 익명의 여체를 극단적인 황홀로 이끌 수 있는 강인한 자기 자신이지, 고유명사인 그녀 자체가 아니다. 이런 경우도 남자는 여자를 자기 욕망 실현을 위한 매개로 사용한다.

어떤 여자는 모든 희로애락과 뒷담화와 하소연을 공유할 수 있는 사람을 꿈꾼다. 그녀 역시 남자를 매개로 제 사랑의 이상을 실현하려고 한다. 실은 이런 사랑의 이상을 충족시켜줄 수 있으면 누구라도 괜찮다. 반드시 그여야 할 이유는 없다. 많은 경우 연인은 고유명사로서의 상대보다는 내 욕망을 실현하기 위한 도구로서 익명의 상대를 만난다. 상대의 고유한 존재 자체는 사라지고 나의 소망에 의해 세탁되고 채색된 상대만 남는다.

뿐인가. 상대의 현실은 내가 상상한 나의 현실이다. 불교에서 상相이란 자아를 투사한 영상이다. 법法은 주관적 가치관이 전혀 섞이지 않은 있는 그대로의 객관적 실체다. 우리는 자기 관심과 자기 방어에 기초하여 무언가를 지각한다. 이는 자기 이해와 자기 주장, 그리고 자기 강화와 자기 확대와 연관된다. 따라서 지각과 판단은 이기적이지 않기가 어렵다. 또한 우리는 우리가 칭찬하고 욕하는 바로 그 사람이다.[52]

우리는 내 안의 미덕을 투사하여 누군가를 칭찬하며, 내 안의 악덕을 투사하여 누군가를 비난한다. 가령 외모 꾸미기에 능숙함을 스스로 자랑스러워하는 사람은 남을 칭찬할 때 "세련된 멋쟁이"라는 말을 가장 자주 사용한다. 누군가의 이해타산적 면모를 주로 비난하는 사람은 스스로의 이해타산적 면모를 인식하는 사람이다. 연애처럼 상이 난무하는 장도 없다. 상대의 현실은 자주, 나의 주관적 영상을 투사한 나의 복제품이다.

우리는 누군가의 매력을 안다고 생각하거나 말한다. 그런데 그 매력이 정말 그의 것인가.

예순일곱 살의 에구치는 이미 친척이나 친구의 죽음도 수없이 겪었지만, 그 애인과의 추억은 젊디젊다. 아기의 하얀 모자와 은밀한 곳의 아름다움, 유두의 피로 압축되어 지금도 선명히 남아 있다. 그 빼어난 아름다움을 아는 사람은 아마도 이 세상에 에구치밖에 없고, 머지않아 에구치 노인의 죽음에 의해 세상에서 완전히 사라져버릴 것이라는 생각을 해본다. 수줍어하던 애인이 순순히 에구치의 시선을 허락했던 것은 그녀의 천성 때문이었을지도 모르지만, 그녀 자신은 분명 그 아름다움을 알지 못했을 것이다. 그녀에게는 보이지 않으니까.

그녀가 모르는 은밀한 아름다움을 에구치는 안다고 생각한 다. 일면 멋있는 말이지만 뒤집어 보면 '그녀가 모르고 에구치만 아는 아름다움'은 에구치 식대로 편집한 매력이다. 그녀가 모르 는 자질이란 그녀의 자의식을 구성하지 않는 것으로, 그녀에게 속한 것이 아닐지도 모른다. 이런 식으로 상대의 매력은 종종 내 판타지를 투영한 나의 상像이다. 때로 연인은 제게 필요한 자질 을 상대에게 투사하면서, 그것이 상대의 매력이라고 믿는다. 가 령 어떤 여자가 상대에게서 결단력이라는 매력을 발견한다. 그 녀는 결단력이 필요했기에 상대에게서 결단력이라는 매력을 가 공하고 편집한다.

또한 우리는 상대에게서 '나와 닮은 것'을 찾는다. 종종 우리 는 상대 안의 나에게 매혹된다. 이때 중요한 것은 내 소망과 내 결핍이다. 우리는 내가 가지고 싶은 자질을 가진 그, 내 소망을 실현한 듯한 그를 사랑한다.[53] 박식해지고 싶은 사람은 박식해 보이는 그에게 매혹된다. 성공하고 싶은 사람은 성공한 듯 보이 는 그에게 매혹된다. 제 결핍을 의식하는 사람은 유사한 결핍을 가진 듯 보이는 그에게 매혹된다. 누군가 묻는다. 그에게 왜 반했 니? 그는 상처받기 쉬운 어린 아이 같아. 이때 생략된 말, 그러나 가장 중요한 말은 '나처럼'이다. 나의 현실, 내 소망과 결핍은 상대에게서 매력을 생산해내는 발전기다. 나의 소망을 투사할 때 나는 상대를 예찬한다. 나의 결핍을 투사할 때 나는 상대를 안쓰럽게 여긴다. 상대의 매력의 원천은 '나'이다.

뿐인가. 시작하는 연인이 진정으로 경탄하는 대상은 상대 자체가 아니라 사랑에 빠져 있는 나이다. 나는 그의 실상이 덜 궁금하다. 그를 만났을 때의 나의 모습을 곱씹어 떠올리며, 나의 행동이나 말을 자화자찬한다. 그와 함께 있었을 때 나는 얼마나 아름다웠는가. 그때 나의 말은 얼마나 멋있었는가. 그에게 비친 나는 얼마나 사랑스러웠을까. 그에게 나는 얼마나 괜찮은 인상을 주었을까. 이런 상상을 하면서 스스로를 사랑스러워한다. 연인은 상대의 매력에 경탄하는 예찬자 이상으로 상대를 사랑하는 자기의 사랑스러움에 매혹된 나르시시스트이다.

『참을 수 없는 존재의 가벼움』의 테레자는 기술자와 동침한 후 제 육체를 유심히 바라본다. 그와 잤을 때의 그녀의 모습을 곱씹어 떠올리며 깊이 각인한다.

그녀는 사우나로 돌아가 다시 한 번 거울 앞에 섰다. 그녀는 거울에 비친 자기 모습을 보며 기술자 집에서의 정사 장면을 머릿속에 그려 보았다. 기억나는 것은 애인이 아니었다. 사실을 말하자면 그녀는 그를 묘사할 수조차 없었고 그의 벗은 모습이 어땠는지 눈 여겨 보지도 않았다. 그녀가 기억하는 것은 자신의 육체였다. 그녀의 음모와 바로 그 위에 있는 동그란 반점. 지금까지 그녀

에게 단순한 피부의 반점에 불과했던 이 흔적은 그녀의 기억 속
에 깊이 각인되었다. 그녀는 낯선 사람의 신체와 밀접한 상태에
있는 그것을 보고 또 보고 싶었다.(중략) 그녀는 낯선 남자의 성
기를 보고 싶은 생각이 없었다. 그녀는 이 성기에 근접해 있는 자
기 자신의 성기를 보고 싶었던 것이다. 아주 가깝게 다가와서 아
주 다른 이물질처럼 보였기 때문에 불쑥 더욱 선정적으로 드러나
는 자신의 육체를 원했던 것이다.

상대를 만났을 때의 내 모습을 상기하는 것만으로도 일차적
으로 자기애를 충족할 수 있다. 그런데 보다 우회적인 회로도 있
다. 내가 상대에게 어떻게 대접받는지 끊임없이 관심을 기울이
는 것이다. 그는 나를 얼마나 멋지고 좋은 사람으로 생각하는가.

그런데 마음속에 떠오르는 것은 과거의 여인들이었다. 그리고 고
맙게도 노인에게 떠오르는 것은 교제한 기간의 길고 짧음, 얼굴
의 미추, 영리함과 둔함, 고상함과 천박함, 그런 것들이 아니었다.
예를 들면 "아, 죽은 듯이 자버렸어요. 정말 죽은 듯이 잤어요"라
고 말한 고베의 유부녀와 같은 그런 여자들이었다. 에구치의 애
무에 이성을 잃고 민감하게 반응하며 무아의 희열에 빠진 여자들
이었다.

에구치는 여인들의 성격이나 특질, 심지어 외모도 떠올리지

않는다. 그녀들이 그에게 보인 반응만을 기억할 뿐이다. 죽은 듯이 잤다는 고베의 유부녀의 고백은 그녀가 에구치를 매우 편하게 여겼음을 뜻한다. 에구치는 그녀보다도 그녀에게 편안하고 친밀한 분위기를 만들어준 제 자신을 기억한다. 그의 애무에 이성을 잃고 무아의 희열에 빠진 여자들의 경우는 말할 나위가 없다. 그녀들 자체보다 제가 그녀들에게 대단한 성적 쾌락을 주었다는 사실이 훨씬 더 중요하다. 즉 상대의 본색보다는 상대가 받아들인 나의 인상이 결정적으로 중요한 셈이다.

상대가 받아들인 나의 인상이 중요한 이유는 그것이 곧 상대가 나를 대하는 방식을 결정하기 때문이다. 그가 나에게 경탄했다. 이 명제는 곧바로 다음 명제를 낳는다. 그는 나에게 잘해준다. 결국 중요한 문제는 이것이다. 상대가 나에게 얼마나 잘해주는가? 여기에서 확인하고 싶은 것은 물론 나의 가치다. 나는 상대가 이러이러하게 잘해줄 만큼 대단한 사람이라는 사실을 확인하고 싶은 것이다. 연인은 상대의 반응을 통해 자기애를 만족시키고자 한다.

이토록 에로스는 일방적이고 이기적이고 자폐적이고 자족적이고 고독하다. 이 모든 경우에서 타인은 소외된다. 에로스는 통상 두 사람을 주체로 상정하지만 적지 않은 경우 자기와의 대화, 고독한 독백이다. 시작하는 연애는 대체로 나만의 사업이다. 주연 배우는 비대하고 이기적인 '나'다. 타인의 개입은 불편하다. 뿐만 아니라 어떨 때 타인의 개입은 침입이다. 그래서 에구치와 노인들은 잠자는 여인을 더 달콤하게 여긴다. 자기 안에서만 아름다운 에로스, 그 성벽을 지키기 위해서. 타인의 침해 없이 더 안전하게 에로스를 즐기기 위해서. 잠자는 여인이라는 조건은 나의 에로스를 극단적으로 누리기 위한 더할 나위 없는 환경을 제공한다.

사르트르의 말대로 타인은 지옥일까. 우선 타인은 나에게 싸움을 건다. 나에게 제 존재를 주장하며 나의 벽을 허물기를 요구한다. 나의 에로스적 환상을 훼손하고 불구로 만든다. 타인은 나를 실망시키고 절망시킨다. 어쩌면 잠자는 미녀처럼 아무런 존재감을 주장하지 않고 나의 에로스를 맘껏 펼칠 수 있게 해주는 백지 같은 상대가 만인의 은밀한 이상일지도 모른다.

이 모든 에로스의 일방성은 시작하는 연애, 미성숙한 연애에서 주로 나타나는 현상이다. 성숙한 사랑에서는 물론 사정이 다르다. 그런데 시작하는 연애에서 간과하기 힘든 역설이 하나 있다. 상대의 현실이 나의 자아를 투사한 상이 되기 쉬운 이유는 역설적으로 상대에 대한 사랑이 넘쳐나기 때문이다.

상대에 대한 관심이 갑자기 폭발한다. 상대의 현실이 미치도록 궁금하여 곱씹어 생각한다. 그러나 상대의 현실이 내게 전달되기에는 알아왔던 시간이 짧다. 그러므로 그 시간차를 메꾸기 위해 나는 공상하고 몽상한다. 자료의 부족으로, 공상과 몽상의 결과 조성되는 상대의 이미지는 나의 자아를 투사한 상이다. 아니면 넘쳐나는 나의 정념이 상대의 현실이 내게 오는 길을 차단한다. 나는 그를 너무나 사랑하기에 그에 대한 정념을 부풀리는 것만으로도 벅차다. 당연히 그의 현실이 다가오는 것을 허락할 여유를 갖지 못한다.

어떤 경우든 결국 알고 싶은 욕망은 현실을 초과한다. 하여 간극을 메꿀 것이 필요하고, 그것이 바로 상이다. 알고 싶은 욕망을 비대하게 만든 것은 넘치는 사랑이다. 즉 관심과 애착이 많기 때문에 상이 난무하는 셈이다. 일례로 부모는 어느 누구보다 자식을 사랑한다. 그렇기 때문에 자식의 있는 그대로의 현실을 알아채기보다 부모식대로 편집한 부모의 상으로서 자식을 판단하기 쉽다. 이렇게 사랑이 지극할 때에 더욱 오인誤認의 영역이 넓어진다. 사랑하지 않는 상대에 대해서는 공상의 나래를 펼 일도, 오인할 일도 없다.[54]

이러한 오인은 온전한 사랑으로 가는 디딤돌이기도 하다. 상대를 오인했음을 깨닫고, 그것이 넘치는 사랑의 필연적인 귀결임을 깨닫고, 그것을 딛고 일어설 결심을 했을 때 진정한 사랑을 시작할 수 있다. 잘 사랑하려면 필히 오인이라는 과정을 거쳐야 하는 셈이다. 그래서 대리언 리더도 말한다. "사랑이 근거하는 동시에 숨기고 있는 환영에 대해 당신은 오직 사랑의 경험을 통해서 무언가를 이해할 수 있다."[55] (그는 오인을 극복하기 위한 유용한 방법을 또한 제시한다. 그것은 말다툼이다. 커플은 말다툼을 통해 상대의 오인을 교정하고 제대로 된 인지를 촉구할 수 있다. 말다툼이 없을 때 오히려 오인의 위험성은 커진다고 한다.[56])

파괴, 생의 마력

회한, 경탄, 허무, 슬픔, 환희 등 에구치의 다단한 감정은 어느 순
간 파괴욕으로 치닫는다. 처음에는 미약하게, 나중에는 강렬하
게. 그는 갑자기 미녀의 집도 제 인생도 파괴해버리고 싶다. 아가
씨에게 폭력을 행사하면 젊음을 되살릴 수 있을 것 같다. 잠자는
미녀의 집에도 싫증나고, 그럼에도 중독되듯 오는 자신도 싫증
나고, 갑자기 싫증이 폭발한다. 이 집의 규율을 깨고 아가씨에게
폭력을 행사함으로써 그곳과 결별하고 싶다. 아가씨를 목 졸라
죽이기는 쉬울 터이나 그는 곧 허무감에 빠져든다.

> 이런 아가씨에게 폭력을 행사하는 것이야말로 젊음을 일깨워줄
> 것 같다. '잠자는 미녀'의 집에도 에구치는 조금 싫증이 난다. 싫
> 증을 내면서 오는 빈도는 거꾸로 높아진다. 이 아가씨에게 폭력
> 을 행사하고, 이 집의 규율을 깨고, 노인들의 추하고 은밀한 쾌락
> 을 깨는 그것으로 이곳과 결별하고 싶다. 그러나 폭력이나 강제
> 는 필요 없다. 잠들어 있는 아가씨의 몸은 아마도 반항하지 않을
> 것이다. 아가씨를 목졸라 죽이는 것조차도 쉬울 것이다. 에구치
> 노인의 의욕은 사라지고 어두운 허무가 퍼져갔다.

곧이어 허무를 느끼지만 에구치는 분명히 파괴욕에 전율했
다. 상대의 무력을 전제로 극단적인 에로스의 꿈에 빠져 있던 에

구치. 홀로, 자폐적으로 꿈에 빠져 있었기에 에로스의 환상은 극단적으로 흐르게 되었다. 에로스적 환상의 극단에는 파괴욕이 있었다. 에로스와 파괴욕은 쌍두아처럼 한 몸이다. 또는 극단적으로 구현된 에로스의 끝에는 파괴욕이 똬리를 틀고 있다. 사랑의 정열은 쉬이 죽음의 정열로 변한다. 이런 까닭에 문학작품에는 극단적으로 낭만적인 사랑에 빠진 남녀가 죽음을 택하는 결말이 허다하다. 한편 쾌락의 극단을 구하려는 남녀는 종종 파괴와 죽음의 정열에 취한다. 사람들은 그것을 변태라고 부른다.

에로스의 극단적인 일면인 타나토스. 그런데 에구치는 타나토스조차 생의 마력으로 포섭한다.

> 에구치 노인은 다시 발끝으로 두꺼운 발바닥을 만지며 검은 피부를 더듬어가고 있었다. "생의 마력을 받아줘"라고 하는 것 같은 전율이 전해져올 것 같았다.(중략) 노인은 아가씨의 몸을 한겨울 다다미에 내밀치고 싶은 충동을 느끼면서 가슴에서 배까지를 바라보았다.(중략) 아가씨의 목을 조르면 어떨까. 연약한 존재다. 노인에게도 간단한 일이다.

타나토스가 왜 생의 마력인가. 때로 타나토스는 에로스가 타오르는 불화로의 장작이다. 에로스가 계속 타들어갈 수 있도록 연료를 제공한다. 타나토스와 어우러져 에로스는 더 길게, 온전하게, 박력 있게, 힘 있게 생명을 유지할 수 있다. 쉽게 말해서 싸움은 사랑을 더 깊게 만든다. 또한 어디선가 생명이 죽어야 새 생명이 태어나고 번식할 수 있는 법이다. 쇠락과 죽음조차 생을 지속하고 활력을 제공하는 마력을 가진다. 그런 면에서 에구치 노인은 제 쇠락을 긍정한 것일까. 쇠락이 생명의 순환의 거름이 된다는 점에서.

결말에서 잠자던 여인은 죽어나간다. 아마도 죽은 듯 자려고 섭취했던 독한 약물이 이상을 일으켰을 것이다. 노인들이 고독하게, 자폐적으로 그러나 그렇기에 충만하게 만끽했던 에로스는 '상대방의 극단적인 무력'이라는 조건을 전제한 것이었다. 아무래도 기형적인 조건이 아닐 수 없다. 기형적인 에로스 안에서 홀로인 사람은 극단적인 쾌락에 취할 수 있었지만, 결국 그것은 현실에서 존속 불가능한 것이었다. 극단적으로 일방적인 에로스, 그리고 극단적인 쾌락의 끝은 죽음이다. 그래서 사람들은 현명하게 극단적 쾌락과 현실 감각 사이에서 조율한다. 조율 감각을 잃어버리고 극단적인 쾌락을 끝내 구하는 사람은? 현실에서 추방될 수밖에 없다.

여자의 죽음 직전에 에구치는 어머니를 회상했다. 에로스의 근원으로서의 어머니. 에구치는 에로스의 본질과 마주하자마자 여자의 죽음을 보았다. 에로스를 생명의 근원으로 자각하는 일이 기형적이고 자폐적인 에로스의 꿈에서 깨어나는 일과 맞물려 있다. 기형적이고 자폐적이기에 극단적 쾌락을 제공했던 일방적 에로스는 임신과 어머니로 표상되는 건강한 에로스 반대편에 있다. 전자가 에로스의 꿈이라면 후자는 에로스의 현실이다. 에로스의 현실을 깨달았으니 당연한 수순으로 에로스의 꿈에서 깨어났다. 역시나 에로스는 임신과 어머니와 연관된 현실 세계에서 활약해야 안전하다.

소풍 혹은 꿈

에구치는 잠자는 미녀의 집을 "일상적이고 현실적인 인생 바깥"으로 여긴다.

> 전화상으로 밤 9시는 너무 일러서 아가씨가 잠들어 있지 않다, 11시까지 재워놓겠다는 이야기를 들었을 때, 에구치의 가슴이 돌연 뜨거운 매혹으로 떨린 것은 그 자신도 전혀 생각지 못한 일이었다. 갑작스럽게 일상적이고 현실적인 인생 바깥으로 유혹받은 것에 대한 놀람 같은 것일까.

에로스적 사건이 비일상적인 공간에서 일어나는 일임에는 틀림없다. 그래서 사람들은 주로 자기 전에 섹스를 나눈다. 하루 중 가장 몽롱한 시간, 현실과 가장 멀리 떨어진 시간이기 때문이다. 에로스는 소풍이다. 일상에서 잠시 바깥으로 떠나는 나들이다. 하지만 "인생 바깥"이란 단지 이런 뜻만은 아니다.

색즉시공色卽是空이라 했던가. 색色, 곧 에로스는 공空, 즉 꿈이
다. 혹은 에로스는 공空-꿈의 차원에서 더욱 색色답다. 에로스는
현실보다는 꿈이나 회상에서 더욱 진지하다. 에구치는 과거의
에로스적 사건을 회상하며 묘한 기쁨에 젖는다. 일어나지 않은
에로스적 사건을 몽상하며 희열을 느낀다. 꿈이나 기억에서 더
욱 생생하게 존재하는 에로스. 이 소설이 아름답게 느껴지는 이
유는 에구치의 에로스가 몽상의 차원에서 펼쳐지기 때문인지도
모른다. 그런데 원래 에로스가 꿈, 혹은 가 닿을 수 없는 먼 곳에
아련하게 존재해야만 더욱 아름답지 않을까. 인생에서 아름다운
모든 것은 꿈속에서나 존재하는가.

다른 한편 극한적인 에로스는 현실에서 가능하지 않다. 에로
스와 타나토스는 통하거니와, 이 둘이 극적으로 일치되는 접점은
일상적 현실에 존재하지 않는다. 에로스가 곧 타나토스고 타나토
스가 곧 에로스가 되는 지점, 둘이 완전히 겹쳐지는 지점은 현실
바깥에 있다. "잠자는 미녀의 집"은 비현실적 공간을 제공한다.
이 공간에서만 에로스와 타나토스는 같은 화로에서 불타오를 수
있었다. 타나토스까지 포섭한 극한적인 에로스는 비현실적 공간,
꿈이나 다름없는 공간에서만 실현될 수 있다. 에구치는 미녀의
죽음으로 꿈에서 깨어난다. 극한적인 에로스는 꿈이었다.

생의 선율, 생의 유혹, 생의 환희

공정해지자. 물론, 에로스에 이런 쓸쓸한 면만 있는 것은 아니다. 깊은 속을 들여다보지 않고 겉 거죽만 보는 것은 어리석다. 하지만 속에서 허우적거리다가 전체를 놓치는 것은 한층 더 어리석다.

에구치가 아가씨를 안고 그녀의 팔을 자신에게 두르니, 아가씨는 정말로 부드럽게 에구치를 안았다. 에구치는 "거의 무심의 황홀경"을 느낀다. 그러다가 깨닫는다. "이곳에는 노인들이 느끼는 노쇠의 애처로움, 추함, 비참함만이 아니라 젊은 생의 축복도 가득하지 않은가." 에구치의 다단한 감정은 하나로 수렴된다. 생의 교류, 생의 선율, 생의 유혹, 생의 회복. 한 마디로 생의 환희. 결국 잠자는 아가씨 곁에서 노인이 가장 강렬하게 느끼는 감정은 생명의 환희다. 마침내 생이 축복이라는 깨달음을 얻기 위해 에구치는 그토록 다감한 상념의 숲에서 헤매었나 보다. 에구치는 잠자는 미녀에게서 흐드러진 겹동백의 환영을 본다.

그러나 인간인 아가씨의 몸이 지닌 풍요로움은 눈으로 보기만 해서는, 점잖게 옆에서 자기만 해서는 알 수 있는 것이 아니었다. 동백꽃 따위와 비교할 수 있는 것이 아니었다. 아가씨의 팔에서 에구치의 눈꺼풀 안으로 전해져오는 것은 생의 교류, 생의 선율, 생의 유혹, 그리고 노인에게는 생의 회복이다.

쇠락은 일상이요, 죽음을 목전에 둔 노인의 입장에서 어린 미녀는 생 그 자체다. 신비롭고 축복에 가득 찬 생. 마음의 눈은 쇠잔해가는 육체에서 더욱 밝게 빛난다. 때로 지혜를 발견하기 위해서 일부러 눈을 감듯, 감각이 검소해질 때 지혜는 풍요로워지기 마련이다. 감각적 봉쇄가 지혜를 부추기는 셈이다. 헤겔은 "미네르바의 부엉이는 황혼이 저물어야 그 날개를 편다"는 유명한 경구를 남겼다. 이 경구를, 감각적·육체적으로 쇠약해질 때 지혜가 만개한다는 뜻으로 해석할 수도 있지 않을까.

늘 우리 주변을 둘러싸고 있지만, 그 가치를 제대로 알아차리지 못하는 것들이 있다. 가족, 연인, 친구 등. 그중 가장 결정적인 것이 '살아 있음'의 축복이다. 물론 어느 날 갑자기 그 가치를 깨닫기도 한다. 봄날의 새순, 첫여름의 연두, 갓난아기의 해맑은 미소에 경탄하면서 우리는 충격적으로 깨닫는다. 살아 있다는 것은 아름답구나! 그러나 무엇보다 그 축복에 전율하는 것은 상실을 앞두고서, 혹은 상실 이후다. 우리는 무엇이든 잃은 다음에 그 가치를 제대로 알아본다. 죽음의 비탄 속에서 왕성한 생을 발견한다. 이때 보이는 생은 상실 이전의 생과는 질적으로 완전히 다르다.

에로스 역시 잃은 후에야 그것이 축복이었음을 더 절실히 깨달을 것이다. 당연한 것이 실은 놀라운 기적이었음을 충격적으로 보여주는 마법이 상실이라는 사건에 존재한다. 우리는 어리석기에, 흔전만전 그것을 누릴 수 있을 때에는 그 축복을 잘 모른다. 흔히 에로스는 생명력과 등치 관계에 놓인다. 에로스가 축복인 이유는 살아 있음이 축복인 이유와 같다. 동백의 붉음과 벚꽃의 분홍이 아름다운 이유와 같다. 갓난아기의 불그레한 볼과 연두빛 새 이파리 앞에서 우리가 환희의 탄성을 금치 못하는 이유와 같다.

때로 에로스적 정열은 수난이자 고행이다. 젊은이들은 에로스적 정열 때문에 각종 신경증에 시달린다. 그러나 신경증은 호르몬의 과다 분비 때문에 발생한다. 다시 말해서 생이 왕성하기 때문이다. 폭발하는 감수성과 감당할 수 없는 혼란 때문에 고통스러운가? 그러나 그것은 생의 증좌다.

에로스적 정열로 인한 수난에 대처하는 한 가지 방법을 소개한다. 아니 에르노는 소설 『단순한 열정』에서 연하의 유부남과의 불륜 체험을 자전적으로 기술한다. 특히 광적으로 폭발하는 연인의 감수성을 낱낱이 그린다. 주인공 "나"는 그를 기다리는 일, 그의 전화와 방문을 바라는 일 외에는 아무것도 할 수 없다. 오로지 그와 관련된 일만을 감각하고 신경 쓰고 생각한다. 한시도 그에 대한 생각에서 벗어나지 못한다. 그가 있을 리 없는 장소에서도 그가 저를 지켜본다고 느낀다. 이 열정이 소진되고 나면 죽어도 여한 없을 것만 같다.

그녀는 때로 자문한다. 그는 내 생각을 전혀 하지 않고 하루를 보낼 수도 있는데? 스스로 바보처럼 느껴서 집착에서 벗어나고자 노력하기도 한다. 다른 여자와 있는 모습을 상상하며 질투로 괴로

위하다가 그러한 자신이 혐오스러운 나머지 다시는 그를 만나지
않으리라 다짐하기도 한다. 그의 전화만 기다리며 아무런 일도 못
하는 게 너무 끔찍해서 헤어지기를 원하기도 한다. 물론 이런 헤
어짐의 결심은 성공하지 못한다. 그녀의 감성 편력은 이른바 마
니아적 열정, 편집증적 집착의 전형적인 사례다. 우리는 지금까지
이런 광적인 감성들의 이모저모를 두루 살펴본 바 있다.

이 난국에서 그녀는 어떻게 벗어날까? 그녀는 스스로의 집착
을 깨달으며 결심한다. 예상과 달리 그녀는 집착을 버리지 않는
편을 선택한다. 집착을 즐기기로 마음먹는다.

오히려 그 사람에 대한 집착에서 벗어나지 않기 위해 이전에 즐
기던 독서나 외출 따위의 모든 활동을 자제했다. 나는 완벽한 한
가로움을 갈망했다. 나는 상사가 요구하는 시간외 근무를 무례하
게 느껴질 정도로 단호히 거절했다. 내 열정이 불러일으키는 느
낌과 상상의 이야기에 제한 없이 전념하지 못하도록 나를 방해하
는 것들에 맞설 권리가 있다고 나는 생각했다.

피할 수 없으면 즐기라는 옛말이 있다. 그녀는 집착 안에 침잠
하기 위해서 일부러 한가한 시간을 만들고, 고립을 자처한다. 사
람들은 흔히 집착을 단죄하면서, 집착을 버리기 위해 바쁘게 일
하고 홀로 있는 시간을 피하라고 충고한다. 그녀는 이런 세간의
통념과 반대로 행동하는 셈이다.

그녀가 그렇게 할 수 있는 이유는 고통스러운 열정이 실은 더 없이 귀중한 자산임을 알기 때문이다. 그녀는 열정에 감사한다. "그 사람 덕분에 나는 남들과 나를 구분시켜주는 어떤 한계 가까이에, 어쩌면 그 한계를 뛰어넘는 곳까지 접근할 수 있었다. 나는 내 온몸으로 남들과는 다르게 시간을 헤아리며 살았다. 나는 한 사람이 어떤 일에 대해 얼마만큼 솔직하게 말할 수 있는지도 알게 되었다. (중략) 그 사람은 자신도 모르는 사이에 나를 세상과 더욱 굳게 맺어주었다."

연인은 열정으로써 영혼의 한계 가까이 가보며, 때로 한계를 뛰어넘는다. 극한까지 가본 영혼은 그렇지 않은 영혼에 비해 많은 것을 보고, 겪고, 알게 된다. 인간에 대한 그의 지식은 그만큼 깊어진다. 극한적 열정에 도취해 사는 시간은 범속한 시간과는 질적으로 다르다. 열정으로 인해, 시간의 혁명이 일어난다. 지나친 열정을 가진 자는 그로 인해 세상에서 배척받고 고립될 수 있다. 그러나 열정에 침몰하였다가 빠져나온 체험을 계기로 그는 세상의 이모저모를 더 많이 알게 된다. 궁극적으로 열정은 세상과의 연결고리를 더욱 튼튼하게 만든다. 제대로 열정을 느끼지 못하는 마음이야말로 고립되기 일보 직전이다. 그때 세상과의 연결고리는 더없이 취약하다.

결국 이 소설은 사랑에 따르는 광적인 열정, 열정 그 이상도 그 이하도 아닌 열정, 즉 "단순한 열정"을 예찬하며 끝맺는다. 다음은 소설의 맨 마지막 문장이다.

어렸을 때 내게 사치라는 것은 모피 코트나 긴 드레스, 혹은 바닷가에 있는 저택 같은 것을 의미했다. 조금 자라서는 지성적인 삶을 사는 게 사치라고 믿었다. 지금은 생각이 다르다. 한 남자, 혹은 한 여자에게 사랑의 열정을 느끼며 사는 것이 사치가 아닐까.

중년의 작가에게 세상에서 가장 화려한 사치는 사랑의 열정을 느끼는 일이란다. 에로스적 사치는 경제적 사치, 지적인 사치에 우선한다. 이는 에로스를 생의 축복으로 여기는 에구치의 탄성과 유사한 맥락에 있다. 대체로 애물단지는 보물단지인 법이고, 보물단지이기에 애물단지가 되어버렸다. 에로스적 정열은 때로 애물단지지만, 애물단지인 이유는 그것이 보물단지이기 때문이다.

그러니 에로스적 정열로 수난을 겪는 당신, 그것이 아무리 힘겨워도 축복임을 잊지 마시라.

사랑, 피투성이며
또한 기적인

정미경,
「나의 피투성이 연인」

윤영수,
「귀가도 3-아직은 밤」

카롤루스 뒤랑, 〈키스〉, 1868

사랑이 의도적인 열정이 아니듯, 환멸도 마음대로 되지 않는 것이구나.(「나의 피투성이 연인」)

미는 친구 진을 도무지 이해할 수 없다. 진은 헤어진 애인이 저를 사랑했다고 굳게 믿고 있다. 미는 진도 그녀의 이전 애인도 다 잘 안다. 진의 이전 애인은 어느 날 술을 먹고 미에게 고백했다. 진을 만나기는 하지만 실상 별로 사랑하지 않는다고. 사실은 미에게 더 매력을 느낀다고. 물론 미는 그의 구애를 받아들이지 않았다. 그러나 애인이 저를 지극히 사랑한다는 판타지를, 만나면서도 헤어져서도 굳게 고수하는 진을 보면 화가 치민다. 미는 단정한다. 진은 애인이 아니라 제 판타지만을 사랑한다. 진은 제 자신을 기만하고 있으며, 판타지 속의 사랑은 절대 사랑이 아니다.

미는 다른 친구 선도 도통 마음에 들지 않는다. 선은 연인과 매일 싸운다. 싸우는 이유는 늘 치졸하기 짝이 없다. 애인이 사소하게 약속을 어겼다고, 말 한 마디 불친절하게 했다고, 선은 노상 트집을 잡는다. 선은 동성 친구들 사이에서는 관대하다는 평판을 가졌다. 그러나 애인을 대할 때, 선은 치사함 그 자체다. 선은 위선자가 아닌가? 미가 보기에 선이 동성 친구들한테 베푸는 배려의 반이라도 애인에게 베푼다면 문제는 전혀 없을 것 같다. 더욱 못 견디게도, 그러고도 선은 제 애인을 사랑한다고 말한다.

친구들을 보며 혀를 끌끌 차던 미, 소설을 읽는다. 정미경의 「나의 피투성이 연인」과 윤영수의 「귀가도 3 – 아직은 밤」이다.

죽음 이후 발견한 배신

「나의 피투성의 연인」의 유선은 남편과 열렬한 연애 끝에 결혼했다. 작가였던 남편의 사랑은 "너무도 견고해서 일생을 끌로 긁어도 닳지 않을 바위 같"았다. 그녀는 그렇게 믿었다. 그런데 남편은 교통사고로 죽고 만다. 애도가 채 끝나기도 전에 출판사 직원이 그녀를 찾아온다. 사람들이 남편을 잊기 전에 미완성 원고나 일기나 편지 같은 사적인 글들을 유고집으로 내자고 권유하면서, 경제적 보상도 적지 않을 거라고 암시한다.

그 제안이 마음에 들지 않았음에도 그녀는 일단 남편의 컴퓨

터를 뒤져본다. 의아하게도 암호가 걸린 파일들이 존재했다. 더욱 놀랍게도 그 파일들은 남편이 죽기 전 백일 간 다른 여자와 나눈 사랑의 기록이었다. "아아, 인생을 일천 번이라도 살아보고 싶다"는 그의 고백. 그는 "혼인의 윤리"를 버리고 "열정의 윤리"를 선택했던 것이다.

남편의 외도에 맞닥뜨린 여인의 정경은 익숙하다. 그렇지만 원망과 지탄의 대상이 되어야 할 남편은 죽고 없다. 죽은 남편에 대한 상실감과 그리움만으로도 감정의 짐은 무겁고 무거운데, 거기에 배신이라니. 배신이란 상실감과 그리움마저 혼탁하게 만들어버리지만, 상실감과 그리움은 아직도 빠져나올 수 없는 질곡인 채로 남아 있다. 피 흘리는 상처에 치료를 받기도 전에 소금 벼락을 맞은 셈이다. 당신이라면, 어떻게 할 것인가? 사적인 글을 출판하자는 제의에는 어떻게 대답할 것인가? 남편의 스캔들을 세상에 폭로하면 경제적으로도 보상받고 남편에게 복수할 수도 있을 것이다.

그녀는 비로소 깨닫는다. 깊고 어둡고 차가운 우물이 부부 사이에 존재했음을, 자신은 그 우물에 대해 아무것도 몰랐음을. 남편이 떠난 후에야 관계의 심각한 균열을 발견한 것이다. 그녀의 사랑은 짐작했던 대로 온전한 것이 아니었다. 이제 그녀는 "제 삶이 어느 순간 전복되어 버린 듯한 혼란스러움"에 시달릴 뿐이다. "정확히 이름 붙일 수만 있다면 그것이 외로움이든 슬픔이든 부끄러움이든, 미움이든, 박탈감이든, 배반이든, 모멸이든 견뎌낼 수 있을 것 같았다. 너무 많은 감정이, 쏟을 길 없는 상대를 향해 간헐천처럼 뜨겁게 예고 없이 솟아올랐다. 매번 소스라쳤고 매번 화상이었다."

더욱 난감하게도, 그럼에도 남편에 대한 그리움은 없어지지 않는다. "잠든 물새처럼 그가 M을 향해 고개를 돌리고 있다 할지라도" 유선은 남편을 안고 싶다. "사랑이 의도적인 열정이 아니듯, 환멸도 마음대로 되지 않"기 때문이다. 출판사의 제의에 대해서도, 유선은 내적 분열에 시달린다. 남편이 더 오래 기억되도록 제의를 받아들일까? 완벽한 아빠로 기억하는 딸에게 상처 줄 수 없으니 거절할까? 이외에도 내적 분열의 목록은 길고 길게 이어진다.

생활은 궁핍해지고 급기야 유선은 집을 내놓는다. 그러자 딸마저 생활의 불안에 시달린다. 유선은 딸이 발레하는 소녀들처럼 화사해지기를 바랐다. 그녀는 마침내 "연약한 것은 추한 것"이라는 슬로건 아래 출판사의 제의를 수락하기로 한다. 그런데 마지막 순간 유선은 마음을 바꾼다. 그녀는 남편의 컴퓨터가 텅 비었다고 거짓말을 함으로써, 출판사의 제의를 거절한다. 왜 그녀는 출판사의 제의를 거절했을까? 왜 남편의 외도 사실을 끝내 묻어두기로 했을까?

나는 믿는다, 내가 선택한 거짓을

유선은 남편과의 사랑이 불완전했음을 까발리는 대신 그것이 사랑이었다고 인정하는 쪽을 택했다. 남편을 배신자가 아닌 연인으로서 기억하는 편을 택했다. 마지막 결정 후 유선은 속으로 부르짖는다. "널 위해서가 아니야. 당신은 내 속에서, 언제까지나, 마지막 보여주었던 그 모습처럼, 나의 피투성이 연인으로 남아 있어야 해." 여기서 우리는 낯설지 않은 연인의 심리를 보게 된다. 실상보다는 판타지를 믿고 싶은 심리.

유선은 관계의 실상인 외도로 인한 균열을 못 본 척하기로 한다. 어쩌면 그녀는 자기기만의 달인 같다. 관계의 실상에 애써 눈감고 판타지 속에서 자기만족을 추구하는 것 같다. 유선만 그런 것이 아니다. 서두의 진도 그러하듯이, 종종 연인은 현실을 인정하기보다는 제가 꾸며낸 판타지 속에서 기만적인 만족에 안주하려고 한다.

그런데 판타지 없는 사랑이 어디 있으랴. 그가 나를 열렬히 사랑한다는 판타지는 연인에게 일종의 최음제다. 사랑은 드물지 않게 상대가 나를 좋아한다는 판타지 혹은 오해에서부터 시작된다. 이른바 운명적인 사랑이라 하더라도 종종 두 개의 판타지가 빚어내는 오해의 협주곡이다. 이런 판타지는 서두의 진이나 유선의 경우처럼 자기기만적으로 보이기도 한다. 실제로 유선은 이 판타지를 지속하기 위해서 엄연히 존재하는 사실을 말

소하려고 한다. 판타지는 자신을 유지하기 위해 필히 거짓을 필
요로 한다.

그림자 없는 것은 생명 없는 것

그러나 그뿐일까. 판타지는 그저 거짓에 기반을 둔 허약한 모래
성일 뿐일까. 실상 유선의 판타지는 더 지엄한 진실을 통찰한 결
과다.

사랑이 아름답고 따스하고 투명한 어떤 것이라고는 이제 생각하
지 않을래. 피의 냄새와 잔혹함, 배신과 후회가 없다면 그건 사이
보그의 사랑이 아닐까 싶어. 당신, 전등사 갔던 날 기억나? 사랑
도 그런 거라는 생각이 들어. 전등사를 보지 못한 그날을 전등사
갔던 날, 로 이름 지었듯 뭔가가 빠져 있는 그대로 그냥 사랑이라
고 불러주는 거지.

완벽한 사랑이란 존재하지 않는다. 시종일관 서로에게 친절
하고 황금율의 배려를 베푸는 관계만이 사랑인가. 아니 오히려
더없이 예의 바른 관계는 사랑하고 거리가 멀다. 그런 도덕적으
로 칭찬할 만한 관계는 덜 친할 때에 가능하다. 때로 미덕으로 가
득 찬 관계는 친밀감의 부족을 증명한다.

일례로 연인들은 때로 믿을 수 없을 정도로 치사해진다. 친밀감을 확신한 나머지 유아기로 퇴행하기 때문일 것이다. 서두의 선처럼, 누구보다 연인을 가깝다고 느껴서 은연중에 기대한다. 그는 내 유치하고 치사한 짓들을 수용해주겠지! 예의범절의 장벽이 사라진 곳에서 연인들은 마음껏 생떼를 쓰고 고약해진다. 아름답진 않지만, 그것이 사랑에 필연적으로 따르는 심리의 일환임을 부정할 수는 없다.

야누스처럼, 사랑 그 숭고하고 거룩한 감정은 반드시 이면에 졸렬하고 유치한 감정을 거느린다. 사랑의 환희라는 빛 이면에는 질투, 소유욕, 의심, 치사함, 이기심 등 다종다양한 그림자가 존재한다. 존재하는 모든 것이 빛과 그림자를 거느리듯, 사랑 또한 그러하다. 그런데 그림자 없는 존재를 생명이라 할 수 있겠는가. 그림자는 분명히 아름답지 않지만, 그렇다고 없어질 수도 없다.

그림자 중 가장 어두운 것이 배신으로 인한 환멸이라고 말할 수 있을까. 유선은 남편의 배신을 알았음에도 남편을 그리워하고 피투성이로 망가졌을지언정 남편과의 관계를 사랑으로 인정하려고 한다. 치 떨리는 배신과 환멸을 겪을 운명에서 자유로운 사랑은 어지간해서는 없기에. 사랑은 어찌됐든 피투성이일 수밖에 없다. 고통과 상처와 환멸로 뒤범벅이 된 피투성이 기묘한 물체가 곧 사랑이다.

이런 실상 앞에서 어떤 이는 '사랑, 그 따위는 없다'고 선언하며, 바리케이드 안에 스스로를 가둔다. 그는 사랑을 부정하며 관계 맺기를 기피한다. 그러나 어떤 이는 뭔가가 빠져 있는 그대로를 사랑이라고 불러준다. 이는 어쩌면 엄연히 사랑이 아닌 것을 사랑이라고 믿으며 스스로를 기만하는 것처럼 보인다. 그러나 기만은 더 지엄한 진실을 수긍한 결과다. 사랑의 그림자까지도 엄연히 사랑이라는 지엄한 진실. 그림자조차 사랑으로 수긍하고 포용할 때 연인은 성숙한다.

제목에 쓰인 "피투성이"는 "블러디Bloody", "잔혹함" 등 동일 계열의 말로 변주되며 다채로운 의미망을 거느린다. 그들은 우선 남편과 연관된 다양한 이미지를 지시하며 그때마다 남편에 대한 유선의 감정을 드러낸다. 뿐만 아니라 궁극적으로는 사랑의 다면적인 본질을 의미한다.

첫째, 한참 열애할 때의 블러디는 "서로의 손목을 날카로운 면도칼로 긋고 너의 동맥 속에 내 피를 흘려 놓고 싶었던, 혀를 깨물어 흘러나오는 너의 피를 삼키고 싶던 블러디", "델 만큼 뜨거웠던 39도의 블러디였고 너는 나의, 나는 너의 심장 자체를 원했던 블러디"다. 여기에서 블러디는 서로의 피를 섞어도 좋을 만큼 황홀한 엑스터시의 순간을 뜻한다. 네가 나이고 내가 너인, 순간적으로 하나가 되는 뜨거운 열정이 없는 사랑은 없다. 그러나 사랑은 그것만으로 이뤄지지 않는다. 열정의 시절은 순간이고 그에 따르는 많은 것들의 세월은 장구하다.

둘째, 유선은 피투성이가 된 남편의 시신에서 블러디 밸런타인을 떠올린다. "그의 멈추어버린 심장 속에 내 뜨거운 피를 전부라도 흘려 넣어주고 싶은 블러디 밸런타인". 이때의 블러디는 애끓는 이별의 고통을 뜻한다. 피투성이 너에게 나의 피를 몽땅 다 흘려 넣어주어서라도 너를 살리고 싶은 통절함. 이별을 되돌리고 싶은 애절함. 모든 사랑은 이별의 씨앗을 내장한다. 늦게 오든 빨리 오든, 이별의 운명이 예정되지 않는 사랑은 없다. 아이러니하게도 사별은 가장 축복받은 이별이다. 지상에서 영원히 함께 함은 불가능하기에 사랑은 잔혹하다.

셋째, 유선은 남편의 배신으로 인해 지옥 같은 고통을 겪는다. 이때 남편은 사랑 그 자체의 기반을 흔들 만큼 험난한 시련을 준 원흉으로서 블러디 밸런타인이다. 일반적으로도 연인은 나의 기대와 꿈을 배반한다. 사랑 자체의 존속을 위태롭게 하는 폭탄을 던져준다. 폭탄 맞은 연인은 환멸하면서 혼란의 도가니 속으로 끌려 들어간다. 아, 이게 사랑인가? 내가 꿈꾸던 사랑은 이게 아니었는데! 사랑은 이런 환멸과 혼란을 필히 수반하기에 잔혹하다.

마지막으로 유선은 사랑을 지키는 선택을 하면서 사랑 그 자체를 피투성이라고 수긍한다. 거짓과 혼란과 상처와 환멸이 뒤섞인 그대로, 황홀한 열정과 애끓는 이별의 고통까지 다 포함한 피투성이 자체가 사랑이라는 것이다. 여기에 각종 흉물스러운 것들을 끌어안는 마음까지 더한 것이 또한 사랑이니, 사랑의 내포는 얼마나 넓고도 넓은가.

그러니까 사랑이란 피를 섞어도 좋을 만큼 황홀한 합일의 순간을 맛보여주기에 잔혹하고, 이별의 고통을 필히 예정하기에

잔혹하며, 배신과 환멸을 그림자처럼 거느리기에 잔혹하다. 이
토록 아름답지만 흠집투성이인 그것을 사랑이 아니라고 단호히
부정하며 버릴 수도 없기에 사랑은 또한 잔혹하다. 사랑이라면
이 허다한 잔혹함을 결국 한 몸에 끌어안을 수밖에 없기에 잔혹
하다. 이 모든 잔혹함이 뭉뚱그려진, 잔혹함의 총합이 사랑이라
니. 사랑은 더도 덜도 아니라 딱 피투성이 그 자체인가 보다.

불가능을 가능으로 번역하는 콩깍지

한 걸음 더 나아가보자. 어쩌면 유선은 남편의 배신을 용서했다.
죽을 것만 같은 환멸을 딛고 상대를 용서하는 연인은 의외로 드
물지 않다. 견딜 수 없는 좌절을 겪으면서도, 이쯤에서 사랑을 종
료할까 번민하면서도, 결국 사랑을 지속하기로 결심하는 연인도
꽤나 많다. 실은 이런 사람들만이 사랑에 대해 무언가를 발언할
자격을 가진다.

소설 속 연인들을 만나면서 누차 느끼는 것은 참을 수 없는 자
아의 견고함, 참을 수 없는 관계의 빈약함, 참을 수 없는 연인의
나약함, 참을 수 없는 사랑의 쓸쓸함이다. 이는 우리 주위의 허다
한 연인들이 증명하는 바이기도 하다. 그러나 사랑은 그것뿐만
이 아니다. 사랑은 종종 기적을 행한다.(『참을 수 없는 존재의 가벼
움』편에서 테레자의 기적을 이야기한 바 있다.)

윤영수의 「귀가도 3 – 아직은 밤」에 등장하는 목사의 아내 역시 기적을 행했다. 남편이 낸 교통사고로 딸이 한쪽 시력을 잃자 부부는 점점 수렁에 빠져들었다. 아내는 차츰 남편을 증오하게 되었다. 목사인 남편은 매일 밤 통곡의 기도를 한 후 평안한 잠에 빠져들 뿐이었다. 모든 일을 하나님의 뜻으로 돌리는 남편을, 아내는 견딜 수 없었다. 아내는 상심에 겨워 딸에게도 따뜻하게 대해주지 못했다. 남편과 아내가 남남처럼 지내던 어느 날, 딸은 급기야 자살하고 만다. 이후 남편은 낙향하여 예순다섯 살 과수댁에게 위로를 받으며 지낸다.

소설의 첫머리에서 아내는 아들의 결혼과 자신의 건강 문제를 의논하기 위해서 남편을 찾는다. 그러나 그녀는 남편과 과수댁의 사이가 심상치 않음을 짐작하고 외롭게 발길을 되돌린다. 일견 남편이 씻을 수 없는 과오를 저지른 것처럼 보인다. 거듭된 수난에 갈가리 찢긴 아내의 마음을 어루만져주기는커녕 다른 여자에게서 위안을 구하다니. 아내는 남편의 바람기와 이기심을 단죄할 것인가.

그러나 아내는 옛일을 회상하면서 자신이 그 모든 불운의 피해자가 아니라 가해자였음을 깨닫는다.

우리 가족 누구도 마음껏 웃거나 즐거워할 수 없다고 나는 나도 모르게 규정지었던 것이다. 하나님의 뜻이었다고 밀어붙이지 않고는 자신이 일으킨 사고를 마주 볼 용기도 없었던 남편을, 사랑하는 딸을 다치게 한 장본인으로서 나보다도 훨씬 더 괴로웠을 그를 나는 온갖 냉소와 침묵으로 끝없이 흔들어 젖히는 중이었다. 아들 경훈에게도 마찬가지였다. 그 착하고 눈물 많은 녀석에게 기계적으로 밥을 내밀고 옷을 빨아주었을 뿐 따뜻한 말 한마디 건넨 적이 언제인지 기억조차 할 수 없었다.

아내는 여전히 불운을 원망하면서 자신을 가련한 피해자로 규정할 수도 있었다. 좀 더 마음에 맞는 배려를 베풀지 못하는 남편, 외도 일보 직전에 있는 남편을 지탄할 수도 있었다. 그러나 그녀는 이 모든 불행의 탓을 결국 제 냉정함과 이기심으로 돌린다. 피해자의 자리에서 가해자의 자리로 스스로 옮겨 앉은 셈이다. 따뜻한 위로와 격려를 베푸는 대신 저만의 고통 안에 갇혀 있었던 자신이 실상 가해자였음을, 그녀는 깨닫는다.

그녀가 깨닫는다? 사실 이 말은 정확하지 않다. '깨닫다'라는 어휘는 부적절하다. 깨달음의 대상은 엄연히 진실인 무엇이다. 그런데 그녀가 가해자라는 사실은 엄연한 진실이 아니다. 그저 그녀가 그렇게 여기기로 했을 따름이다. 부부관계에서는 누가 피해자이고 가해자인지 사실 여부가 중요하지 않다. 가해자 혹은 피해자로 '여기기로 하는 마음'이 중요하다.

사랑의 법정은 공소사실의 증명을 요하지 않는다. 가해 사실과 피해 사실을 논리에 따라 판단하지 않는다. 사실 여부보다 가해자 또는 피해자로 '자처하는 마음'이 중요하다. 기적을 만드는 것은 물론, 가해자로 자처하는 마음이다. 남녀관계에서는 객관적 진실보다 주관적 진실의 힘이 훨씬 세다. 본질적 진실보다 자의적 진실이 강력하다.『참을 수 없는 존재의 가벼움』편에서 말했듯, 시정의 법률을 벗어나 고유한 사랑의 격률만을 따르는 판단착오가 겹치고 겹칠수록 사랑은 깊어진다. 사랑의 깊이는 전도된 시선과 판단착오의 두께에 비례한다.

알랭 바디우에 따르면, 사랑은 "불가능한 무엇처럼 나타나게 만드는 무언가를 극복하는 것"[57]이다. 사랑은 불가능을 극복한다. 이렇게 말해도 될 것을 그는 복잡하게 말했다. 극복해야 하는 것은 불가능이 아니라, "불가능한 무엇처럼 나타나게 만드는 무언가"란다. 이 무언가가 무엇인가. 무엇을 불가능한 것으로 여기게 만드는 것, 즉 무엇이 불가능하다고 믿어버리는 나약하고 비관적인 마음이다.

견고한 두 자아의 치명적인 차이를 극복하기란 불가능해 보인다. 상대의 충격적인 배신을 용서하기란 불가능해 보인다. 관계의 숙명적인 균열을 메꾸기란 불가능해 보인다. 그러나 불가능하다고 여기는 마음을 가능하다고 믿는 마음으로 바꾸는 것이 사랑이란다. 이 선회의 능력이 사랑이다. 무엇을 불가능하다고 여기는 마음이 사랑의 가장 큰 적이다. 비관을 낙관으로 교체하는 힘이 사랑이다. 다른 말로, 사랑은 사랑하는 능력에 대한 무한한 신뢰인 셈이다.

앞에서 치사함을 이야기했다. 말도 안 되게 치사하게 구는 것도 사랑의 일종이다. 그런데 치사함을 당해야 하는 연인의 입장을 가정해보자. 어느 순간 그는 더 이상 상대의 치사함을 봐줄 수 없을 것 같다. 그는 외친다. 더 이상은 불가능하다! 그런데 때로 여기서 그는 선회한다. 불가능할 건 또 뭐야. 봐줄 수도 있지. 이런 선회가 사랑이란다. 연인의 눈에 씐 콩깍지는 상대의 추함을 아름다움으로 번역하는 일만 하는 것이 아니다. 각종 불가능을 가능으로 번역하는 콩깍지, 온갖 무능을 유능으로 번역하는 콩깍지가 진정 고상한 콩깍지다.

말이 나온 김에 바디우의 사랑론을 보고 가자. 그에 따르면, 시작되는 순간의 황홀감은 사랑의 아주 작은 부분이다. 사랑은 지속되는 하나의 구축이다. 끈덕지게 이어지는 모험이다. 최초의 장애물, 최초의 심각한 대립, 최초의 권태와 마주하여 사랑을 포기하는 것은 사랑에 대한 커다란 왜곡이다. 진정한 사랑이란 장애물들을 지속적으로 극복해나가는 사랑이다. 사랑은 지속하고자 하는 강한 욕망이다.[58]

사랑의 철학자 바디우의 말은 더없이 거룩해 보인다. 현실에서 너무 멀리 떨어진 공자님 말씀일까? 그러나 그 역시 사랑이 불미스런 그림자, 곧 시련을 거느림을 부정하지 않았다. 진정한 고상함은 불미스러움을 배척하는 것이 아니라, 불미스럽기에 사랑을 부정하고 그만두는 것은 더더욱 아니라, 불미스러움에도 불구하고 사랑을 지속하는 것이다. 기적을 낳는 것은 지속하려는 의지다.

지식과 소설
—풍요로운 문학을 꿈꾸는 단조로운 말

지식과 소설

소설을 사랑하는 사람이라면 저마다 좋은 소설의 모범을 상정하고 있을 터이다. 재미있고 감동적인 소설, 문장이 아름다운 소설, 따스한 위안을 주는 소설, 고운 서정을 노래하며 마음을 순화하는 소설, 반전이 기발한 소설, 인간의 숭고한 본성을 보여주는 소설, 감정을 직설적으로 말하지 않고 시적인 이미지에 빗대어 우회적으로 표현하는 능력이 탁월한 소설, 사회의 구조적 모순을 파헤치는 소설, 민중의 생활상에 주목한 소설, 사회의 비리를 고발한 소설, 현실 공간을 이탈하여 상상력의 나래를 극한까지 펼치는 소설, 심지어 애매모호하여 해석의 여지를 차단하는 소설까지. 좋은 소설의 모범은 소설가나 평론가 혹은 독자의 수만큼 다양하겠다. 이들에 대해 왈가왈부하고자 하는 뜻은 없다. 단지 나 역시 모범을 말하는 자리에 한몫 끼고 싶을 뿐이다.(이 책은 에세이에 가깝지만, 근원은 소설 읽기였다. 내 소설적 취향에 입각한 소설 독법이 이 에세이의 근간이 된 셈이다. 이 에필로그는 책을 탄생시킨 동력에 관한 소박한 고백이기도 하다.)

나는 오래전부터 지식이 좋은 소설의 가장 중요한 요건이라고 생각해왔다. 여기서 지식이란 과거 특정 시대의 생활상에 대한 고증학적 지식, 소재로 쓰인 동물이나 식물 혹은 사물에 대한 백과사전적 지식, 정치적 사건에 대한 역사학적 지식, 어떤 담론에 대한 사변적 지식 등을 일컫지 않는다. 즉 자료 조사로 얻어지는 지식이 아니다. 내가 말하는 지식이란 인간 자체에 대한 직관적 지식이다. 특히 인간의 심리와 인생사의 섭리에 관한 예리하고 섬세한 지식이다. 구조적이고 세목화된 심리학적 지식과 형이상학적 지식. 좋은 소설은 인간의 깊은 마음과 인생의 비밀스런 섭리에 관한 풍요로운 지식을 담고 있다. 소설의 가치는 소설이 내장한 지식의 깊이에 비례한다고까지 말할 수 있다. 좋은 소설가는 탁월한 심리학자이자 심오한 형이상학자다.

지식의 운명이 원래 그러하듯, 누구나 다 아는 지식이라면 조금 김빠지고 덜 매력적이다. 아무래도 신기하고 특이하고 심오한 지식이 매혹적이게 마련이다. 과학의 세계에서 새로운 학설이 각광받듯 소설이 내장한 지식이 신기할수록 매력적이다. 그러나 하늘 아래 새로운 것이 없다는 금언은 특히나 인문학계에서 두말할 나위 없는 진실이다. 소설이나 인문학에서 지금까지 전혀 알려지지 않았던 완전히 새로운 지식은 가능하지 않다. 결국 원래 존재했던 지식이지만, 잘 발견되지 않았던 예민하고 깊은 자리에 놓인 지식, 날카로운 촉수로만 감지되는 지식, 명석한 정신에 의해서 언어화되기 전에는 알쏭달쏭한 지식이 매력적일 터이다. 추상적인 이야기를 그만두고 구체적으로 풀어보자.

심리적 지식

우선 심리. 좋은 소설이 잘 보는 마음은 그냥 마음이 아니라 깊은 마음이다. 가령 사랑을 보답 받지 못한 쓸쓸함, 사랑을 시작하는 설렘, 이별 후의 고통 등은 누구나 다 아는 평범한 마음이다. 그런데 이 책에 언급한 그를 사랑하지만 밀어내는 마음, 사랑하는 그를 고통스러운 시험에 빠트리는 마음, 그의 옛 애인을 연구하고 모방하는 마음, 연적에 대한 막연한 호감, 그를 사랑하는지 아닌지 알 수 없는 마음, 사랑이 두려워서 그를 악마로 몰아가는 마음 등등은 깊은 마음이다. 이런 마음들이 소설에 묘파되었을 때 우선 재미있다. 뻔하지 않고 신기하기 때문이다. 그런 기묘한 마음들은 마음의 사각 지대에 존재한다. 감수성 예민한 사람들이 폐부 깊은 곳에서부터 느끼는 애매한 감정, 표현하기 어렵지만 전 존재를 흔들 만큼 강력한 심적 에너지, 쉽사리 꺼내어 소통 안 되는 복잡다단한 심경이다. 분명 제 안에 존재했지만 뭔지 몰랐던 마음을 섬세하게 언어화한 글을 읽은 독자는 후련하게 마련이다.

이른바 명작소설, 특히 고전은 이 깊은 마음에 대한 풍요로운 지식을 담고 있다. 명작소설은 (아픈) 마음에 대한 해박한 지식을 담은 '마음의 백과사전'이다. 유능한 소설가일수록 심리학적 지식을 풍부하게 가진다. 소설가는 인간 감수성의 어두운 대륙을 탐사하는 탐험가다. 그가 좀 더 은밀한 오지懊地의 정서를 발견할수록, 또 그에 대한 정보를 섬세하고 예리하게 세목화할수록 탁월해진다. 깊은 마음이 묘파된 소설을 읽은 독자는 때로 무릎을 치면서 외친다. "이런 마음이 있다는 것을 어떻게 알았지?" "내가 말로 표현할 수 없었던 복잡한 그 마음이 바로 이거였구나." 실은 나도 좋은 소설을 읽으면서 이런 말을 뱉은 적이 있다. 소설 읽기는 마음에 관한 지식을 넓혀가는 일이기도 하다.

스페인의 대문호 우나무노는 그의 소설론에서 말했다. 그는 모든 작중인물을 제 영혼, 즉 제 내면적 현실에서부터 끄집어냈다. 그는 당대 외모, 배경, 복장, 말투 등 외적 세계를 사진처럼 복제하는 일을 리얼리즘의 본령으로 삼는 리얼리즘론에 반대한다. 우나무노는 그것을 "전적으로 외부적이고 표면적이고 표피적이고 삽화적인" 것이라고 일컫는다. 그에 따르면, 사실성은 내면성이다. 특히 번뇌하는 인물들의 고뇌다. 진정한 리얼리즘은 외적 현실을 세부적으로 묘사하는 것이 아니라 벌거벗은 영혼의 외침을 붙잡는 것이다.[59] 벌거벗은 영혼의 외침이란 위에서 말한 깊은 마음, 혹은 심층 심리와 통할 것이다.

섬세함과 예리함은 예나 지금이나 좋은 글의 미덕으로 간주된다. 어떤 이는 예리함을 타인의 논리를 잘 반박하는 능력으로 본다. 또 어떤 이는 특정 정서를 환기하는 일상적 정황이나 사물을 제시하는 능력에서 섬세함을 본다. 가령 한 소설가가 벽지에 찍힌 머리 자국을 묘사하면서 인물의 고독을 이야기할 수 있다. 허구한 날 인물이 벽에 기대어 텔레비전만 보았음을 암시함으로써 그의 고독을 드러내는 것이다. 이런 능력도 분명 예리함과 섬세함이지만, 내가 생각하는 예리함과 섬세함은 좀 다르다. 그것은 마음의 구석구석까지 들여다보는 능력이다. 감춰진 마음까지 언어화하는 능력이다. "뭐가 뭔지 모르는 이상한 기분이야"라고 말하는 대신 "그를 사랑하지만 자꾸 짜증나는데, 실은 내가 행복해지기를 원하지 않는 것 같아"라고 말하는 능력이 예리함과 섬세함이다. 그러한 예리함과 섬세함의 능력이 곧 소설가의 재능이다.

이 능력은 심리를 구조화·세목화하는 능력과 통한다. 누구나 막연히 "사랑의 불안"이라고 발설할 수 있다. 그러나 구조화하고 세목화하는 정신은 불안의 세부를 구구절절 안다. 나는 이 책에서 재능 있는 작가는 막연히 "사랑에 빠진 사람은 의심한다"라고 말하지 않고 그 의심 사유의 목록을 구체적으로 밝힌다고 하였다. 이 목록을 길게 작성할수록 유능한 작가라고 말했다. 의심의 사유를 구체화하는 것이 곧 인간의 의심을 구조화·세목화하는 일이다. 가령 「더도 덜도 아닌 완전한 남자」의 홀리아는 남자의 사랑을 의심하면서, 그는 내 미모만 사랑할 뿐 나 자신을 사랑하지 않는다, 그는 나를 얻어 유명해지기만을 바랄 뿐이다, 내 예쁜 얼굴을 그의 재산 목록에 추가하고자 할 뿐이다, 그의 사랑은 제 소유물에 대한 사랑일 뿐이다, 등등으로 의심의 세부를 나열한다. 바꾸어 말하면 작가 우나무노는 사랑에 빠진 여성의 의심에 대한 구조적이고 세목화된 지식을 가지고 있다.『돈 끼호떼』의 안셀모 역시 아내의 정절을 의심하되 막연히 의심만 하지는 않는다. 구체적인 의심의 사유가 있다. 그녀는 기회가 없어서 정절을 지킬 뿐 아닌가? 누군가 유혹해도 굴하지 않을 만큼 그녀는 정숙한가? 여기서도 작가 세르반떼스는 의심에 대한 구조화된 지식을 가진 셈이다.

구조화·세목화된 지식은 그렇지 않은 지식보다 매력적이다. 일례로, 막연히 "자연이 신비롭다"라고 말하는 과학자보다는 자연의 신비를 드러내는 세부적 사실들을 구체적으로 다양하게 제시하는 과학자의 말이 그럴싸하게 들리는 법이다. 구체적이고 다양한 세부적 사실들은 구조화·세목화된 지식과 대동소이하다. 실상 어떤 학문에서도 평범한 명제만을 내세우는 학설은 덜 매력적이다. 명제 자체가 신기하거나, 아니면 명제에 따르는 세목들이 풍부해야 매력적이다. 소설에서 매력적인 지식의 성격도 바로 이런 것이다. 보다 덜 주목받았던 신기한 심리에 대한 지식이거나, 세목을 풍부하게 거느리는 심리적 지식이거나.

관념적 지식

좋은 소설은 밝은 지혜로써 인생의 비밀을 통찰한다. 인생의 비밀이란 생의 섭리, 삶의 이치, 인문학적 지식, 관념적 지식 등의 말로 변주될 수 있다. 도대체 이것이 한 마디로 무언지 추상적으로 정의하기는 어렵다. 더듬거리면서나마 그 전모에 다가가기 위해 구체적인 사례를 들어본다. 이 책에 언급된 것들 중 일부다. 가령, 사랑은 상상 속에서 더 진지하다. 욕망의 본질에 결코 가닿을 수 없기 때문에 연인은 싸우고 판타지를 만들고 의심한다. 사랑은 나의 상相을 상대에게 투사하는 고독하고 자폐적이고 일방적인 사업이다. 사랑은 결핍을 등에 지고 결핍 사이를 걸어가는 것이다, 기타 등등. 이외에도 각종 생의 비밀에 관련하여 좋은 소설은 무언가를 말한다. 왜 소설이 굳이 이런 지식을 가져야 하는가? 이 질문에 대한 답은 다음 질문에 대한 답과 같다. 인간은 왜 밥만 먹고 살 수 없는가? 인간은 왜 생의 비밀을 궁금해 하고, 그에 관한 밑도 끝도 없는 상념에 빠져 드는가? 그 과정에서 통찰한 바를 왜 소통하고 싶어 하는가?

　삶은 괴물이다. 그것이 돌아가는 원리의 전모는 알 수 없다. 그러나 사람들은 그것을 알고자 노력해왔다. 인생은 어떻게 해도 알 수 없다고 항복하는 것보다 조금이라도 더 알려고 노력하는 것이 삶에 대한 예의다. 그 노력의 결과를 우리는 생의 섭리, 삶의 이치라고 부른다. 인생사가 아무리 혼란스러워 보여도, 그것을 관통하는 섭리나 이치가 없지 않다. 삶이라는 괴물을 포획하는 그물망의 법칙이 다양하게 존재한다.(물론 항시 그물에서 빠져나가는 것 역시 엄연히 존재한다.) 이런 지식을 알면 알기 전보다 삶에 대처하기가 쉽다. 다 알기는 어렵지만 많이 알수록 좋다. 어떤 사람은 수영법을 정식으로 배워서 수영한다. 어떤 사람은 무조건 바닷물에 빠져서 허우적대며 수영법을 터득하거나, 끝내 터득하지 못한다. 여기서 바닷물은 인생, 수영법은 삶의 이치와 같다. 일례로 이런 섭리를 알면 아픈 마음을 치유할 수 있다. 가령 연인과 매일 싸우는 사람은 사랑의 본질에 관한 지식을 터득함으로써 마음을 다스릴 수 있다. 사랑의 본질이 결핍이기에 연인에게는 의도적으로 결핍을 관계에 도입하려는 성향이 있다는 지식을 알면, 알기 전보다는 치유하기가 쉽다.

좋은 소설은 이런 인생의 섭리와 이치에 대한 풍요로운 지식을 담고 있다. 인생의 섭리와 이치를 고구하는 일은 인문학자들의 오랜 사업이다. 유능한 소설가는 유수한 인문학자 이상으로 생의 섭리를 간파한다. 이런 지식을 관념적 지식이라 불러보자. 앞의 심리적 지식과 마찬가지로 관념적 지식도, 보다 깊은 자리에 놓인 섬세하고 예리한 지식이 매력적이다. 가령 단지 사랑의 기쁨과 이별의 슬픔만을 그리는 소설보다 사랑하는 사람이 자꾸만 의심하고 싸우는 이유를 통찰하는 소설이 더 매력적이다. 상식보다 약간 깊은 자리에 놓인 이 지식들은 어느 정도 보편화되어 있다. 이 말은 이 지식이 개인의 뜬구름 잡는 소리가 아니라는 뜻이다. 수학의 세계가 체계화되었듯, 인문학적 지식의 세계도 구체적으로 형성되어 있다. 그렇기에 보편적인 공유와 배움이 가능하다. 좋은 소설은 이런 지식을 형상화할 뿐만 아니라 구조화한다. 심리학적 지식에서와 같이 관념적 지식에서도, 단선적인 것보다 구조화·세목화한 것이 매력적이다. 앞서 말한 섬세함, 예리함, 구조화, 세목화 등의 미덕은 관념적 지식에서도 동일하게 미덕이다.(따라서 상술은 생략한다.)

그러나 오해하지 마시길. 소설의 지식이 인문학적 지식을 추수한다는 뜻은 아니다. 소설가는 인생사에 관한 구체적이고 체험적인 통찰을 형상화한다. 그런데 그것이 종종 인문학자들의 사유와 통한다. 난삽한 수사修辭를 걷고 본다면, 그리고 학술이 아닌 상식의 장에서 이야기한다면 유수한 인문학자들의 명제는 쉽고 짧은 말로 요약될 수 있다. 가령, 인간은 욕망의 본질에 가닿을 수 없고 평생 짝퉁들만 순례하며 그렇기에 욕망과 현실의 괴리에서 발생한 허기를 늘 느낀다(라캉). 인간은 타인의 욕망을 모방한다(지라르). 사랑은 결핍과 풍요의 변증법이기에 결핍된 가운데 풍요를 꿈꾼다(플라톤).(너무 쉽게 말해 버려서 대학자들에게 미안하다.) 학술의 장에서 비난 받을 각오를 하면서 그들의 사유를 간단히 정리한 이유는, 이것이 눈 밝은 작가가 생을 겪으며 육

체적으로 깨달은 진실과 통한다고 말하고 싶어서다. 좋은 소설
은 인문학자들의 사유를 전면에 내세우지 않고 체험적 통찰을
이야기한다. 그러나 그것은 드물지 않게 인문학자들의 사유와
맥이 닿는다.

좋은 평론은 소설에서 이런 것들을 읽어낸다. 심지어 소설가
가 인문학적 주제를 뚜렷하게 의식하지 않고 단지 뭉클거리는
형태로 감지하기만 한 가운데 그것을 형상화하였더라도, 평론가
는 그것을 읽어 내어 명쾌하게 언어화한다. 유능한 평론가는 단
순해 보이는 소설에서도 인문학적 의미를 다양하고 풍부하게 간
취한다. 소설가와 마찬가지로 평론가도 인간에 대해 많이 알수
록 다채로운 의미를 발굴한다. 한 발 더 나아가 그는 다양한 의
미를 구조화한다. 그가 발견한 다양한 의미를 유기적으로 연결
해서 입체적인 의미체를 축조한다. 평론가가 발견한 의미의 스
펙트럼이 곧 평론가의 지식과 능력을 반영한다. 의미를 많이 발
견하는 능력과 견고하게 구조화하는 능력이 평론가의 재능이
다.(착한 평론가는 소설에서 발견한 다양한 인문학적 의미를 쉬운 말로
풀어 쓴다. 이때 그가 발견한 의미는 유수한 인문학자들의 학설과도 통하
고, 독자들의 체험적 깨달음과도 다르지 않다. 단순한 학술적 지식이 아
니라 인생사에 관한 구체적 통찰인 셈이다.)

이때 평론가들의 인문학적 지식은 수사修辭의 차원이 아니라
내용의 차원에서 적용되어야 한다. 평론가들은 그 누구보다 인
문학 공부를 열심히 한다. 그러나 본격 평론의 장에서 그들의 인

문학적 내공이 내용을 격파하기 위해서가 아니라 수사를 풍부하게 하기 위해서, 즉 문장을 장식하기 위해서 사용되는 경우는 보다 신중해야 한다. 어떤 평론가는 소설에서 매우 단순하고 평범한 의미를 읽으면서, 말만 어렵게 한다. 유수한 인문학자의 말을 인용하여 문장을 어렵게 쓴다. 이것이 인문학적 지식이 수사의 차원에서 적용된 사례다.(물론 평론가는 작품을 내적으로 풀이하는 일 말고도 여러 가지 일들을 한다. 작품을 기반으로 여타 사회학적 의미를 읽는다든지, 동시대 작품들의 공통된 경향을 문학사적으로 파악한다든지, 이외에도 다양한 작업을 한다. 이때는 이야기가 다르다. 위에서 나는 단지 작품 자체를 이야기하는 경우에 관해서만 언급했다.)

한국 소설에 관한 짧은 생각

우리나라 소설계는 오랫동안 '리얼리즘=사회·역사적 현실 재현'이라는 공식을 자명한 것으로 수용해왔다. 심지어 많은 논자들은 리얼리즘과 민족문학을 동일시하기도 했다. 그런데 이런 개념의 리얼리즘은 리얼리즘의 하위 카테고리일 뿐 리얼리즘의 성립 조건이 아니다. '현실'과 '리얼리즘'의 내포와 외연은 확장되어야 한다. 리얼리즘의 본질은 '사회·역사적 현실 모사'가 아니라 '인간 모사'에 가깝다. 인간의 의식을 구성하는 형이상학적 사유와 정념은 리얼리즘적 모사의 대상이 될 수 있다. 이를 각각

관념적 리얼리즘과 심리적 리얼리즘으로 명명하고 범주화해도 무방하다.[60]

한국 소설은 오랫동안 사회적 현실을 재현하라는 이데올로기에 갇혀 있었다. 단순히 참여 소설이 우대를 받아왔다는 말이 아니다. 가령 1970년대에는 순문학을 표방했던 〈문학과지성〉 동인들까지도 '사회의 구조적 모순'을 묘파하는 것을 소설의 제일 덕목으로 여겼다. 이른바 순수파나 참여파나 공히 사회에 대한 관심을 인간 자체에 대한 천착보다 가치 있게 여겨온 풍토는 짐작보다 유서 깊다. 아마도 이런 현상은 유교적 문인상 혹은 지식인상에 기인한 바 클 것이다. 즉 문인을 예술가라기보다는 지식인과 동급으로 생각하는 풍토, 그중에서도 지사적 지식인상을 고상하게 여기는 풍토, 지식인은 (가령 벼슬을 하거나 독립 운동을 하는 방식으로) 사회적 현실에 반드시 개입해야 한다고 전제하는 풍토, 지식인이라면 마땅히 정치적 현실에 일가견을 가지고 유의미한 발언을 해야 한다고 믿는 풍토와 관련 있을 것이다. 그에 대한 반동인지 2000년대에는 탈현실을 금과옥조로 삼는 소설이 대거 등장했다. 그러나 탈현실은 현실을 대타항으로 삼는다. 탈현실적 소설의 범람은 사회적 현실 재현의 이데올로기의 막강한 위력을 역설적으로 증명한다. 사회적 현실에의 관심이 오랫동안 그토록 지대하지 않았더라면 그에 대한 반동의 흐름이 그렇게나 집단적·위력적으로 나타나지 않았을 것이다.

소설들이 대거 사회적 현실을 주목하는 동안, 혹은 그에 대한 반동으로 탈현실로 탈주하는 동안 놓치는 것은 없었는가? 심리적 현실과 관념적 현실이 홀대받지 않았는지 자문해봄직하다. 관념적 현실을 주목하는 소설은 오히려 맥을 이어왔다. 김성한, 최인훈, 이승우, 최수철, 박성원 등의 관념 소설, 알레고리 소설의 계보를 거론할 수 있다. 2000년대는 아마도 관념적 주제를 형상화한 소설이 가장 왕성하게 창작되었던 시기가 아닌가 한다. 많은 소설들이 우스꽝스럽고 만화적인 형식 안에, 황당무계한 상상력을 극한까지 발휘한 가운데 만만치 않은 인문학적 사유를 녹여내었다.[61] 그들의 인문학적 사유는 1990년대와 2000년대 한국 독서계를 풍미한 인문학자들의 세례를 받은 바 크다.

반면 심리적으로 극한까지 파헤친 소설은 드물다. 아무래도 우리나라 사람들에게는 소설가는 지식인이어야 하고 지식인이라면 지사·양반·선비여야 한다는 이데올로기, 감정적으로 끝까지 가면 수치스럽다는 이데올로기, 대체로 온건하고 평범해야 한다는 이데올로기, 튀면 좋지 않다는 이데올로기가 위력을 떨쳐서 그런 듯하다. 특히 적어도 1980년대까지는 계몽적 소설가상이 지배적이었다. 즉 소설가는 독자보다 더 많이 아는 입장에서 독자를 가르치고 교화해야 한다는 이데올로기가 지당한 것으로 수용되었다. 이 역시 심리적 지식이라는 광맥이 발굴되지 않은 채 매장되는 데 일조했을 것이다.(이 이데올로기는 2000년대 관념적 소설의 번창 역시 설명해준다. 관념적 주제들은 그 무엇보다 유식함에 기반한다.) 선생님이 감히 체면을 버리고 깊디깊은 속의 은밀한 마음들을 속속들이 꺼내어 보여줄 수는 없는 노릇이다.

이 책에 언급된 작가들 가운데 몇몇은 체면을 완전히 벗어 던졌다. 그들은 광적인 제 자신의 마음을 인물의 심리로 형상화했다. 독자들을 계몽하기는커녕 독자들보다 훨씬 찌질하고 못나빠진 모습을 고백했다. 옐리네크와 도스토예프스키, 에르노가 대표적이다.『피아노 치는 여자』는 노벨문학상을 수상한 작가 옐리네크의 자전적 소설이다. 사도 마조히즘과 병적인 지배욕으로 대변되는 기괴하고 망측하며 당혹스러운 에리카의 심리는 곧 작가 자신의 심리였다.『영원한 남편』도 대문호 도스토예프스키의 자전적 이야기다. 연적에게 키스하고 연적을 아버지의 마음으로 돌보는 빠벨 빠블로비치의 심리는 한때 도스토예프스키 자신이 연적에게 느꼈던 마음이다. 사랑할 때의 집착을 낱낱이 그린 에르노의『단순한 열정』역시 자전적 이야기다.

불후의 명작을 남긴 작가들은 이처럼 남들보다 예민하게 마음고생을 하고, (가령 미치기 일보 직전인) 한계 상황을 피하지 않고 용감하게 직면했으며, 그 덕분에 심리적 사실의 세부들을 잘 알고 있었다. 그리고 수치심을 폐기하고 제 남다른 마음을 문학적으로 가공했다. 그들이 체면을 버린 덕분에 비슷한 이상한 마음에 빠진 사람들은 위안을 얻을 수 있었다. 어찌 보면 작가는 무당이다. 무당은 굿을 하면서 스스로 수치스러워지고 병을 앓는다. 그러나 그렇게 자초한 수치, 병적으로 지나친 노동으로써 타인의 고통을 위무한다. 작가도 마찬가지로 일상을 초과한 과잉 정열을 겪어내고, 불필요하고 잉여적인 병을 앓음으로써 독자의 고통을 치유한다. 프롤로그에서 길게 말했듯, 마음의 고통을 치유하기 위해서는 형형색색 마음들의 존재와 양상을 잘 알아야 한다. 마음 혹은 고통에 대한 지식은 아무리 많아도 지나치지 않다. 지식이 곧 보약이다. 그런 면에서 남다른 고통을 겪고 그것을 언어화하는 작가의 능력은 곧 치유의 능력이다.

체험과 지식

글의 서두에서 지식이 소설을 빛나게 한다고 말했다. 그 후에 지식인-소설가상이 오랫동안 우리나라에서 지당한 것으로 수용되었다고 말했다. 앞문장과 뒷문장의 "지식"은 각기 다른 의미를 가진다. 지식인-소설가 상에서 지식이란 사회적 현실의 비판적 통찰, 책으로 얻은 관념적 사유에 가깝다. 내가 말하는 지식은 이보다는 심리적인 것이고, 관념적 지식이라 하더라도 보다 생에 밀착한 것이다. 지식인-소설가 상이 보다 지식인의 위상과 역할에 관련한다면, 내가 말하는 지식은 내면적 체험의 풍부함과 연관 깊다.

전술한 바 관념적 소설이 우리나라에서 개화했다. 그런데 그중 어떤 소설은 인문학적 관념을 주제로 삼되, 뼈와 살에 와 닿지 않는 공상적인 차원에서 형상화한다. 물론 이런 소설도 매력적이고 우리 소설계를 풍요롭게 한다. 그러나 자칫 공허한 관념 놀이로 읽힐 수 있다. 삶에서 터득한 지식이 아닌 책에서 얻은 지식만으로 소설을 썼다는 혐의를 받을 수 있다. 보다 인생의 현실에 밀착한 가운데 인문학적 주제를 녹여낼 수도 있었을 것이다.(여기서 말하는 현실이란 물론, 사회적 현실이 아니라 인간의 내면적 현실이다.)

어떤 소설은 기괴한 심리를 형상화하되, 그것을 단지 구경거리나 소재 차원으로 사용한다. 가령 사도 마조히즘에 빠진 인물을 그리면서, 사도 마조히즘의 끔찍스러운 외양만 묘파한다. 이때 사도 마조히즘은 공포와 혐오를 유발하는 소도구로서, 표피적인 역할만 수행한다. 진지한 심리학적 탐색, 즉 사도 마조히즘의 심리적 기제에 대한 구조적인 지식이 없다. 그런데 본문에 언급된 『피아노 치는 여자』의 경우, 작가는 변태적인 에리카의 심리를 구조적으로 형상화한다. 사도 마조히즘의 이미지에 따르는 충격적인 효과만 노리면서 겉모양만을 그리는 것과, 그 심리적 메커니즘을 구조적으로 파헤치는 것은 완전히 다르다.

공허한 관념 소설의 경우, 체험적 지식보다 책으로 공부한 지식이 승하다. 표피적 심리 소설의 경우, 심리에 대한 풍문의 흔적만 있을 뿐 그 세목에 관한 지식이 없다. 결국 문제가 되는 것은 체험적 지식이다. 심리든 관념이든 근간은 인간에 대한 풍부한 지식과 이해다. 그러나 체험에 기반을 두지 않은 지식과 이해는 공허하다. 먼저 작가가 몸으로 인생사 신고만난辛苦萬難을 겪어보아야 한다. 그래야 인간의 마음이나 인생의 섭리에 대한 무언가를 육체적으로 깨달을 수 있다. 체험적 지식은 우선적으로 마음고생에서 비롯한다. 마음고생은 아무나 하는 것이 아니다. 마음고생을 하는 능력이 곧 재능이기도 하다.

체험적 지식이 우선이되, 못지않게 중요한 것이 공부이다. 공부 없는 체험은 광기로 흐르기 쉽고, 체험 없는 공부는 공허하다. 예컨대 미친 듯한 사랑의 정열에 빠진 사람이 소설을 읽고 인문학을 공부하면서 제 마음을 객관화하고 정리한다면, 제 체험에 질서를 주어 소통 가능한 상태로 가공한다면, 즉 체험을 사회화한다면, 마음과 인생에 관한 지식을 넓히고 내공을 깊게 할 수 있다. 그러나 정열에만 빠진 채 공부를 하지 않는다면, 즉 제 마음을 사회화하는 노력을 게을리 한다면 진짜로 미치기 쉽다. 반면에 심리학적·인문학적 지식을 깊이 터득하고 있지만 마음의 현실을 다양하게 체험해보지 못한 사람은 타인의 폐부를 관통하는 이야기를 하기 어렵다. 어디선가 본 듯한 공허한 이야기를 하기 십상이다. 이를 체험과 공부의 변증법이라 할 수 있을지 모르겠다.

마루야마 겐지의 다음 말은 이런 사정을 정확히 짚어낸다.

문학이란 아까도 말했듯이 혼의 문제를 다루는 것입니다. 혼의 문제를 다룬다 함은 孤가 거의 전제 조건이 아닐까 싶은데요.

그 혼이란 비유하자면 깊은 우물이나 구멍 같은 것입니다. 그리고 어떤 특수한 재능을 가진, 아니 재능이라기보다는 성격적으로 파탄이 난 사람들이 그 구멍을 들여다봅니다. 문제는 그 구멍의 어디까지 내려갈 수 있는가, 어느 정도 깊이까지 내려갈 수 있는가로 문학이나 예술이 성립하는 셈인데, 가장 중요한 포인트는 내려간 다음 반드시 다시 올라와야 한다는 것입니다. 내려간 채 거기에 머물러버리면 자살이나 그 외의 다양한 죽음이 기다리고 있을 뿐 작품으로 연결되지 않습니다. 내려갔다가 다시 올라온 후에야 비로소 작품이 탄생할 수 있는 것이죠.

(중략) 이 혼이란 구멍은 상당히 매력있지만, 들여다보거나 내려갈 때 강인한 의지와 체력이 없으면 되돌아 올 수가 없습니다. 단순히 내려가는 것뿐이라면 평범한 사람이라도 누구나 할 수 있지만, 반드시 다시 올라와야 하는 것이 예술가들의 일입니다. 그러기 위해선 두 가지 재능이 필요합니다. 한 가지는 그 구멍에 매력을 느끼고 내려가보고자 모험하는 재능, 또 한 가지는 그 구멍에서 무언가를 획득하여 올라와서는 세상에 보여주는 재능. 즉 성격적으로는 결함이 있지만, 그 성격을 컨트롤하는 또 다른 하나의 자신이 있어야만 하는 것입니다. 성격적인 결함만 가지고는 범상한 재능이랄 수밖에 없죠. 결함이 있고 파탄이 난 성격을 견제하는, 서로 상반되는 재능을 가진 예술가만이 훌륭한 작품을 잉태할 수 있다고 나는 믿고 있습니다. 하지만 그렇게 양립하는 재능을 동시에 갖고 있는 예술가는 극소수에 불과합니다.[62]

마루야마 겐지도 문학이 사회나 계몽의 일이 아니라 혼의 문제임을 간파한다. 그의 구멍론, 혹은 우물론은 인구에 회자되는 '천재와 광기' 문제와도 상통한다. 일단 겐지 식의 구멍이나 우물로 내려가는 성향을 광기라고 지칭해보자. 광기에 빠져본 사람은 그 누구보다도 인간의 혼에 대해서 많은 것을 뼛속 깊이 배운다. 광기는 아무나 느끼는 게 아니다. 특별한 재능, 즉 유난한 성격적 결함을 가진 사람만이 광기를 느낄 수 있다. 그러나 광인이 천재가 되려면 광기에서 빠져 나올 줄 알아야 한다. 광기에 머물러 있다가는 그야말로 광인밖에 안 된다. 광적인 혼을 체험하면서도, 그것을 사회화하는 감각을 잃지 않는 사람만이 천재가될 수 있다. 깊은 우물까지 내려갔다가 올라온 사람과, 아예 내려가지 않고 제자리만을 지키는 사람의 지식이 같을 수 있겠는가?

광기라고 말하니 너무 거창해 보이는가? 여기서 광기를 마음고생이라고 번역해도 의미는 대동소이하다. 마음고생은 인간의 심리든 인생의 섭리에 대해서든 유의미한 체험적 지식을 풍요롭게 제공하는 학교다. 마음고생을 하는 것도 능력이다. 이런 맥락에서 나는 본문에서 사랑의 열정으로 인한 수난을 기피하지 말고 차라리 온몸으로 영접하라고 말했다. 또 겐지도 지적했듯, 마음고생에 유난히 허약하게 노출된 성격이 있게 마련이다. 겐지는 그것을 결함 있고 파탄 난 성격이라고 했다. 보다 부드러운 예를 들자면 유난히 예민하거나, 감수성이 풍부하거나, 외곬수거나, 이상이 드높거나, 낭만적이거나, 특별히 열정이 넘치거나, 이런 성격적 특성으로 쉽사리 마음을 앓는 사람들이 있다. 자탄하지 마시라. 당신을 곤경에 빠트린 그 개성이 바로 당신의 재능이 될 것이다.

겐지는 우물에서 빠져 나오는 일을 타고난 천성의 소관으로 여긴 듯하다. 강인한 의지와 체력을 가진 사람만이 우물에 들어갔다 나오는 이율배반적인 일을 해낼 수 있다고 했다. 하지만 내가 보기에 단지 천성의 문제만은 아니다. 공부가 절대적으로 필요하다. 광기에 빠진 영혼에게 질서를 주는 일은 소설과 인문학의 중요한 소임이다. 심연에서 본 비밀은 어둡고 혼란스러운 감수성의 대륙에서 무정형으로 꿈틀거린다. 어떤 이는 이 무정형의 에너지를 열정적으로 감지하지만 그것에 휘둘린 나머지 그것을 객관화·언어화하지 못한다. 이런 경우 그는 안타깝게도 경계의 바깥으로 내몰리기 쉽다. 그러나 어떤 이는 공부를 통해 언어화된 타인의 심연적 지식을 만나고, 따라서 제 복잡하게 얼크러진 감정과 상념을 객관화하며, 그럼으로써 소통하고 위안을 얻을 뿐만 아니라, 제 내면적 체험도 소통 가능한 형태로 만든다. 한 마디로 심연의 비밀을 사회화한다.(나는 이 책에서 이 메커니즘을 길게 이야기했다.)

본문에서 언급했듯, 아니 에르노는 광적인 사랑의 열정 덕분에 세상과 더욱 굳게 맺어졌다고 말했다. 과도한 열정이 공부를 통해 사회화된다면 말(지식)을 낳는다. 열정이 과도했던 만큼 말(지식)은 수다스러워진다. 열정의 깊이와 말(지식)의 두께가 비례하는 셈이다. 말(지식)은 무엇보다 확실한, 세상과의 연결고리다.

따라서 변환에 성공한 과도한 열정은 세상과의 연결고리를 한층 더 견고하게 만들 수 있다. 그러니 인간의 영혼을 탐사하는 일에 매혹된 분이라면, 마음고생을 자처하는 용감함과 공부해서 그것을 사회화하는 부지런함을 놓지 마시라.

주석

1   알랭 바디우, 조재룡 옮김, 『사랑예찬』, 길, 2011, 18쪽.

2   위의 책, 32쪽.

3   알랭 드 보통, 정영목 옮김, 『왜 나는 너를 사랑하는가』, 청미래, 2007, 197~200쪽 참조.

4   롤랑 바르트, 김희영 옮김, 『사랑의 단상』, 문학과지성사, 1999, 253쪽 참조.

5   곽금주, 『도대체, 사랑』, 쌤앤파커스, 2012, 236쪽 참조.

6   대리언 리더, 김종엽 옮김, 『여자에겐 보내지 않은 편지가 있다』, 문학동네, 2010, 25~40쪽 참조.

7   위의 책, 47쪽.

8   롤랑 바르트, 앞의 책, 92~93쪽 참조.

9   사이먼 블랙번, 남경태 옮김, 『정욕』, 민음in, 2007, 161쪽 참조.

10   위의 책, 36쪽 참조.

11   데이비드 버스, 이상원 옮김, 『위험한 열정 질투』, 추수밭, 2006, 90~96쪽 참조.

12   리더도 말한다. "여자는 파트너가 자기를 사랑하는지 하지 않는지에 대해 오랜 시간 마음을 쓰지만, 남자는 자신이 선택한 여자를 정말 사랑하는지 의심하는 데 시간을 쓰는 편이다."(대리언 리더, 앞의 책, 180쪽.)

13   위의 책, 102~103쪽 참조.

14   알랭 바디우, 앞의 책, 55쪽 참조.

15   위의 책, 94쪽 참조.

16   대리언 리더, 앞의 책, 100~102쪽 참조.

17   알랭 바디우, 앞의 책, 55쪽 참조.

18   위의 책, 71쪽 참조.

19   위의 책, 67쪽 참조.

20 알랭 드 보통, 앞의 책, 24쪽에 이와 유사한 맥락의 이야기가 있다.

21 롤랑 바르트, 앞의 책, 38쪽 참조.

22 위의 책, 65쪽.

23 슬라보예 지젝, 박정수 옮김, 『HOW TO READ 라캉』, 웅진지식하우스, 2007, 20~21쪽 참조.

24 고종석, 『어루만지다』, 마음산책, 2009, 25~26쪽.

25 대리언 리더, 앞의 책, 81~82쪽 참조.

26 윌리엄 셰익스피어, 최종철 옮김, 『한여름 밤의 꿈』, 민음사, 2009, 91쪽.

27 사이먼 블랙번, 앞의 책, 104쪽 참조.

28 위의 책, 105쪽 참조.

29 윌리엄 셰익스피어, 최종철 옮김, 『오셀로』, 민음사, 2004, 133쪽.

30 곽금주, 앞의 책, 48쪽 참조.

31 마르실리오 피치노, 조규홍 옮김, 『사랑에 관하여: 플라톤의 《향연》 주해』, 나남, 2011, 57쪽.

32 대리언 리더, 앞의 책, 181~182쪽 참조.

33 플라톤, 강철웅 옮김, 『향연』, 이제이북스, 2010, 125쪽 참조.

34 플라톤, 최명관 옮김, 『플라톤의 대화』, 종로서적, 1994, 275~277쪽 참조.

35 위의 책, 277쪽 참조.

36 롤랑 바르트, 앞의 책, 28쪽.

37 데이비드 버스, 앞의 책, 37~38쪽 참조.

38 마르실리오 피치노, 앞의 책, 165~167쪽 참조.

39 비슷한 맥락에서 알랭 바디우는 "사랑은 세계의 법칙들에 의해서는 계산하거나 예측할 수 없는 하나의 사건"이라고 말한다.(알랭 바디우, 앞의 책, 42쪽.)

40 플라톤, 강철웅 옮김, 『향연』, 이제이북스, 2010, 107~111쪽 참조.

41 위의 책, 68~69쪽 참조.

42 이상 세부에 관한 이야기는 부분적으로 대리언 리더, 앞의 책, 172~176쪽 참조.

43 위의 책, 173쪽.

44 김훈, 「기어이 사랑이라 부르는 기억들」, 김훈 외, 『사랑은 미친짓이다』,

섬앤섬, 2007, 9쪽.

45 대리언 리더, 앞의 책, 178쪽.

46 위의 책, 179쪽.

47 위의 책, 91쪽 참조.

48 위의 책, 92쪽.

49 이와 유사하나 조금 다른 맥락에서 알랭 드 보통은 완벽주의가 부부싸움의 원인이라고 말한 바 있다.(알랭 드 보통, 우달임 옮김, 『사랑의 기초 – 한 남자』, 톨, 2012, 41~42쪽 참조.)

50 대리언 리더, 앞의 책, 171쪽.

51 위의 책, 171쪽.

52 한형조, 『붓다의 치명적 농담』, 문학동네, 2011, 134쪽과 149쪽 참조.

53 프로이트는 자신과 같은 누군가, 혹은 자신이 되고 싶은 존재를 구현한 누군가를 사랑하는 성향을 나르시시즘적 대상 선택이라고 부른다.(대리언 리더, 앞의 책, 115쪽 참조.)

54 대리언 리더는 비슷하지만 조금 다른 맥락에서 자식에 대한 부모의 오인을 설명한다.(위의 책, 199~201쪽 참조.)

55 위의 책, 207쪽.

56 위의 책, 196쪽 참조.

57 알랭 바디우, 앞의 책, 77쪽.

58 위의 책, 43~44쪽 참조.

59 미겔 데 우나무노, 박수현 옮김, 『모범 소설』, 아르테, 2009, 6~24쪽 참조.

60 졸고, 「리얼리즘 소설은 사회적 현실만을 모사하는가」, 『문학·선』, 2008년 봄호 참조.

61 관념적 주제의 범람이라는 2000년대 소설의 특징적 현상에 관해서는 위의 글 참조.

62 김난주·마루야마 겐지 대담, 「고孤와 혼魂이 있는 절제의 미학」, 『문예중앙』, 1996년 봄호, 267~268쪽.

서지 사항

이 책에서 메인 텍스트와 보조 텍스트로 활용한 소설들의 서지 사항을 밝힌다.

가브리엘 가르시아 마르케스, 안정효 옮김, 『백년 동안의 고독』, 문학사상사, 1997.

가브리엘 가르시아 마르케스, 우석균 옮김, 『사랑과 다른 악마들』, 민음사, 2008.

가와바타 야스나리, 정향재 옮김, 『잠자는 미녀』, 현대문학, 2009.

미겔 데 세르반떼스, 민용태 옮김, 『돈 끼호떼 I』, 창비, 2008.

미겔 데 세르반떼스, 민용태 옮김, 『돈 끼호떼 II』, 창비, 2011.

미겔 데 우나무노, 박수현 옮김, 「더도 덜도 아닌 딱 완전한 남자」, 『모범 소설』, 아르테, 2009.

밀란 쿤데라, 김재혁 옮김, 「히치하이킹 놀이」, 『사랑』, 예문, 1997.

밀란 쿤데라, 이재룡 옮김, 『참을 수 없는 존재의 가벼움』, 민음사, 2012.

빅토르 위고, 정기수 옮김, 『파리의 노트르담』, 민음사, 2005.

아니 에르노, 최정수 옮김, 『단순한 열정』, 문학동네, 2001.

엘프리데 엘리네크, 이병애 옮김, 『피아노 치는 여자』, 문학동네, 1997.

윤대녕, 「달에서 나눈 얘기」, 김훈 외, 『사랑은 미친 짓이다』, 섬앤섬, 2007.

윤영수, 「귀가도 3 - 아직은 밤」, 『귀가도』, 문학동네, 2011.

정미경, 「나의 피투성이 연인」, 『나의 피투성이 연인』, 민음사, 2004.

표도르 미하일로비치 도스또예프스키, 정명자 외 옮김, 『영원한 남편』, 열린책들, 2002.

한강, 『채식주의자』, 창비, 2011.

.

서가의 연인들

© 박수현, 2013

초판 1쇄 인쇄 2013년 10월 22일
초판 1쇄 발행 2013년 10월 29일

지은이   박수현
펴낸이   황광수
주간   정은영
책임 편집   하지순
마케팅   박제연 전연교
제작   이재욱

펴낸곳   자음과모음
출판등록   1997년 10월 30일 제313-1997-129호
주소   121-840 서울시 마포구 서교동 396-33번지
전화   편집부 02) 324-2347 경영지원부 02) 325-6047
팩스   편집부 02) 324-2348 경영지원부 02) 2648-1311
이메일   munhak@jamobook.com
커뮤니티   cafe.naver.com/cafejamo

ISBN 978-89-5707-785-6 (03810)